# 落ちこぼれ回復魔法士ですが、訳アリ王子の毒見役になりました。

糀野アオ



24393

角川ビーンズ文庫

Contents

コレット・モリゾー
王立魔法士養成学校を
落第した
三級回復魔法士。
アルベール・ブランシャール
フレーデル王国
第三王子。
王国軍第一大隊長を務める。
落ちこぼれ
回復魔法士ですが、
訳アリ王子の
毒見役
になりました。
Characters

## リアーヌ・サリニャック

公爵令嬢。
一級回復魔法士で、
『癒やしの女神』と呼ばれる。

## ジル・ヴァランタン

アルベールの側近で、
第一大隊副官を務める。
無類の女好き。

### 一級回復魔法士

治癒師として働ける。

### 二級回復魔法士

冒険者ギルドに
登録可能になる。

### 三級回復魔法士

『回復属性の魔力を持っています』
という証明。
回復魔法士としての職には
就けない。

## セザール・バルテ

第一大隊所属の
火属性魔法士。
コレットとは養成学校の同期。

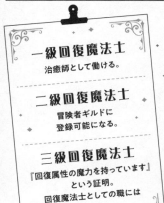

本文イラスト／加糖

# 序章　美味な夕食、おいしくないお仕事中

小ぢんまりとした食堂には、五人も座ればいっぱいになってしまう丸テーブルが一つ。

夜七時、百合《ゆり》をモチーフにした色付きガラスのシャンデリアが、暖かな光を注いでいる。

真っ白なテーブルクロスの上には今夜の夕食――ローストした豚《ぶた》の骨付き肉の香草《こうそう》ソースがけ。こんがり焼けた豚の脂《あぶら》の匂《にお》いとハーブが合わさって、複雑な香気《こうき》を漂《ただよ》わせていた。

黒い簡素なワンピースを着た少女は、そんな料理を目の前に、お腹《なか》が「ぐう」と鳴るのを止められなかった。

「では、いただきます」

少女は銀のフォークとナイフを取り上げ、肉の端《はし》を切り取る。緑色のソースを付けてから、おもむろに口へ。

思わず『はうーん』と声が出てしまいそうになる。

「こ、これはパセリのさわやかさをベースに、バジルをきかせて、さらには隠《かく》し味程度にチリが少々。豚のこってりとした脂をすっきりと洗い流す絶妙《ぜつみょう》なソースです！」

「ほう。付け合わせは」

隣《となり》で頬杖《ほおづえ》をついていた金髪碧眼《きんぱつへきがん》の麗《うるわ》しい青年が促《うなが》す。

少女はシャトー切りにしたニンジンをナイフで少し切って、パクリと口に入れた。

「これは単なるグラッセかと思ったら、ほんのり苦みのある甘さが……カラメリゼしてあります。こんなニンジンの食べ方があるなんて！」

「ほら、水も」

青年が足つきグラスをすっと少女の口に押し付けてくる。

「あ、すみません……」

一口飲ませてもらって口の中を潤《うるお》した後は、もう一つの付け合わせ、ジャガイモのソテーをほんの少し口に運ぶ。

「これは——」と、少女が感激のコメントをしようとしたところ、隣からイライラした空気が漂ってきていることに気づいた。

「コレット、お前は美食家か？　それとも料理評論家か？」

コレットが恐《おそ》る恐る横目に見ると、青年——アルベール第三王子のこめかみに青筋が立っていた。

ぎゃ、またやってしまった……!!

「あたしはあなた様のお毒見役でございます。おいしい……じゃなかった、毒は入っておりません」

言いながら、毒見の終わったお皿をおずおずと隣の席に移動させた。

コレットは回復魔法士《まほうし》。ケガや病気を治癒《ちゆ》できる稀少《きしょう》な魔力を持っているのだが——

まさか、こんな裏仕事をするハメになるとは……。

コレットはがっくりと肩《かた》を落としながら、自分のお皿の料理を食べ始めた。

# 第一章

## 前代未聞、開校以来初の落第生

「コレット・モリゾーさん、大変残念なことですが、本校始まって以来初の落第生となってしまいました」

そう言ったのは、きつい顔立ちの白髪《しらが》交じりの女性——コレットがこの王立魔法士養成学校で丸三年お世話になった、ジョエル・オベール教官だった。

今日十二月一日は、年度末の昇級《しょうきゅう》試験日。皆《みな》が試験を終えてその出来栄《できば》えを話しながら下校していく中、教官室に呼ばれたのはコレットただ一人だった。

デスクをはさんで向こう側に座る教官の目には、憐《あわ》れみが浮《う》かんでいる。

コレットは目をそらしながら「すみません」と頭を下げた。

あたしの人生の栄光は、あの時に終わってたんだわ……。


三年前、初等学校の卒業式——。

フレーデル王国最北端《さいほくたん》の港町レオンスの小さな学校は、拍手喝采《はくしゅかっさい》に沸《わ》いていた。

その中心にいたのは赤毛の小柄《こがら》な少女——十二歳のコレットだった。

「コレット、すごーい！」

「姉ちゃん、やったぜ！」

同じ学校に通う弟アンリと妹リディ、幼なじみたちも、まるで自分のことのように喜んでいる。そんな中、コレットはボケッと突《つ》っ立っていた。

ついさっきまで自慢《じまん》できることと言ったら、港町でも日焼けをしない白い肌《はだ》くらいで、平々凡々《へいへいぼんぼん》、どこにでもいる子どもだった。

それが一躍脚光《いちやくきゃっこう》を浴びたのだ。夢を見ている気分になってもおかしくない。

七歳から十二歳まで通うことを義務付けられている初等学校では、卒業式に魔力適性検査というものが実施《じっし》される。拳大《こぶしだい》の透明《とうめい》な玉に手を触《ふ》れるだけのものなのだが、その玉がコレットの手によって、たった今光を放ったのだ。

それはコレットが魔力保持者として認められた証《あかし》だった。

あたし、将来はお金持ちになれるってこと!?

この王国において、魔力保持者は千人に一人もいない稀少な存在。大半が王侯《おうこう》貴族だが、中にはコレットのような平民もいる。将来は魔法士として高収入の職が約束されているため、平民にとって魔力を保持しているというのは、降ってわいたような幸運なのだ。

当然、その夜は家族どころか近所の知り合いまで集まっての大祝賀会となった。

魔力保持者と認定《にんてい》されると、初等学校卒業後は、王都パリムにある王立魔法士養成学校に入学しなければならない。家族と離《はな》れるのは淋《さび》しいことだが、もともと勉強好きなコレットは、すぐに就職するより進学できることを何よりも喜んでいた。

養成学校の入学式で最初に行われるのは、魔力属性検査と魔力量測定検査。コレットの属性は『回復』だった。魔力量次第《しだい》で卒業後は、病気やケガを治す治癒師《ちゆし》になれる属性だ。

その魔力量はというと——学校が創立されて以来の最多値を叩《たた》き出した。

「まあ、王族の方より高い数値が出るなんて……!!」

「平民出身者でこの値《あたい》は前代未聞《みもん》だ！」——と、校長を始め、教官たちにも驚《おどろ》かれた。

卒業後はエリート職に就《つ》けることは間違《まちが》いないと、もちろんお墨付《すみつ》き。

エリートってことは、治癒院勤務なんて言わずに、自分で治癒院を開業しちゃったり？

まさか王族の専属回復魔法士、なーんて。

お金持ちどころか、大金持ちになる未来しか描《えが》けない。

ところが、コレットが鼻高々でいられたのは、その時までだった——。

この魔法士養成学校では、どの属性でも前期は講義と実技訓練で構成され、前期試験に合格後、後期は現場実習となる。そして、年度末に実施される昇級試験に合格すると、各属性で三級から一級の認定が与《あた》えられるというシステム。

貴族生まれの学生は、養成学校に入る前から英才教育の一環《いっかん》として、魔法を習得しているのが普通《ふつう》。平民出身者であっても、幼い頃《ころ》に魔力を発動して、初等学校の卒業を待たずに入学が決まっている学生がほとんどだ。そんな中、つい最近まで魔力を保持している自覚のなかったコレットは、一人出遅《でおく》れた。

知識はとにかく勉強することで、徹底《てってい》的に頭に叩き込むことはできる。しかし、問題は実技訓練の方だった。

魔力の発動方法がさっぱりわからない。

「発動方法？　そんなの考えたことないな。いつの間にか使えるようになったって感じ」

「しゃべるのと同じじゃない？　言葉って、気づいたら口から出てて、後から文字を習って『こう書くんだ』ってわかるものでしょ。魔法も教本を読むと『こうなってたんだ』って、理解が深まるだけのことだと思うけど」

同期生たちからはそんな何の参考にもならないアドバイスしか聞けなかった。

回復属性クラスの担任、オベール教官の根気ある指導のかいあって、コレットも魔力発動のコツはつかめた。しかし、同期生たちからは最低でも三か月の遅れを取っていた。

結果、一年目にコレットが合格できたのは、最低ランクの三級。一方、貴族の令息・令嬢の大半は、治癒師として働ける一級まで合格。仲の良かった平民出身の同期生たちも、冒険者《ぼうけんしゃ》ギルドに登録可能となる二級に合格して、ほぼ全員が学校を卒業していった。

三級を取ったところで、『回復属性の魔力を持っています』という証明になるだけ。回復魔法士としての職には就けない。つまり、この学校では『落第生』という扱《あつか》いになる。

出遅れた分、二年目で昇級できればいいと次の年に賭《か》けたものの、二級レベルの実技訓練で及第《きゅうだい》点を取れず、昇級試験すら受けられなかった。

そして、今年こそとさらに一年頑張《がんば》ってみたものの、結果は変わらず。

この養成学校の在籍《ざいせき》可能期間は三年。コレットは入学一年目以来三級据《す》え置きのまま、卒業の日を待つだけになってしまった。

オベール教官の話は続いていた。

「もちろん三級で卒業というのは、我が校としては大変遺憾《いかん》なことではあります。しかし、将来的に誰《だれ》もいないとは限りませんので、ここでは問題にいたしません。唯一《ゆいいつ》の問題はあなたが奨学生《しょうがくせい》ということです」

「はい……」と、コレットはうなだれた。

魔法士《まほうし》養成学校は進学義務があるといっても、タダではないのだ。学費はもちろん、寮《りょう》費《ひ》や食費がかかる。

コレットのような親の収入が少ない学生の場合、国庫から奨学金としてお金を貸してもらえる制度を利用する。もちろん『無担保』だが、それは将来的に魔法士として高収入の職に就くという前提があるからだ。

実際に卒業生の話を聞けば、在籍期間ほどの年数で、奨学金は完済できるという。コレットの場合は三年分になるが、それでも職にさえ就ければ、問題ないはずだった。

「モリゾーさんは現在、国庫から約五万八千ブレというお金を借りています。来月から月々最低でも百ブレは国に返済しなければなりません。さもないと、借金踏《ふ》み倒《たお》しで逮捕《たいほ》されます」

「ですよね……」と、コレットはそれ以外の言葉が見つからなかった。

学費の他《ほか》、月々八百ブレを生活費として借りられたとはいえ、そのほとんどが寮費と食費に消える。手元に残るのはせいぜい百ブレ程度。衣類や日用品といった必要なものを買うだけで、貯金などできる金額ではない。

当然、来月に返済する百ブレなど、どうお財布をひっくり返しても出てこない。

明るい未来を描いていたはずが、今は借金苦の挙句《あげく》、薄暗《うすぐら》い牢獄《ろうごく》生活しか思い浮かばなくなっていた。

こんなことなら、一年目で学校をやめておけば、まだマシだったのに……。

「さすがに我が校としても、奨学金が原因で逮捕者が出るという不名誉《ふめいよ》は避《さ》けなければなりません。したがって、あなたが今回の昇級試験を受けられないとわかった時点で、校長や他の教官たちとも相談してみました」

「そ、それで……？」

コレットが期待を込めて顔を上げると、教官は淡々《たんたん》とした口調で続けた。

「我が校の卒業生が、現在フレーデル王国軍の第一大隊長の任にあります。アルベール・ブランシャール殿下《でんか》、あなたも名前くらいは聞いたことがあるでしょう」

「はい、もちろんです」

現国王には五人の王子がいて、レオナール第一王子が王太子。テオドール第二王子は生母の身分が低いので、アルベール第三王子が王位継承権《けいしょうけん》第二位になる。ジュール第四王子とエミール第五王子は成人に満たない年齢《ねんれい》なので、話題に上ることはあまりない。

五人とも濃《こ》い金髪《きんぱつ》に紫《むらさき》がかった青い瞳《ひとみ》で、その中でもコレットより二つ年上のアルベール王子は、一番麗《うるわ》しいと評判の人である。

もっともコレットが知っているのはその程度で、王都に出てきて丸三年、王族など見る機会もなかった。

「その方にあなたを救護隊員として雇《やと》ってもらえないかと打診《だしん》してみたところ、面接してもいいとお返事をいただけました」

「え？」と、コレットは耳を疑った。

王国軍の救護隊員といえば、一級合格者の中でも魔力量の多い学生しか雇ってもらえないエリート職。雇われ治癒師《ちゆし》より破格の給料をもらえる。

かくいうコレットも、入学当初は狙《ねら》っていた職だった。

「あのう、あたし、三級ですよ？　落第生ですよ？　まさかの経歴詐称《さしょう》!?」

コレットが目を剝《む》くと、教官は呆《あき》れたような顔を返してきた。

「三級を持っていれば、探知魔法で身体《からだ》の状態の把握《はあく》、再生魔法で外傷・亀裂骨折程度の治癒はできます。あなたほどの魔力量があれば、戦場ではかなりの負傷兵を治癒できると提案したのです」

「……ああ、なるほど。戦争となると、ちょっとしたケガの人もたくさんいますものね」

「それでモリゾーさん、どうしますか？　面接を受けますか？」

　教官が改めて聞いてきた。

　第一志望の高収入エリート職、三級でも雇ってもらえるとなれば、断る理由などどこにもない。

「もちろんです！　せっかくのご推挙をムダにはいたしません！」

　コレットは力強く拳《こぶし》を握《にぎ》ってみせた。


　面接は十日後の土曜日、午後三時。場所は王国軍の基地内にある司令部五階、アルベール王子の執務室《しつむ》で行われることが決まった。

　コレットはその日のために、オベール教官からは『面接必勝法』なるものを聞き出しておいた。それこそしつこいくらいに――。

　まずは第一印象。コレットはなけなしのお金をはたいて、安物とはいえ、かっちりとした紺《こん》のワンピースを買った。採用さえ決まれば、こんな服などいくらでも買える。セール品を漁《あさ》る必要もなくなる。先行投資は大事だ。

　面接の場で実際に魔法を使うところを見せる可能性もあるので、三日前から魔力は温存。しっかり睡眠《すいみん》をとって、最大魔力量まで蓄《たくわ》えておく。コレットの使える魔法は探知と再生しかないが、三級だからこそ、あっと驚くような魔法のレベルを要求されることもある。

魔力が足りなくて、不採用にはなりたくない。

何より面接官が王子様ということで、礼儀《れいぎ》と言葉遣《ことばづか》いは最大限に注意を払《はら》わなければならない。不興を買ってしまえば、その場で即《そく》不採用を言い渡《わた》されてしまう。

実はこれが一番問題で、コレットは王族どころか学校にいる貴族の子どもとも、まともに話をしたことがなかった。

「殿下もあなたが平民の学生であることはご存じですから、貴族令嬢のような振《ふ》る舞《ま》いは期待されていないでしょう。とにかく失礼のないように、丁寧《ていねい》に話せば良いのです」

教官はそう言っていたが、にわか仕込みの敬語でボロが出ないか不安にもなる。

ともあれ、コレットはこの十日間でできる限りの準備を整え、面接の日に臨《のぞ》んだ。


王国軍の基地までは、学校の寮《りょう》から歩いて三十分ほど。高台にある王宮の東側に隣接《りんせつ》している。高い石の塀《へい》に囲まれていて、飾《かざ》り気のない外観は監獄《かんごく》のようにも見えた。

入口の門衛所《もんえいじょ》で身分証の掲示《けいじ》など一通りの確認《かくにん》が済んだ後、そこにいた兵士の一人に案内されて、司令部に向かうことになった。

入って左手にはコの字型の兵舎があって、兵士らしき厳《いか》つい男たちが出入りしているのが見える。右手には演習場。土曜日の午後は戦闘《せんとう》訓練も軍事演習もないとのことで、誰もいない。所々に雪の残るだだっ広い演習場は、さびれた荒野《こうや》のようにも見えた。

司令部は兵舎の前を通り過ぎ、その隣《となり》に立つ五階建ての建物だった。

最上階まで階段で上り、『第一大隊長室』とプレートに書かれたドアの前で立ち止まる。

「こちらになります」と、案内してくれた兵士はそこで去っていった。

コレットはその場でマントを脱《ぬ》いで、不安と緊張《きんちょう》でドキドキ激しく鳴る胸を押さえながら、コンコンコンと三回ノックした。

「どうぞ」と、男性の声が聞こえたので、コレットはそろそろとドアを開けて、「失礼します」と中に入った。

そこは一見して殺風景な部屋だった。本棚《ほんだな》とデスク、ソファセットと、どれも質素で実用的なものばかり。こんなところに王子様がいるのかと思ってしまう。

「お待ちしておりました」

ニッコリと人当たりの良い笑顔《えがお》で声をかけてきたのは、入ってすぐ左のデスクについていた青年だった。

年の頃《ころ》は二十歳《はたち》前後で、長いストレートの黒髪《くろかみ》を後ろで束ね、柔和《にゅうわ》な顔立ちを目立たせている。紺碧《こんぺき》の瞳はぱっちりとしているが、ほんのり下がった目尻《めじり》に愛嬌《あいきょう》があった。

そして、もう一人。正面の窓際《まどぎわ》のデスクに座っているのが、アルベール王子に違《ちが》いない。

輝《かがや》く蜜《みつ》色の金髪に、気品を漂《ただよ》わせる意志の強そうな青い瞳。噂《うわさ》にたがわず、女性にも見まがう麗しい顔立ちだ。入口の青年と同じ黒い軍服の上着を無造作に羽織っている。

部屋は地味なのに、いる人はきらきらしいわ……。

コレットは一瞬《いっしゅん》ボケッと見とれてしまったが、王子の右頬《みぎほほ》にざっくり裂《さ》けたと思われる古傷が生々しく残っていることに気づいた。

そのせいで、せっかくの美しい顔が台無しだ。それどころか、着崩《きくず》した軍服と相まって、ならず者と言われてもおかしくない雰囲気《ふんいき》を醸《かも》し出している。

ちょっと待って。もしかして、こっちの人がアルベール殿下?

黒髪の青年の方が服装もきちんとしているし、優雅《ゆうが》な上品さがある。コレットのイメージする『王族』に近い印象だ。とはいえ、五人の王子は全員金髪だと聞いているし、常識的に考えて、この部屋の主《あるじ》が入口のそばに座っているとは思えない。

コレットは迷った末、金髪の青年の方に向かってその場に片膝《かたひざ》をついた。平民の場合は、それが王族に対する最高敬意の挨拶《あいさつ》になると、オベール教官から聞いてきた。

「コレット・モリゾーと申します。本日は面接のお時間をいただき、誠《まこと》にありがとうございます」

特に注意はされなかったので、このならず者もどきの青年が、やはりアルベール王子だったらしい。

「そこに座れ」と、王子はソファを勧《すす》めながら立ち上がった。

まさか、これも面接試験の内だったとか……?

間違えていたら、おそらく即退室命令。面接どころではなかった。

危ない、危ない……。

コレットはひやりと汗《あせ》をかきながらも平静を装《よそお》って、王子の向かいに腰《こし》を下ろした。

小さなテーブルをはさんで向こう側に座る王子との距離《きょり》が、思ったより近い。

コレットは全身を緊張に強張《こわば》らせて、王子の胸元《むなもと》を見つめていた。とてもではないが、まじまじと王族の顔を見る勇気はない。

「そう硬《かた》くならずに。ちょうど午後のお茶の時間ですから、一緒《いっしょ》にどうぞ」

声をかけられて振り仰《あお》ぐと、黒髪の青年がニコニコしながら二つのティーカップをテーブルに並べているところだった。

「お、恐《おそ》れ入ります」

面接でお茶が出てくるとは、オベール教官も言っていなかった。

もしかして、すでに好印象？　それとも、実は面接する前から採用が決まってる、なーんてうまい話はない？

「とりあえず飲め」

王子がそう言ってカップを取り上げて飲んでいるので、コレットも「いただきます」と、自分のものを口元に運んだ――が、気づけば王子がコレットを睨《にら》むようにじいっと見つめているので、その恐怖《きょうふ》にガタガタと震《ふる》えてしまう。

ちょっと、ちょっと⁉　もしかして、『飲め』って言われても、王族の前では遠慮《えんりょ》するのが正解だったんじゃないの⁉

しかし、時すでに遅《おそ》し。コレットはお茶を一口ゴクンと飲み下してしまった。

直後、口の中から食道、胃の中までカッと焼けるような熱さが広がった。

これはお茶の熱さではない。この感覚をよく知っていた。

即効性《そっこう》の毒ピラリス。たっぷり致死量《ちし》は飲み込んだはずだ。消化器官の内壁《ないへき》が焼け爛《ただ》れて、血が噴《ふ》き出すのを感じる。

面接試験、これだったんだ……!!

回復魔法士《まほうし》は自己治癒《ちゆ》ができるので、基本的に病気知らずで寿命《じゅみょう》が長い。ケガや中毒といった外的要因による損傷となると、自分で完治できるかどうかは、各々《おのおの》が持っている魔力量で決まる。魔力量だけはムダにある落ちこぼれだからこそ、『この程度は解毒《げどく》してみせろ』ということらしい。

もちろんコレットは、学校でピラリスを何度も飲んだことがあったので、解毒できるはずなのだが――

さすがにこの量は無理でしょ……。

あふれ出す血が喉元《のどもと》まで逆流してきて、口の中に納め切れない。慌《あわ》てて手で押さえようとしたものの間に合わず、ゴフッと勢いよく噴き出してしまった。

ああ、不採用が決まったわ……。

この十日の緊張と疲《つか》れが一気に押し寄せてきて、コレットは絶望とともにパタリとその場に倒《たお》れていた。

「ジル、どこが大丈夫《だいじょうぶ》なんだ!? 死んじまったじゃねえか!」

アルベールの前には、ソファに横たわったコレットが目を閉じていた。その口から泉のように湧《わ》き出す鮮血《せんけつ》は、とどまることなくソファから床《ゆか》へと流れ落ちていく。

ジルがはっとしたように倒れているコレットに駆《か》け寄り、その首筋に手を当てた。アルベールも顔に飛んだ血を袖《そで》で拭《ぬぐ》いながらテーブルを回り、彼女の傍《かたわ》らにひざまずく。

「いえ、まだ脈はあります。救護隊員が下に――」

「待機させてあるのか?」

今日は土曜日。戦闘訓練は午前中で終わって、兵士たちは明日《あした》まで休みとなる。普段《ふだん》なら常駐《じょうちゅう》している救護隊員も、すでに帰っている時間だ。

「ええと、いえ、それは考えていませんでした……」

ジルは青ざめた顔で、アハハと乾《かわ》いた笑いを漏《も》らす。

「『アハハ』じゃねえ!」

これから隣の王宮まで治癒師を呼びに行っても、おそらく間に合わない。

アルベールも全身から血の気が引いて、身体《からだ》が震えてくるのを感じた。

魔法士養成学校のオベール教官の推薦《すいせん》状には、コレットは即効性の毒にも耐性《たいせい》があると書いてあった。それを見つけたジルが、「せっかくですから、ちょっと試《ため》してみましょうよ」と言い出したのだ。

最後はアルベールもジルの強い押しに負けて、「試すくらいなら」と許したのだが——

その記載《きさい》が就職させるための誇大《こだい》広告だったとしたら、とんでもないことをしでかしてしまった。

「……『ちょっと』って、ジル、いったいどれだけ入れたんだ？」

「ティースプーン山盛り一杯《ぱい》分くらいですか」

「そんなに入れるアホがいるか⁉　一つまみで牛十頭を殺せる猛毒《もうどく》だぞ！」

「毒耐性を見るのなら、それくらい入れないと意味がないかと思いまして」

「マジで殺す気か⁉　コレット、しっかりしろ！　回復魔法士なら、自力で治せ！」

アルベールがコレットの肩《かた》を激しく揺《ゆ》すると、突然《とつぜん》その身体がムクリと起き上がった。

「ティースプーン一杯って……いくら何でも多すぎじゃないですか……？」

コレットは虚《うつ》ろな目で恨《うら》めしげにつぶやくと、ゲフゲフと咳《せ》き込みながら口から泡立《あわだ》った血を垂れ流した。

その姿は動く死体以外の何物でもない。

突如《とつじょ》、それを目にしたアルベールの頭は、締《し》め付けられたように重くなり、目の前は真っ暗になっていた。

「ひぃっ」という、今まで聞いたことのないジルの悲鳴が耳に届いたような気がした。

『これくらいの毒、何でもありません』って、華麗《かれい》に解毒して見せたかったのに……。

コレットが深いため息をつきながら辺りを見回すと、黒髪《くろかみ》の青年が魔法で凍《こお》らされたように微塵《みじん》も動かずコレットを見つめていた。アルベール王子は、いつの間にか足元に寝転《ねころ》がっている。その顔も軍服も血まみれだ。

ひえぇぇぇぇ！　畏《おそ》れ多くも王子様に、血をぶっかけちゃったよ！

これはマズい。非常にマズい。面接がどうこう以前に、不敬罪で逮捕《たいほ》。下手をしたら斬首《ざんしゅ》もありうる。

ここはもう……逃《に》げるしかない⁉

コレットはすくっと立ち上がると、ドアに向かって駆け出した。

先ほどまで固まっていた黒髪の青年が、素早《すばや》く追いかけて来る。そのまま羽交《はが》い締めにされて、頭一つ分小さいコレットは、軽々と宙に持ち上げられていた。

「いやあぁぁぁ！　放してぇぇぇ！」

「逃げないでください！」

「あ、あたしには父がいないので、母と四人の弟妹を養わなくちゃいけないんです！　お願いですから、逮捕はご勘弁《かんべん》を！」

　コレットがバタバタ暴れても、青年の手はびくともしない。

「落ち着いてください！　誰《だれ》も逮捕などしませんよ！」

「でも、でも、殿下《でんか》が血だらけに！　これって、不敬罪ですよね⁉」

「そんなことくらいで逮捕したりしません！」

　コレットはしばらくもがいていたが、何度も繰《く》り返し同じ言葉を聞いて、ようやく気持ちが落ち着いてきた。

「……ほんとですか？」

「本当です」

　暴れるのをやめると、コレットの身体はようやく解放された。

　振《ふ》り返ると、黒髪の青年がほっとしたように額に浮《う》かんだ汗を袖でぬぐっている。

　落ち着いて考えてみれば、身分を明かしている以上、逃げたところで捕《つか》まるのも時間の問題だった。

　ムダに騒《さわ》いじゃったわ……。

「……あのう、ところで、あなたは？」

「おっと、申し遅《おく》れました。私はジル・ヴァランタンと申します。アルベール王子の側近で、軍では副官を務めております。あなたと同じ平民なので、『ジル』と気軽にお呼びください」

　そう言って彼は、礼儀《れいぎ》正《ただ》しく胸に片手を当てて、親しみやすい笑顔《えがお》を見せた。

「ジル副大隊長？　ジル様？　ジルさん？」

「女性なら呼び捨てでも構いませんが？」

「さすがにそれはどうかと思いますので、せめて『ジルさん』で」

「ベッドの中ではそんな堅苦《かたくる》しい呼び方はやめてくださいね」

「……うん？」

どういうことか聞こうとしたところ、ジルが突然「アイタッ」と叫《さけ》んで頭を押さえた。

「ジル、いい度胸だな。俺の執務室《しつむ》で女を口説いているのか？　このド変態が！　血まみれの女でもいいのか⁉」

ドスの利《き》いた声が鳴り響《ひび》いて、コレットはビクッとすくみ上がった。

恐《おそ》る恐るジルの背後を覗《のぞ》き見ると、倒れていたはずのアルベール王子が立ち上がって、憤怒《ふんぬ》の形相をジルに向けていた。

こ、この人、本当に王子様？

出会ってこの方、怒声《どせい》と罵声《ばせい》ばかり聞いているような気がする。『変態』などという言葉が、その美しい唇《くちびる》から吐《は》き出されるのが信じられない。

「いきなり殴《なぐ》るとはひどいですよー。それまでの騒ぎを聞いていなかったのですか？」

「目を覚ましたら、お前がおかしな自己紹介《しょうかい》をしているのが聞こえた」

「あのですねぇ。私が放《ほう》っておいたら、彼女、逃げてしまうところだったのですよ。死体が歩いていると、大騒《おおさわ》ぎになるところでした」

死体が歩いてる？

コレットが首を傾《かし》げると、王子の視線が向けられた。

「死体……。お前、一回死んで生き返ったのか？」

王子に真顔で問われて、コレットは相手が王族であることも忘れて、「はあ？」と呆《あき》れた声を出していた。

「死んだ人は生き返りません。回復属性魔法《まほう》の限界って言われています。ご存じありませんか？」

「もちろん知っているが、自分の姿を見ても同じことが言えるのか？」

コレットは自分を見下ろして、「ぎゃあぁぁぁ！」と悲鳴を上げた。

この日のために買った新しいワンピースに、べったり血糊《ちのり》がついているのだ。

「あ、あたしの一張羅《いっちょうら》がぁぁぁ！」

「問題はそっちか!?」と王子に怒鳴《どな》られて、即座《そくざ》に「問題ですよ！」と返していた。

「血って、シミ抜《ぬ》きが大変なんですから！　しかも、こんなに大量の血を付けちゃって。大問題に決まっています！」

コレットがキッと顔を上げると、王子はなんだか脱力《だつりょく》したようなため息をついた。

「その服は弁償《べんしょう》する。そもそもこっちの試し方が悪かったせいだからな」

王子はじろりとジルを睨《にら》んだが、彼はとぼけたようにヘラヘラ笑っているだけだった。

「あ、いいえ、そこまでしていただかなくても……洗えば落ちますし、安物ですから。それより面接の方は……？」

　コレットが気になるのは、それ以外にない。これで試験をクリアしたことになるのか、それとも血を噴《ふ》き出してしまったことで、不採用になったのか。

「話はあとだ。目のやり場に困る」

　アルベール王子の裁定は、後回しにされてしまうらしい。

「気になりますか？　軍に所属していたら、戦場で血だらけの人をいっぱい見ていらっしゃると思いますけど」

「戦場と平和な執務室で見るのとでは、同じ血でも意味が違《ちが》うだろうが！」

「そういうものですか……？」

　コレットには理解不能だったが、相手は王族なので、それ以上突《つ》っ込んで質問するのはやめておいた。

「ジル、顔くらい拭《ふ》いてやれ……いや、やっぱりいい。拭く物をくれ」

「おや、王子が手ずから拭いて差し上げるのですか？」

　ジルがニコニコしながらタオルを持ってきて、王子に差し出した。

「お前に任せたら、変態行為《こうい》に走りそうだからな。お前は着替《きが》える物でも見つけてこい」

　王子はひったくるようにジルの手の中のタオルを取ると、コレットの前にやってきて、片手で頬《ほお》を包み込んだ。乱暴な口調とは裏腹に、頬に触《ふ》れる大きな手は温かくてやさしい。

　同時に王子の整った顔が間近に見えて、コレットの心臓はドキリと鳴った。

か、顔、近すぎ！

「なんだ、意識しているのか？」

涼《すず》しげな顔で図星を衝《つ》かれ、コレットの顔は恥《は》ずかしさに余計に赤くなってしまったような気がする。

「そ、そんなわけありません！」

「そうか？　顔が赤くなっているぞ」

「違います！　こ、これは血がついているせいです……!!」

せめてもの抵抗《ていこう》で顔をそむけようとしたが、王子の手に力が入って、余計に動かせなくなってしまった。

「こら、動くな。拭けないだろうが」

「自分でできますから……!!」

そもそも王子様にこんなことをさせる平民がどこにいるの!?　やっぱりこの人、王子様じゃないから？

「ここに鏡があったら、自分でやらせている」

気づけば、王子がくっくと喉《のど》を鳴らして笑っているのが目に入る。

……な、なんなの、この人。からかって遊んでたの!?

ゴシゴシと口の周りをタオルでこすられながら、コレットは喉から飛び出しそうな悪態を何とか押しとどめていた。

相手は王子様、相手は王子様。不敬は許されないのよ。

そう呪文《じゅもん》のように繰り返しながら——。


コレットは顔をきれいにしてもらった後、お手洗いに行って、ジルが持ってきた白いワンピースに着替えた。

それはコレットが憧《あこが》れていた王国軍救護隊の制服だった。

金の前ボタンが並び、袖口《そでぐち》は金のラインが入った赤。ひざ下の裾《すそ》からは赤い下スカートが覗く。同色の細いリボンタイが愛らしい。

これはもしや、採用という証《あかし》なのでは⁉

コレットは期待に胸を膨らませて執務室に戻《もど》ったのだが——

「とりあえずそれで我慢《がまん》しておいてくださいね。女性用の軍服は、人数が少ないこともあって、選べるほどサイズの取り揃《そろ》えがないのですよ」——と、待っていたジルに言われた。

い、いい、とりあえず？　違うの？

コレットが口を尖《とが》らせながら勧《すす》められたソファに座ると、それからじきに着替えを終えたアルベール王子も部屋に入ってきた。

「さて、話の続きをしようか」

王子はコレットの向かいに座ってから切り出した。

ここからが勝負なのね！

まだ採用・不採用は決まっていないらしい。コレットはピシッと背筋を伸《の》ばし、グッとお腹《なか》に力を込めた。

「はい、よろしくお願いいたします」

「実は、お前を俺の毒見役として雇《やと》おうかと考えているところなんだが」

「……はい？　毒見役？　救護隊にそのような役職があるんですか？」

「あるわけないだろ。雇い主は俺個人になる。軍とは関係ない」

「えぇぇぇ……。で、でも、あたしは魔力量《まりょく》が多いから、戦場では役に立つかもしれないと、オベール教官がおっしゃっていたのですが……」

「お前、三級なんだろ？　役に立たない回復魔法士を雇うほど、軍に余裕《よゆう》はない」

「さようですか……」

やはりエリート職はエリート職。三級の落ちこぼれが入れる隙《すき》はなかった。

期待が大きかっただけに、コレットはがっくりと肩《かた》を落としていた。

ともあれ、このままでは回復魔法士としての仕事はない。借金を返すためには、どんな仕事でも就職のチャンスは逃《のが》せない。

「……あの、いくつか質問してもよろしいですか？」

「構わない。何でも聞け」

「ええと、ではまず、毒見役ってどのようなお仕事なんですか？」

何でも聞けと言ったわりに、王子の眉《まゆ》が不機嫌《ふきげん》そうに動く。

――が、どこかあきらめたように再び口を開いた。

「言葉通り、俺の食事に毒が入っていないかを調べる仕事だ」

「そのようなお仕事があるんですか？　学校でもそんな募集《ぼしゅう》は見たことがないんですけど」

「当たり前だ。万が一毒が入っていたら、死ぬんだぞ。そんな危険のある仕事を一般《いっぱん》募集するか」

「それはいわゆる裏仕事というものでは……？」

「そうとも言えるが、脱税《だつぜい》者が刑罰《けいばつ》としてやらされることが多いな」

どんな仕事でも構わないって思ったけど、まさか犯罪者がやる仕事だったとは……。

コレットはくらりとめまいを起こしそうになった。

とはいえ、このままでは借金踏《ふ》み倒《たお》しで逮捕《たいほ》、そして投獄《とうごく》。最終的には刑罰で毒見役をやっているような気がしないでもない。

あたしの行きつく先は、どうやっても『毒見役』なの？

「ちなみに、今はどなたか毒見役の人がいらっしゃるんですか？」

「今はいない」

「死んじゃったんですか⁉」

王子は呆《あき》れたような目で何か言おうとして、そしてやめたらしい。

「正確に言うと、四年前に王宮を出てからは付けていない。基本的に食事は隣《となり》の兵舎のものをとっている」

「兵舎の食事ですか？」

「大鍋《おおなべ》で全員そこから食べているから、安心なんだ」

「つまり、兵舎の人全員を毒見役にしていると」

「早い話がそういうことだ」

「王族の方はそこまで食事に気をつけるのが普通《ふつう》なんですか？　殿下《でんか》、誰《だれ》かにお命を狙《ねら》われていらっしゃるとか？」

「少なくとも過去に二人、俺の毒見役が死んだ」

王子の口調が淡々《たんたん》としていて、『冗談《じょうだん》ですよね？』と聞き返す雰囲気《ふんいき》ではなかった。

「国で一番暗殺が多いのが王宮って、知らないのか？」

「田舎《いなか》出身の平民なので、王宮の細かいことまで知らされていません」

「それもそうか。こっちは暗黙《あんもく》の了解《りょうかい》なんだが」

王子はどうでもいいことのように言って肩をすくめた。

「殿下が王宮を出られたのは、それが理由なんですか？」

「それも理由の一つ」

「他《ほか》の理由は？」

「お前には関係ない」

コレットの好奇心《こうきしん》をくすぐってくれるが、王子にこう言われてしまえば引くしかない。

「失礼いたしました。それで、四年も毒見役を付けていなかったのに、今更《いまさら》雇おうと思われたのは、誰かに狙われていて、警戒《けいかい》が必要だからなのでしょうか？」

「いや。お前の推薦《すいせん》状を見て、ジルが毒見役にどうかって薦《すす》めてきただけだ。俺は必要ないって言ったんだが」

「たいていの回復魔法士は毒耐性《たいせい》があるはずですけど、今まで毒見役として雇おうと思われなかったんですか？」

「普通の回復魔法士なら引く手あまたで、職探しに困らないはずなんだが？」

王子の痛い突《つ》っ込みに、コレットは「う……」と返す言葉もなかった。

「冗談はさておき、回復魔法士の毒耐性っていっても、学校で扱《あつか》うのは遅効《ちこう》性のものだけだろ。飲んですぐ死ぬ毒じゃ、どの道、治癒《ちゆ》は間に合わない。習う必要はないはずだ」

「確かに授業で扱うのは、一番早くて三十分くらいは猶予《ゆうよ》のある毒までですね」

そういえば、とコレットも思い出した。

「それがなんでお前は即効《そっこう》性の毒まで耐性があるんだ？」

「そ、それは……二年目と三年目の後期、治癒院実習に行けず、その時間、自習を兼《か》ねて個人的にいろいろ実験していたわけで……」

『落ちこぼれだからです』とズバリ言えず、コレットは上目遣《うわめづか》いにボソボソと告げた。

忘れもしない、誰が命名したのか『ネズミのミイラ化事件』――。

二級に合格するために習得しなければならないのは、体内の異常や身体《からだ》の一部を取り除く消失魔法。回復属性魔法と呼ばれるのは、三級合格に必要な探知魔法・再生魔法と合わせて、この三つだけだ。

これらを組み合わせれば、外傷の治癒と解毒《げどく》はあらかた可能になるため、冒険《ぼうけん》者の回復魔法士として働けるようになる。ちなみに治癒師になれる一級に合格するためには、様々な病気の知識と治癒方法の習得が求められる。

消失魔法の最初の実技訓練は解毒だった。ネズミに毒を飲ませて、探知魔法でその種類と患部《かんぶ》を特定、次に消失魔法で体内の毒を消すというもの。

探知魔法はコレットも問題なかった。しかし、血液中を循環《じゅんかん》する毒を見つけて、消失魔法で消そうとしたところ、ネズミの体液がすべて消失。当然、ネズミは干からびて即死《そくし》。

教官でも回復不可能な事態となった。

以来、コレットは消失魔法を使おうとするたびに、殺してしまったネズミの姿がフラッシュバック。冷や汗《あせ》をかいて失神するようになってしまった。そのせいで、二年目以降の治癒院実習に参加することができず、『三級の落ちこぼれ』となったのだ。

その辺りの事情はオベール教官の推薦状にでも書いてあったのか、王子から特に詳《くわ》しく聞かれることはなかった。

「つまり、その自習中に、自分で飲んで試したってことか？」

「その通りです」と、コレットは緊張《きんちょう》を緩《ゆる》めながら頷《うなず》いた。

「それが自殺行為《こうい》だってことがわからなかったのか？　自分で解毒できなかったら、他の誰も治癒する猶予《ゆうよ》はないんだぞ」

「それはもちろん、きちんと調べてからやりました」

「どうやって？」

コレットは教官の質問に答えるように、ハキハキと説明した。

「どんな毒でも致死量《ちし》というものがあるので、まずは致死量のだいたい十分の一を目安に試します。一回飲むとその毒がどう身体に作用するかわかるので、自己治癒の方法がわかります。それから少しずつ量を増やしていって、最後は致死量の十倍くらいまで耐性を高めていくんです」

「なるほどな」

また呆れたように見られるかと思ったが、王子は意外にも感心したようだった。

「どんな即効性の毒でも耐性があるのですか？」と、ジルが横から聞いてきた。

「授業で扱わないものとなると、せいぜい十種類くらいでしょうか。それ以外はいきなり使われると、どうなるかわかりませんけど」

「やはり死ぬのか？」と、王子の顔が不安げに曇《くも》る。

「今までの経験上、即効性の毒というのは体内に入ると、呼吸だったり心臓だったり、どこかしらにすぐ異状が発生します。そういう時は、身体が反射的に修復を始めてしまうので、自分では制御《せいぎょ》不能なんです」

「要は、毒の量に対して魔力量が足りなかった場合は、解毒しきれずに死ぬんだよな？」

「それはまあ、当然のことかと」

コレットが頷くと、王子は渋《しぶ》い顔で唸《うな》った。

え、なに？　もしかして怪《あや》しい雲行き？　あたし、変なことを言っちゃった？

「しかし、あの量のピラリスを解毒してみせたのですから、魔力量は充分《じゅうぶん》ということでしょう。これ以上、毒見役として最適な人材はいないと思いますが」

ジルがニコニコとアルベール王子に話しかけるが、王子は小さくかぶりを振《ふ》った。

「この四年、毒見役がいなくても問題はなかったからな。危険性がゼロじゃない以上、雇《やと》うわけには――」

王子が言い切る前に、コレットは「ちょーっとお待ちください！」と、大声で遮《さえぎ》った。

「あたし、このままだと借金を返せなくて、逮捕されちゃうんです！　お願いですから、お仕事ください！」

「彼女もこう言っていますし、お試しで雇ってみるのも悪くないのでは？　若い女の子を路頭に迷わせて、何かあったら後味の悪い思いをしますよ」

ジルも後押ししてくれるので、コレットも期待を込めて王子を見つめた。

王子は考え込んだようにしばらく黙《だま》っていたが、やがて大きく息をついた。

「住み込みの休みなし、月二千でもやるか？」

「休みなしということは、一日百ブレもいかないってことですよね？　まさかの最低賃金以下……」

「なんだ、不満か？　宿泊費《しゆくはく》・食費は込みだし、休みなしっていっても、お前の仕事は一日三回、食事の前くらいだ。俺の都合で必要ない日もあるだろうし、労働時間で考えたら、悪くない待遇《たいぐう》だと思うが」

それは……確かに？

王都は何といっても国内で一番物価が高い。一人暮らし用の小さな部屋でも、月に最低千ブレは取られる。食料品の価格もコレットの故郷の比ではない。家賃と生活費だけで、ひと月の最低賃金──二千ブレなど軽く飛んでいきそうだ。

住み込みでその分がかからないとなると、仕送りと借金返済に充《あ》てられる。

実質の賃金が四千ブレって考えれば、新米回復魔法士としては悪くない給料よね。

コレットはササッと胸算用《むなざんよう》して、内心ニンマリと笑った。

とはいえ、相手の提示した金額をすんなり受け入れるのは、もったいない。賃金においては、ダメモトでも交渉《こうしょう》するのがセオリーだ。

「でも、危険なお仕事なんですよね？　お給料にもう少し色を付けていただけると、非常にありがたいところなんですけど？」

コレットは王子の顔色をチラッチラッとうかがいながら頼《たの》んでみた。

「つかぬことを聞くが、コレット、本当に『危険な仕事』だと思っているのか？」

「いえ、全然。それが何か？」

「……何でもない。給料については考えておこう」

王子が瞑目《めいもく》して頷く前で、コレットは『やった！』と小さく拳《こぶし》を握《にぎ》りしめた。

コレットが部屋を出て行った後、ジルが自分のデスクに戻《もど》りながら声をかけてきた。

「王子」

「何だ？」

「王子にしては初対面の女性に対して、ずいぶん地を出していませんでしたか？　いくら平民とはいえ、女の子相手に怒鳴《どな》るのはどうかと思いますよ」

ジルのもっともな指摘《してき》に、アルベールは顔を覆《おお》ってため息をついた。

王族に生まれて、女性に対する丁寧《ていねい》な接し方はしっかり身についている。内心どう思っているのかはともかく、笑顔《えがお》の仮面くらい貼《は》り付けておけるはずだった。

どうやら初っ端《ぱな》でコレットが血を吐《は》いて倒《たお》れるところを見て、仮面を吹っ飛ばされてしまったらしい。加えて、血を見て失神までしてしまった後では、王族の威厳《いげん》などあったものではない。カッコつけるだけムダだと思ったのは確かだ。

しかし、ジルの言う通り、砕《くだ》けた口調を超《こ》えて怒鳴りつけてしまったのは、アルベールも自分に納得《なっとく》がいかない。

「俺にもよくわからねえ。あいつと話していると、調子がくるうんだ」

「それはまあ……わからないでもありませんね」

ジルは思い出すように遠い目をした後、プッと笑った。

「しかし、意外でした」と、ジルが続ける。

「彼女も王子のお嫌《きら》いな回復魔法士《まほうし》ですよ。ずいぶんすんなり信用しているように見受けられましたが」

「あいつは回復魔法士として、俺の嫌いな部分を持っていないからな」

「消失魔法ですか？　でも、使えないわけではありませんよ。現に自分の体内の毒を消せるのですから」

「わかっている。この先、消失魔法恐怖症《きょうふしょう》を克服《こくふく》するようなことがあったら、その時はもう用はない」

「かわいそうですねぇ。その時は追い出すのですか」

「アホ。あいつが消失魔法を使いこなせるようになったら、魔力量から見ても充分稼《かせ》げる魔法士になる。一級を受け直させれば、いくらでも職はあるだろう」

「さすが王子。ちゃんと先のことまで考慮《こうりよ》したおやさしい計らいではないですか」

ジルは本気で感心しているのか、揶揄《やゆ》しているのか。どちらでもいいと、アルベールはフンと鼻を鳴らした。

「ちなみに王子、通いでもいいのにわざわざ住み込みを提案したのは、それほど彼女をお気に召《め》したということなのですか？」

「バカ言え。あいつを雇う以上、俺の身近にいることになる。目の届くところに置いておいた方がいいと思っただけだ」

「やはりそちらでしたか」

ジルも四年前の事件を忘れていない。雇ったばかりの若いメイドが、買い物に出かけた先で不審死《ふしんし》を遂《と》げたことがあったのだ。

「二度と同じ過《あやま》ちは繰《く》り返したくないからな」


『親愛なるお母さん、アンリ、リディ、ルネ、シリル

みんな、お元気ですか？

お姉ちゃんは学校を卒業して、アルベール第三王子の専属回復魔法士として働くことになりました。

学校の寮《りょう》からの引っ越《こ》しや新生活の始まりで、いろいろ物が入用になっています。奨学《しょうがく》金の返済もあるので、今のところたくさんの仕送りは難しいんだけれど、来月末には少し送れると思います。

コレットより』

さすがに『専属毒見役』とは書けなかったわ……。

コレットは家族への手紙をポストに投函《とうかん》した後、ズーンと重くなる頭を抱《かか》えながらトボトボと歩き始めた。

卒業式翌日の日曜日、コレットは学校の寮を引き払《はら》い、市街地にあるアルベール王子の屋敷《やしき》に向かっていた。

荷物は実家を出る時に持ってきた革袋《かわぶくろ》と箱が一つずつ。引っ越しの日くらい辻《つじ》馬車を使いたいところだが、最初の給料までは一ブレでも節約しなければならない。歩くしかないのだ。

『お姉ちゃん、立派な魔法士になって、新しいおうちを建ててあげるからね。みんな、楽しみに待っててね』

四人の弟妹とそんな約束を交《か》わしたのは三年前、故郷を出発する時だった。

この約束が果たされる頃《ころ》には、みんな成人して家を出ちゃってるよ……。

意気揚々《いきようよう》と王都までやってきたものの、三年もかけて就《つ》けたのは最低賃金の仕事。商店や飲食店の接客係と変わらない給料でしかない。

住み込み食事付きのおかげで額面に文句はないが、正直、魔法士としての将来には全く期待を持てない。それどころか、人にも言いづらい裏仕事になってしまった。

本物の王族専属回復魔法士なら、その十倍はもらえるという。それこそ借金など、一年もあれば余裕《よゆう》で完済。田舎《いなか》の一軒家《いっけんや》くらい、働いて数年もすれば買ってあげられる。

もっとも、専属回復魔法士となると、経験と実績、貴族とのコネなどが物を言う。たとえ一級を持っていても、学校を卒業したばかりの新米回復魔法士が就ける仕事ではない。

家族はその辺りの事情を知らないはずなので、『専属回復魔法士』になったからといって、大金が仕送りされてくるとは思わないだろう。

とりあえず嘘《うそ》がバレないことを祈《いの》るしかないよね……。

コレットはそんなことを考えながら、もらった地図に記された場所にたどり着いた。

そこは王宮から一番近い商店街の一本裏の通り。戸建ての民家が並ぶ区画で、生活に便利な場所ということから、いわゆる高級住宅街と呼ばれている。とはいえ、それはあくまで平民にとっての話。貴族は閑静《かんせい》な王宮の北に庭付きの巨大《きょだい》な屋敷を構えるのが普通《ふつう》だ。

「……まさか、ここが殿下《でんか》のお屋敷？」

コレットの目の前にあるのは、小ぢんまりとした二階建ての家だった。

庶民《しょみん》のものほど小さいわけではなく、そこそこ裕福《ゆうふく》な商人が住んでいるような家。とてもではないが、王族が住む豪華《ごうか》なお屋敷というイメージはない。

しかし、何度地図と照らし合わせてみても、場所に間違《まちが》いはない。

とりあえず、入ってみるしかないよね？

コレットは門をくぐってじきに玄関《げんかん》に着いてしまうアプローチを通り過ぎ、ドアのノッカーを叩《たた》いた。

「はい」と、黒いスーツを着た初老の男性が顔を覗《のぞ》かせた。

「コレット・モリゾーと申しますが――」

「お待ちしておりました。どうぞ中へ」

あっさりドアを開けられて、コレットは啞《あ》然《ぜん》としてしまった。

「あの、こちらは本当にアルベール殿下のお屋敷なんですか？」

「ええ、間違いございません。皆様《みなさま》、驚《おどろ》かれるので、どうぞお気になさらずに」

いや、普通に気になるでしょ……。


ベルナールと名乗った執事《しつじ》に案内されたのは、玄関の脇《わき》にある階段を上って二階の一室だった。

「こちらがあなたのお部屋になります」

思わず耳を疑いたくなるような部屋が、コレットの目の前に広がっていた。

学校の寮の倍ほどの広さはあるし、置かれたベッドも一人で寝《ね》るにはかなり大きなもの。備えられた家具も光沢《こうたく》を放っていて、かなり高価なものに見える。

「ここがあたしの部屋なんですか⁉　あたし、働きに来たんですよ⁉」

「ええ。使用人のための部屋が余っていないので、アルベール様がこの客用寝室《しんしつ》を使うようにと」

「ひゃあ……。高級宿か、貴族のご令嬢《れいじょう》のお部屋みたい」

「気に入ったようで何よりです。アルベール様が居間でお待ちですので、荷物を置いたらそちらへ。階段を下りて右手にある部屋になります」

「あ、はい。すぐに行きます」

ベルナールがドアを閉めて出て行くのを見送ってから、コレットはとりあえず荷物を窓際《まどぎわ》のチェストの上に置いた。

これ、タダで使わせてもらったら、申し訳ないくらいの部屋なんだけど……。

こんな待遇《たいぐう》が待っていたとは、とコレットはご機嫌《きげん》で部屋を出て、足取りも軽く階段を下りて居間に入った。

午後の陽光が明るく差し込む部屋には、アルベール王子がソファに座って本を読んでいた。生成《きな》りのシャツにズボンと、面接の時の軍服姿よりくつろいだ様子だ。

おお、ほんとに殿下の家なんだ……。

光を浴びてキラキラと輝《かがや》く王子の姿は、まるで一枚の絵画を見ているような優美さがあるのだが――

「よお、やっと来たか」と、王子は読み止《さ》しの本をテーブルに置いた。

どうして口調にはエレガントさがないの？　そこら辺にいる平民の男の子みたいよ。

この王子は初対面から、どうもコレットのイメージする『王子様像』をガラガラと崩《くず》してくれる。この小さな家も相まって、本当に王子なのかと疑いたくもなる。

「あ、ええと、本日よりお世話になります」

コレットははっと我に返って片膝《かたひざ》をつこうとしたが、王子に止められた。

「家の中でかしこまった挨拶《あいさつ》はいらない」

どう答えていいものやら。コレットがとりあえず「恐《おそ》れ入ります」と言ってみると、王子はくっと喉《のど》を鳴らして口元を押さえた。

……やっぱり、返事が間違ってた？

どうやらこの程度のことは、不興を買うというより、笑い事で済まされるらしい。

そのままソファに座るように言われて、コレットは安堵《あんど》の息をつきながら王子の向かいに腰《こし》を下ろした。

「仕事の話なんだが――」と、王子が切り出すので、コレットは表情を引き締《し》めた。

「一日三回の毒見に加えて、日曜以外は朝六時から夜九時までメイド仕事をしてもらうことにした。昼食の後、夕食までは自由時間だ」

「……はい？　メイド仕事？」

「まさか、『家事』の定義まで説明させるつもりじゃないだろうな？」

王子が胡乱《うろん》な目を向けてくるので、コレットは慌《あわ》てた。

「それくらい知っています！　あたしの仕事は確か一日三回、食事の前だけだと思っていたので……」

「だって、お前、給料を上げてほしいんだろ？　月三千ブレにしてやったぞ」

「それでメイド仕事が追加に……」

「それから、探知魔法《まほう》は使えるんだよな？」

「はい、それはもちろんです」と、コレットは回復魔法士として胸を張る。

「なら、月に一回、俺も含《ふく》めてうちの使用人たちの健康診断《けんこうしんだん》もしてもらおう。ちょっと具合が悪い程度で治癒院《ちゆいん》に行っても、診断費を取られるからな。もったいない。もちろんお前が治せる程度のケガなら、その場で治癒してくれればいい」

「それは構いませんけど……」

この人、めちゃくちゃケチなんじゃないの？　千ブレの追加で、どこまで仕事させせようとしてるの⁉

「今、俺のこと、ケチって思ったか？」

「そそそそ、そんなことは思っておりません！」

コレットは冷や汗《あせ》をかきかき、一生懸命《いっしょうけんめい》笑顔《えがお》を作った。

「いいか、これだけはきちんと覚えておけ。王族の生活費は国民の血税で支払われるんだ。一ブレたりともムダにはできない。最低賃金以上の金を稼《かせ》ぎたいなら、それに見合った仕事をしてもらう。イヤなら、毒見役だけの二千ブレ。どうする？」

アルベール王子に真剣《しんけん》な顔で問われ、コレットはキリッと顔を上げて姿勢を正した。

「謹《つつし》んで、メイド仕事と健康診断もやらせていただきます！」

そうよ。たとえ千ブレでも、多く稼げるに越《こ》したことはないもん。

借金というものには利子がつく。返済年数が増えれば、その分、返す総額も増えていく。

ここは稼げるだけ稼いで、少しでも早く完済するのが先だ。

「そういうことなら、メイド仕事は明日《あした》の朝から始めてくれ。詳《くわ》しいことは、うちのメイド長が説明してくれる。今日のところは夕食の毒見だけだな。それまではゆっくりしていいぞ」

「かしこまりました」

「今夜はメイド長が、腕《うで》によりをかけて作ってくれるってさ。美味《うま》いって評判らしい」

そんなことを言っているわりに、王子が楽しみにしている様子はない。

ずっと兵舎の食事をしてたくらいだから、あんまり興味ないのかな……。

話は以上だとばかりに王子が本を取り上げるので、コレットは慌てて声をかけた。

「殿下、お伺《うかが》いしたいことがあったんですけど――」

「家の中で『殿下』は必要ない」

「では、アルベール様？」と、聞いてみると、王子は眉間《みけん》にシワを寄せた。

「なんだか、お前にそう呼ばれると気持ち悪いな」

「はい⁉　気持ち悪い⁉　ベルナールさんもそう呼んでいましたけど⁉」

コレットはキッと目を吊《つ》り上げた。

「いや、まあ、そうなんだが。ジルと同じで『王子』とでも呼べ」

「そうおっしゃるのでしたら、『王子』ということで」

「それで、聞きたいことって何だ？」

「あ、はい、身分証のことなんですけど——」

このフレーデル王国では、生まれた時に役所で名前などが記されたカード型の身分証が発行される。コレットの現在の身分証は、名前の下に『三級回復魔法士』、その下は卒業したばかりの今、『無職』になっている。

「やっぱり『毒見役』が職業になってしまうんでしょうか？」

「イヤなのか？」

「そ、それは……だって、だって、服役中の犯罪者みたいじゃないですか！」

コレットは真面目《まじめ》に訴《うった》えたのだが、王子は肩《かた》を揺《ゆ》らして笑っていた。

笑い事じゃないのよ！

身分証はお財布にもなっていて、銀行に預けてあるお金をチャージして買い物などに使う。お店で支払うたびに『職業　毒見役』と書いてあるのを見られたら、恥《は》ずかしいことこの上ない。それどころか、『ヤバい人なんじゃないの？』と怪《あや》しまれそうだ。

ただでさえ『三級回復魔法士って何？』って、突《つ》っ込まれそうなのに！

コレットがジロッと睨《にら》むと、王子は「悪い、悪い」と笑いを収めた。

「そんなことは考えてもみなかったからさ。お前も他《ほか》のメイドたちと同じ、うちの使用人だ。明日の午後にでも、ベルナールと一緒《いっしょ》に役所に行ってこい。書類は用意しておく」

「ありがとうございます」

……て、これ、メイド仕事をしないことになってたら、やっぱり『毒見役』が職業になってたの？

給料の上乗せを要求したおかげで、『使用人』の身分が手に入ったのは、ラッキーだったのかもしれない。コレットはそんなことを思いながらも、ガクッと頭を落とした。

回復魔法士なのに、『使用人』もお店で突っ込まれるよね……。


日曜日は毒見以外の仕事はお休みということで、コレットは自分の部屋で荷物を片付けて過ごしていた。

ワードローブの中にはメイドの制服と思《おぼ》しき黒のワンピースと、畳《たた》んだ白いエプロンが三着ずつ。最初からメイドとしても雇《やと》われることが決まっていたようで、準備は万端《ばんたん》になっていた。

お毒見役もメイド服を着ていった方がいいのかな？

迷いながらも、一応休みなので、今日着ていたブラウスと吊りスカートのまま夕食に下りていった。

真冬のさなかとはいえ、家の中は空調魔道具《まどうぐ》で快適温度に保たれているので、どこにいてもブラウス一枚くらいでちょうどいい。学校の寮《りょう》にも完備されていた魔道具で、コレットが王都に来て一番感激した物だ。

故郷の方が遥《はる》か北にあって、この時期はもっと寒く、竈《かまど》の火くらいでは家の中は充分《じゅうぶん》に暖まらない。分厚いキルトを羽織《はお》って、マフラーまでして過ごすのが普通《ふつう》だった。

それに比べると、なんて贅沢《ぜいたく》な生活かと思う。

当然のことながら、家中に空調魔道具を完備となると、お値段も相当張る。

王子もこういうところには、ケチらないでお金をかけてるってことね。

食堂は居間に隣接《りんせつ》した小部屋のようなところで、五人がけの丸テーブルにはアルベール王子とジルがついていた。

「ほら、お前も座れ」と、勧《すす》められたのは、王子をはさんでジルと反対側の席だった。

「え？　あたしも座るんですか？」

「毒見役が隣《となり》にいた方が、面倒《めんどう》がなくていいだろうが」

お毒見役って、ご主人様と一緒に食事をするものなの？

てっきり後ろにでも立っているものかと思っていたのだが。コレットはいまいち納得《なっとく》できなかったものの、『とっとと座れ』といわんばかりの圧を感じて、ササッと腰掛《こしか》けた。

「ジルさんもお帰りだったんですね」

今日は夜まで帰ってこないと、王子からは聞いていた。

「今夜はコレットの歓迎会《かんげいかい》ということで、デートより優先させていただきました」

ジルは人好きのする顔でニコリと笑う。

「歓迎会？　こちらでは新しい使用人が入ると、歓迎会をするんですか？」

聞きながらも、テーブルの上に並ぶカトラリーは三人分しかない。

「コレット、ジルの冗談《じょうだん》を真に受けるな」

王子がひんやりした眼差《まなざ》しでジルを見る。

「まんざら冗談でもないですよ。コレットのおかげで、こうして王子も家で食事ができるようになったのですから。大歓迎ではないですか」

「……確かに。日曜にわざわざメシのために基地を往復せずに済むのはありがたいか」

なるほど納得、と王子は表情を緩《ゆる》める。

「でしょう？」と、ジルも笑みを深めた。

毒見役がいないと大変だということが、よくわかるやり取りだった。

こんな風に、王子が日曜日に家でのんびりすることもできなかったってことだもんね。

そんな話をしている間に、メイド服姿の中年女性が赤ワインのカラフを持って入ってきた。彼女は真っ先に、コレットの前に置いてあるグラスにワインを注いでくれる。

「え、あたしも飲んでいいんですか⁉」

王子を振《ふ》り返ると、呆《あき》れたような顔を返された。

「お前、自分の仕事を忘れたか？　一口飲んで、俺に渡《わた》せ」

「……あ、毒見をしろという意味で」

すみません、とコレットは王子に睨まれる中、ワインを一口飲んでみた。

初めて口にするワインは、見た目はぶどうジュースのようだが、甘みではなく酸味を感じる。ふわりとさわやかな香《かお》りが鼻に抜《ぬ》けて、のど越しがよかった。

「うわぁ、すっごくおいしいです……」

コレットがほくほくと顔をほころばせてワインのグラスを王子に差し出すと、彼はくすりと小さく笑った。

「飲みたいなら、好きなだけ飲め」

王子って、実はいい人なんじゃないの？

ジルもコレットと同じ平民のはずなのだが、王子と食卓《しょくたく》を囲むことに、何ら支障がないように見える。

普通、王族は平民となんて食事しないと思ってたんだけど……。

メイドがその間にもジルのグラスにワインを注いでいるので、コレットもお言葉に甘えて飲ませてもらうことにした。

今夜は特別ということで、前菜から始まるフルコース。コレットは毒見役なので、お皿が二つ、目の前に置かれる。

「では、毒見ということで」

いただきます、と前菜の小魚の揚《あ》げ物をフォークで刺《さ》そうとすると、王子の手によってそのお皿が取り上げられた。

「おい、毒見の意味がわかっているのか？　試食じゃないんだぞ」

　気づけば、王子が目を吊り上げていた。

「……どう違《ちが》うので？」

「お前が魚一匹《ぴき》食っちまったら、俺はどこを食うんだ？」

「残り二匹ありますけど？」

「それも毒見したら、俺の分は？」

「……あら？」と、コレットは首を傾《かし》げた。

「毒見役はナイフで少し切って、食べるのはほんの一口ずつ。変な味がしないか確認《かくにん》するだけでいいんだ。ソースをつけるのも忘れるな」

「かしこまりました」

「――て、なんで俺が教えているんだ？　こういうのはジル、側近のお前の役目じゃないのか？」

　王子の眼力《がんりき》のこもった視線がジルに向けられる。

「王子がとても面倒見がいいので、微笑《ほほえ》ましく眺《なが》めておりました」

　ジルはそう言ってニコニコ笑顔《えがお》で、先に自分のお皿の料理を食べている。

「その顔は何にも考えていなかったってことだな」

「いやですねぇ。差し出がましいことをして、王子のご機嫌《きげん》を損《そこ》ねない方がいいと思っただけですよ」

「そうじゃなくても、俺のご機嫌を損ねているのがわからないのか？」

この二人は仲がいいの？　悪いの？

顔を合わせるたびに言い争いになっているような気がする。もっとも、兄弟ゲンカのようなもので、実家の弟妹たちを思い出させる。

うちもいつも賑《にぎ》やかな食卓だったもんね。

懐《なつ》かしく思いながら、コレットは二人のやり取りを眺めていた。

「ほら、やり直し」

王子も言いたいだけ言って気が済んだのか、コレットの前に改めてお皿を置いた。

今度はコレットも言われた通り、ナイフとフォークで魚の頭の部分を小さく切り取って、ソースを付けてから口に運んだ。

「こ、これは……!!」

「どうした!?　毒か!?」

振り返ると、王子の青ざめた顔がそこにあった。

「魚の頭ってゴリゴリしているはずなのに、サクサクしています！　甘酸《あまず》っぱいソースがカリカリの衣《ころも》に絡《から》んで……すっごくおいしいです！」

王子が言っていた通り、メイド長の料理の腕前《うでまえ》はかなりのものらしい。

「おい、誰《だれ》が料理の感想を述べろって言った？　さっさと毒見を終わらせて、皿を寄越《よこ》してもらおうか？」

王子から苛立《いらだ》つ気配が漂《ただよ》ってきていることに気づいて、コレットは慌《あわ》てて残り二匹の毒見を済ませ、お皿を王子の前に置いた。

「す、すみません。あまりのおいしさについ……」

なんだか怒《おこ》られっぱなしになりそうな新生活のスタートだった。

# 第二章　緊迫の最前線、大活躍の落ちこぼれ

引っ越《こ》しの翌朝から、コレットの仕事は本格的にスタートした。

初めてのメイド仕事とはいえ、基本は家事でしかない。実家で手伝いをしていたコレットにとって、難しいものは一つもなかった。しかも、生活用魔道具《まどうぐ》がそろっているので、仕事は楽なくらいだ。

掃除《そうじ》も魔道具があるので、床用《ゆか》ブラシのようなものでまんべんなく撫《な》でるだけでホコリを吸い取ってくれる。風属性魔法が付与《ふよ》されたもので、庶民《しょみん》には手の出ない高価な代物《しろもの》だ。

もっとも、小さな家ではあまり必要性は感じられない。

この家も部屋数が少なく、一階に居間と食堂、お風呂《ふろ》などがあり、二階が住人の私室。正直、『屋敷《やしき》』と呼べるほどのものではないので、もったいない気もする。

とはいえその分、時間の節約になるし、人件費を減らせる。安全性を重視するアルベール王子にとっては、そちらの方が重要だという。

実際、ここで雇《やと》われているのは、執事《しつじ》のベルナールとメイド長のイレーヌ、メイドのモニクとシルヴィだけ。身元のしっかりした年配の人ばかりだ。あまり大勢を雇うと、人の出入りが多くなって危険が増える。そのためにも小さな家を選んだとのことだった。

そんなわけで、家の周りには魔法障壁《しょうへき》が張り巡《めぐ》らされ、侵入者《しんにゅうしゃ》対策は万全《ばんぜん》。誰かが訪ねてくると、門をくぐった時点で、執事室のベルが鳴る仕様になっている。

その辺りは非常に王族らしい住まいともいえた。

ただなぁ、その王子が『王子様』らしくないのが微妙《びみょう》なところなんだけど。

そんなことを思うものの、王子が庶民的な口調で話してくれるおかげで、コレットも必要以上に緊張《きんちょう》しなくて済む。一週間もすれば、普通《ふつう》に話ができるようになっていた。

時々怒らせてしまうこともあるが、彼は一度怒鳴《どな》った後、いつまでもその感情を引きずることはない。かなり気持ちのいい人だ。

特にジルとの三人の食事は、毒見という仕事の一環《いっかん》ではあるものの、家族と過ごすような楽しさがあった。

コレットが二階の掃除を終えて、一階の食堂の床清掃に移ると、ふと壁《かべ》にかかっている肖像画《しょうぞうが》が目に入った。

掃除や食事の時にいつも目にしていたはずだが、じっくり見るのは初めてだ。

やわらかそうな赤毛の美しい顔立ちの少女の絵。赤いリボンタイ付きの白い服が救護隊の制服にも見える。

「これ、どなたの肖像画なんですか？」

イレーヌがちょうど食堂に入ってきたところだったので、コレットは聞いてみた。

彼女は健康診断《けんこうしんだん》をして全く異常がない、驚《おどろ》くべき八十歳のおばあさんだ。小さな身体《からだ》をしゃきっと伸《の》ばして毎日働いている姿は、すごいとしか言いようがない。

「あんた、知らないのかい？　マルティーヌ様じゃないか、前王妃《おうひ》様の」

「前の王妃様？　王妃様って代わりましたっけ？」

「もう四年も前になるから、あんたはまだ小さかったか。アルベール様のお母君だよ。この肖像画は十代の頃《ころ》のものだがね」

「王子のお母様、亡《な》くなられていたんですか」

「そんなことも知らなかったとはねぇ」と、イレーヌは呆《あき》れたようにため息をつく。

「すみません。王都から遠く離《はな》れたド田舎《いなか》育ちで、王族がどうなってるかなんて詳《くわ》しい話まで聞こえてこなくて」

「まあ、しょうがない。あたしはここで働く前、マルティーヌ様のご実家の方でメイドをやっていてね。お嬢様《じょうさま》が生まれた時から成長を見てきたんだ。十三歳になる年に魔法士養成学校に入って、そこで現国王陛下と出会ってご婚約されたんだよ」

イレーヌはその頃のことを思い出しているのか、懐かしそうに目を細めている。

「うわぁ。学生時代からのお付き合いだったんですね」

「結婚して第一王子のレオナール様をご懐妊《かいにん》されるまでは、軍の救護隊におられたんだ」

「つまり、回復魔法士だったと……。でも、貴族のご令嬢《れいじょう》だったんじゃないんですか？」

「侯爵《こうしゃく》家のお嬢様だったけど、活発な方でね。じっとしているのが大嫌《だいきら》いで、侯爵様の反対を押し切って入隊されたんだよ。それからは戦争やら魔族討伐《とうばつ》やらで各地を巡って歩いていたね」

じっとしているのが嫌いって、王子の性格はお母様似ってことなのかな。

コレットはふふふっと笑ってしまった。

「でも、どうして亡くなられたんですか？　四年前ならまだお若いですよね？」

「突然《とつぜん》の心臓発作だったと聞いたよ」

「心臓発作……？」と、コレットは眉根《まゆね》を寄せた。

自己治癒《ちゆ》のできる回復魔法士が病気で亡くなるというのは、かなり違和感《いわかん》がある。普通なら発作を起こす前に、心臓の異変に気づいて修復できるはずだ。

救護隊員だったことを考えても、魔力量が足りなかったとも思えない。たとえ足りなかったとしても、王宮にいる専属回復魔法士を呼べば、すぐに治してもらえただろう。

どういうこと……？

「アルベール様も一時期はかなり落ち込んでおられたそうだ。だいぶ立ち直られたようだが、あんたもアルベール様から話があるまでは、黙《だま》っとくんだね」

「わかりました……」

「ほれほれ、手が止まってる。とっとと仕事しないと、出かけるまでに終わらないよ」

「はーい」

コレットは肖像画から視線を外して、床掃除に戻《もど》った。

王子は四年前からここに住み始めたと言っていた。ちょうど母親が亡くなった頃だ。

愛するお母様がいなくなった王宮には、いたくなかったのかな……。

王子が王宮を出た理由の一つは、命の危険があるからだった。その他《ほか》のきっかけは、母親の死だったのかもしれない。

あたしには関係ないって言われちゃったし。これはさすがに気軽に聞いちゃいけないことよね。

家族のように生活していても、踏《ふ》み込んではいけない溝《みぞ》のようなものは存在していた。


午前中のメイド仕事を終え、コレットは昼食の毒見のために基地へ向かった。

歩いて十五分もかからないところなのだが、アルベール王子は馬車を使えという。

ありがたい配慮《はいりょ》ではあるものの、馬車代を払《はら》ってくれるなら、その分を給料に上乗せしてくれた方がいいのに、と思わずにはいられない。

家事にしても、他のメイドたちと違《ちが》って家の中の細々《こまごま》としたことだけ。買い物などは行かなくていいと言う。

もしかして、あたしをお使いに行かせると、お金をちょろまかすって疑われてる？

――などと、思ったりもしたのだが、休憩《きゅうけい》時間や休みの日も、出かける時は必ずベルナールかメイドの誰《だれ》かを連れて行けと言われている。

一人で出かけると、迷子にでもなると思ってるの？

どうも子ども扱《あつか》いされているようで不満に思うこともあるが、それも『ご主人様の命令』なので、従わなければならない。

機会があったら、理由を聞いてみよう。

コレットは基地内の司令部前で馬車を降りると、受付で「こんにちは」と、声をかけた。

この時間、基地はちょうど昼休みに入ったところで、戦闘《せんとう》訓練をしている兵士たちは兵舎に戻っていく。コレットはいつもその時間に合わせて来ていた。

受付にいる老兵とはすっかり顔なじみになっているので、ここのところ身分証を見せなくても中に通してくれる。

「毎日ご苦労さん」と、いつものように返事があったが、今日に限っては「ちょい待ち」と、そこで止められた。

「アルベール殿下《でんか》は王宮に行かれてるから、今は不在だよ」

「え、そうなんですか？　ジルさんも？」

「二人とも行っておられるよ。一時間くらい前に緊急《きんきゅう》招集命令が下ってね」

「それって、何かあったってことですか？」

「俺もはっきりしたことはわからんが、将校たち全員に招集がかかったところを見ると、派兵があるんじゃないかな」

「派兵……て、戦争とか、魔族《まぞく》の襲撃《しゅうげき》とか？」

「うむ」と、老兵は頷《うなず》く。

フレーデル王国は東西に山脈、南北を海に囲まれていて、王都パリムはおおよその中心に位置する。東西の隣国《りんごく》とは常に緊張状態が続いていて、今も西のエスターニャ王国とは停戦状態、いつ再開してもおかしくない状況《じょうきょう》にある。加えて、魔族の襲撃も定期的に各地で発生している。

この三年、コレットは城壁《じょうへき》に囲まれた王都で平和に暮らしていたので、そんな国の情勢など、すっかり頭から抜《ぬ》け落ちていた。

「ああ、コレット、ここにいたか」

声をかけられて振《ふ》り返ると、アルベール王子がジルと一緒《いっしょ》に司令部の中に入ってくるところだった。その背後からは、黒い軍服をピシッと着こなした将校らしき男性が何人も続いている。その誰もが緊張した面持《おもも》ちで、物々しい雰囲気《ふんいき》を醸《かも》し出していた。

メイド服にマントを羽織っただけのコレットは、完全に浮《う》いているような気がする。

王子は彼らに二言三言何かを告げてから、ジルと一緒にコレットの方にやってきた。

「何かあったんですか？」

「軍の派遣《はけん》が決まった。二時間後には出発する。お前はそのまま家に戻って、俺とジルの遠征《えんせい》用の荷物を持ってきてくれ。ベルナールに言えば、すぐに用意してくれる」

王子のただならない様子に、コレットは気圧《けお》されながら頷いた。

「か、かしこまりました」

「お前の荷物については、イレーヌに聞けばいい。必要な物をそろえてくれるはずだ」

「……はい？　あたしも行くんですか？」

「俺の毒見役なんだから、一緒に行くのは当たり前だろ。俺にメシを食わせない気か？」

「い、いえ、とんでもありません！　服装は⁉　このメイド服でよろしいでしょうか⁉」

そういえば、といったように王子がコレットを眺《なが》める。

「さすがにその格好だと寒いな。面接の時にくれてやった制服があるだろ。あれなら防寒にもなるから、それを着てこい」

「かしこまりました」

「わかったら、すぐに行け。一時間以内に戻って来い」

コレットは追い立てられるように馬車に向かわされた。どうやらあれこれと質問に答える時間すら惜《お》しいくらいに、緊迫《きんぱく》した状況らしい。

コレットも気を引き締《し》めて、御者《ぎょしゃ》に「急いでください」と伝えた。


いきなり軍の派遣について行くことになるとは……。

コレットはぐったりしながら、再び基地に向かって馬車に揺《ゆ》られていた。

「王子たちの遠征が決まりました」

コレットが家に戻ってベルナールに告げると、その後の動きは驚くほど速かった。

使用人たちが総出で王子たちの荷物をテキパキと用意していく。コレットの荷物も、着《き》替《が》えている間にイレーヌが必要な物を革袋《かわぶくろ》に詰《つ》めてくれた。

あれよあれよというちに家を出発することになり、ものの三十分程度で基地に戻ってくることになった。

司令部の前で御者に荷物を降ろしてもらっていると、兵舎の方からぞろぞろと緑色の軍服を着た兵士たちが出てくるのが見える。演習場には馬車や馬が並び、武器などが積み込まれている。コレットも戦闘訓練をしているところは何度も見かけたことがあったが、今日はいつになくピリリと緊張した空気が漂《ただよ》っていた。

「あれ？　コレットじゃないか？」

不意に声をかけられて振り返ると、そこには見知った少年の顔があった。

眉毛《まゆげ》が濃《こ》くて精悍《せいかん》な顔立ち、日焼けというより地黒で、いかにも『戦士です』といったたくましい体つきをしている。王国軍魔法士団の紺色《こんいろ》の軍服を着ていた。

「え、ウソ、セザール⁉」

三年前、魔法士養成学校に入学した時の同期、セザール・バルテだった。

基本属性クラスの学生だったが、同じ平民出身ということで仲良くしていた。二年ほど会わない間に見上げるほどに背が高くなって、身体《からだ》もさらにガッチリしたように見える。

「久しぶり。元気そうじゃん」

「うん、元気元気。セザール、ここの魔法士団に所属してたんだね」

「おう。お前はこっちに転属になったのか？」

「転属って？」

「救護隊員として、今まではどこか別の場所に赴任《ふにん》してたんじゃないのか？」

セザールが指差すのは、コレットの着ている白いワンピースだった。

そ、そうよ。これ、救護隊の制服だった……!!

遠征となれば、救護隊も出動するのが普通《ふつう》だ。現に同じ制服をまとった女性が何人か、司令部と演習場を行き来している姿が視界の隅《すみ》に映る。

ひゃあ、本物のエリート回復魔法士様たちがいる……。

コレットは『うん、そうなの』と答えたいところだったが、そんな嘘《うそ》はすぐにバレる。

「救護隊員じゃなくて、アルベール殿下の使用人だったりするんだけど」

「使用人？　……て、何するんだ？」

遠慮《えんりょ》なく突《つ》っ込んでくれるセザールを睨《にら》みたくなる。

「メイド仕事と毒見役……」

「回復魔法士の仕事には聞こえんが……。まさか、二年目も一級に合格できなかったってことか？」

セザールの言葉に、コレットの目は勝手に泳ぐ。

「……二年目どころか三年目も二級になれなくて、三級のまま卒業した」

恥《は》ずかしい話なので、他《ほか》の人に聞こえないようにコソッとささやいたのだが――

「は⁉　お前、三級なのか⁉」と、セザールがバカでかい声を出すので、コレットの試みは失敗に終わった。

「おい、二級に落ちるって、まさかまだ消失魔法恐怖症《きょうふしょう》のままなのか？」

コレットはむっつりと頷くしかない。

「おかげで、回復魔法士の仕事には就《つ》けなくて、アルベール殿下が専属の毒見役として拾ってくれたの」

「それ、どう考えてもまともな仕事じゃないよな？」

「わかってるよ！　でも、借金を返すには、他に道はないの！」

「それくらいだったら、金持ちの結婚《けっこん》相手でも見つけたら？　でなけりゃ、貴族の愛人って手もあるぞ。仕事しなくても、悠々《ゆうゆう》自適生活。借金もサクッと返してもらえる」

魔力の継承《けいしょう》は、遺伝によるところが大きいといわれている。実際、魔力量の少ない貴族が平民の魔力保持者を愛人にして、跡《あと》継ぎとする子どもを得るという話はよく耳にする。裕福《ゆうふく》な商人なども、魔力保持者というだけで結婚したがるらしい。

「冗談《じょうだん》やめてよ。あたしは結婚するなら、自分だけを愛してくれる人がいいの。お金のために結婚なんて絶対イヤ。ましてや愛人なんて論外よ。他人様《ひとさま》に胸を張れない仕事をしてる方が、よっぽどマシだわ」

「胸張ってそれを言ってどうする――」

セザールは呆《あき》れたように言ったが、ふとコレットの背後を見やった。

「珍《めずら》しいこともあったもんだ」

セザールの視線をたどると、少し離《はな》れたところでアルベール王子と、救護隊の制服姿の女性がにこやかに話をしていた。

サラサラの淡《あわ》い金髪《きんぱつ》が明るい水色の澄《す》んだ瞳《ひとみ》によく似合う、清楚《せいそ》で可憐《かれん》な女性だ。同性のコレットでさえ、息をのむくらいに美しいと思う。

「あの人は？」

「リアーヌ様。癒《い》やしの女神《めがみ》様、お前も回復魔法士なら、聞いたことくらいあるだろ」

「もちろん知ってるよ！」

リアーヌ・サリニャック公爵令嬢《こうしやくれいじよう》はまだ十七歳と若いものの、どんな病気も治癒《ちゆ》可能といわれる一級回復魔法士。新しい病気をいくつも発見して、医学に関する著書も多くある。コレットも図書館で何冊も読んだことがあった。

史上最強の治癒師とも称され、ついた二つ名が『癒やしの女神』。公爵家の令嬢でありながら、貴賤《きせん》問わず治癒を施《ほどこ》すと評判の女性だ。

ひゃあ、あんな美人さんだったなんて。天は二物を与《あた》えるって、まさにああいう人のことを言うんだわ。

「……あれ？　でも、あたし、リアーヌ様が救護隊にまで入ってるのは知らなかったよ」

「所属してるって言っても、形だけだからな。治癒師としての仕事が忙《いそが》しいんだとか」

「けど、今回の遠征は行くってことなんじゃないの？」

「おう。だから俺も驚《おどろ》いたんだよ。一班に欠員があるから、殿下《でんか》が招集をかけたのかもな」

「一班？」と、コレットが首を傾《かし》げると、セザールが説明してくれた。

王国軍の救護隊員は十五名が定員で、五名ずつ第一から第三大隊に一班から三班と振り分けられている。今回の派兵はアルベール王子が長を務める第一大隊のみ。リアーヌは三班に所属しているので、普通ならば従軍しない。十二月から一班に欠員が一人出ているので、その補充《ほじゅう》にリアーヌが呼ばれたのではないかという話だった。

「あの二人、婚約してるって噂《うわさ》だから、殿下に同行するのかもな」

麗《うるわ》しいアルベール王子とは、絵に描《か》いたようなお似合いのカップルだ。美貌《びぼう》も家柄《いえがら》も釣《つ》り合っている。仲良さそうに話しているところを見ても、婚約者というのはかなり信憑性《しんぴょうせい》の高い噂に違《ちが》いない。

「……へえ。それも知らなかった」

「殿下の使用人なのに？」

「働き始めたばっかだもん」

それくらいの話、食事をしながらでも気軽にしてくれたっていいのに。

コレットは思わずムスッとしてしまう自分に気づいて、驚いた。

「リアーヌ嬢、招集をかけたのは救護隊一班だけだったはずなのですが？」

なんで、こいつがここにいるんだ⁉

アルベールは怒鳴《どな》り散らしたくなるのを抑《おさ》えて、必死に笑顔《えがお》を貼《は》り付けていた。

「ええ、存じておりますわ」

アルベールの胸中などお構いなしに、リアーヌはふわりと上品な笑みを浮《う》かべる。

「でも、一班には欠員が出ていますでしょう。すでに死傷者が多く出ている現状、回復魔法士は多いに越《こ》したことはございません。わたくしも参加させてくださいませ」

『なんて殊勝《しゅしょう》な申し出だ』と言いたいところだが、リアーヌは救護隊に所属してからこの四年、一度もその仕事をしてこなかった。

治癒師の仕事が立て込んでいることを理由に、合同軍事演習には不参加。救護隊員が一名ずつ交代で戦闘《せんとう》訓練中のケガに対応する常駐《じょうちゅう》もできない。さらには戦地に赴《おもむ》くことまで拒否《きょひ》する。軍事会議の度《たび》に増員してほしいと訴《うった》えがあるのは、彼女が所属している三班だ。巷《ちまた》では『癒やしの女神』などと称賛《しょうさん》されているリアーヌだが、軍ではムダな給料を払《はら》わされるばかり。他の救護隊員の負担も増やす。欠員以上に迷惑《めいわく》な存在なのだ。

アルベールも『リアーヌを職務怠慢《たいまん》で懲戒免職《ちょうかいめんしょく》にしましょう』と、軍事会議で何度提言しようと思ったことか。がしかし、喉元《のどもと》まで来ても言葉にすることはできなかった。

それを言ったら、おしまいだからな……。

こんな風に招集もかけていないのに突然《とつぜん》やって来て、従軍したいと言われても、ありがたいなどとは到底《とうてい》思えない。

「しかし、あなたが戦場に行くとなれば、お父上も心配されるでしょう」

「そのようなお気遣《きづか》いは無用ですわ。殿下をしっかりお守りするようにと、父も申しておりました。大切な殿下の御身《おんみ》に何かあったら大変ですもの」

「私は自分の身は自分で守れますし、ジルがそばにいれば護衛は充分《じゅうぶん》です。あなたの手を煩《わずら》わせるようなことはありませんよ」

「殿下のお邪魔《じゃま》はいたしません。わたくしはただお役に立ちたいのです。殿下は兵たちの命を大切にする方でしょう。わたくしなら一人の救護隊員の百倍は助けられますわ」

この笑顔、もう無理。限界。

『助けてくれ』と近くに控《ひか》えていたジルに目配せを送ったが、彼は瞑目《めいもく》して小さく首を振《ふ》っていた。『あきらめろ』ということらしい。

ここで押し問答している間にも、出発の時間は刻一刻と迫《せま》っている。自分から従軍したいという人間を断る理由も見つからない。

コレットには近づけさせたくなかったんだが……。

「リアーヌ嬢、あなたの気持ちはわかりました。従軍を認めましょう。ただし、あなたを特別扱《あつか》いするようなことはしません。救護隊一班の隊員と同様に扱わせてもらいます。それでよろしいですか？」

「ええ、もちろんです。殿下のご期待にきっと応《こた》えてみせますわ」

「これから点呼が始まるので、あなたも救護隊の列へ」

リアーヌは制服のスカートをつまんで、華麗《かれい》に礼をしてから去っていく。

その後ろ姿を見送りながら、アルベールはふらりと倒《たお》れそうになっていた。

「王子、これは仕方のない状況《じょうきょう》です。優先すべきは戦場の負傷者の命。リアーヌ様が同行されれば、文字通り百人力でしょう」

「そりゃ、わかっているさ。けど、コレットも連れていくんだぞ」

「王子の懸念《けねん》はそちらでしたか」

「当然だ」

「とにかく、コレットからは目を離さないようにいたしましょう」

「戦場で指揮を執《と》りながら、リアーヌとコレットにまで注意を払うっていうのは、けっこう大変なんだが……」

「私もちゃんとお手伝いしますよ」

「……そういえば、コレットは？　まだ着いていないのか？」

「いえ、あちらに。先ほどから若い男性と楽しそうにおしゃべりしています」

ジルの指差した方を見ると、確かにコレットと、アルベールの部下にあたる火属性魔法《まほう》士《し》が話し込んでいた。

楽しそう……か？　普通《ふつう》だろ。

「いちいち誇張《こちょう》するな。コレット、何をしている!?　着いたなら、俺のところにすぐ来い。俺のそばから離《はな》れるな！」

コレットは「ぴゃいっ」と声を上げて跳《は》ね上がったかと思うと、必死の形相でアルベールのもとに飛んできた。

『ぴゃい』って何だ？

その様子がリスのような小動物の動きに似ていて、アルベールはつい顔がほころびそうになっていた。

集合時間になって、司令部前に整列した兵士たちの点呼が始まっている。中隊は欠員もいるようだが、おおむね百名ずつ所属しているらしい。第五中隊まであって、魔法士団五十名を合わせると、第一大隊は総勢五百名ほどの軍になる。

点呼が終わると、大隊長のアルベール王子が壇上《だんじょう》に立って話を始めた。

黒いマントを肩《かた》から掛《か》け、いつもは着崩《きくず》している軍服も首までしっかりボタンを留めている。五百人からの大男たちを前にして、威風堂々《いふうどうどう》と声を張っていた。

コレットも思わず見とれるほどに凛々《りり》しい姿だったが、話の内容を聞いて、いつまでもボケッとはしていられなかった。

東のハルムヒト帝国《ていこく》が、スウェッツ山脈を介《かい》して隣接《りんせつ》するフォンタニエ公爵《こうしやく》領に侵攻《しんこう》を始めたのだ。

スウェッツ山脈には武器の材料となるフェール鉱石の鉱脈がいくつもある。その鉱山の所有を巡《めぐ》って、過去何度も帝国とは戦火を交えてきた。今の国境線が引かれたのは二十年以上前、コレットが生まれる前のこと。以来、フォンタニエ公爵がスウェッツ山脈の国境線沿いに領地を構え、帝国との防衛線の役割を果たしてきた。

ここ数年も何度か侵攻はあったが、公爵領軍で食い止められる小競《こぜ》り合い程度のものでしかなかった。

しかし今回、ハルムヒト帝国側は大規模な軍を結成し、本格的な戦争を仕掛けてきた。公爵領軍では応戦しきれず、すでに国境は破られ、エロワ鉱山が占拠《せんきよ》されてしまった。

鉱山の奪還《だつかん》とこれ以上の侵攻を食い止めるため、フォンタニエ公爵からの援軍要請《えんぐんようせい》を王国議会が認めた。それがつい数時間前のこと。

公爵領軍が防衛線を引いているスウェッツ山脈の麓《ふもと》の町アンテスに、これから全国各地から集められた兵団が向かう。王都パリムを拠点《きよてん》とする王国軍からは、第一大隊が派遣《はけん》。その連合軍の全権を任されたのが、アルベール王子だった。

「全員配置につけ！」

アルベール王子の号令で、そこに集まった兵士たちが馬や馬車に向かって走っていく。

いよいよ出発なのだと、コレットも身が引き締《し》まる。

壇《だん》から降りて来た王子は「こっちだ」と、コレットを連れて青毛の馬のところまで歩いて行った。

「……あの、この馬、どこか変じゃないですか？」

目は血走っているし、唇《くちびる》をめくり上げて歯をむき出しにしている。鼻の穴を膨《ふく》らませてブヒーブヒーと鳴らしている姿は、まるでブタのよう。すぐにでも走り出す勢いで、ガリガリと蹄《ひづめ》で地面をかいているので、手綱《たづな》をつかんでいる兵士がかわいそうなくらいだ。

「お前、強化魔法をかけた馬、見たことなかったのか」

アルベール王子は意外そうに言った。

「馬にも強化魔法がかけられるんですか？」

魔族などと対峙《たいじ》する場合、戦闘力を上げるために強化魔法をかける話は聞いていた。が、まさか動物にまで使うとは知らなかった。

「戦場まではこういう馬で一気に進むんだ。アンテスまで普通の馬車なら五日はかかるが、この馬なら一日で着く」

王子が馬の背にまたがりながら説明してくれる。

「たった一日で……」と、コレットは感嘆《かんたん》の声を漏《も》らした。

「速達の手紙や荷物を運んだりする時にも使っているぞ。ほら、手を伸《の》ばせ」

「……はい？」と、首を傾《かし》げるコレットに向かって、王子が両腕《りょううで》を伸ばしている。

「馬に乗るんだよ」

「お、王子と一緒《いっしょ》に乗るんですか⁉」

「俺から離れるなって言っただろ。命令だ」

「か、かしこまりました！」

恐《おそ》る恐る伸ばした手がつかまれたかと思うと、突如《とつじょ》上昇《じょうしょう》気流がコレットの足の下から吹《ふ》き上げた。

気づけば、コレットは王子の後ろに横座りになっていた。

アルベール王子の魔力は風属性。このように風を操《あやつ》るのを見るのも初めてだ。

「馬車よりは快適だと思うが、しっかりつかまっていないと落ちるからな。気をつけろ」

王子の腰《こし》に遠慮《えんりょ》がちに置いていたコレットの手が、そのままお腹の方まで引っ張られる。

後ろから王子に抱《だ》きつく形となって、コレットは一気に顔が赤くなるのを感じた。

頬《ほお》にあたる王子の背中からは温《ぬく》もりが伝わってくる。心臓の音すら聞こえてきそうだ。

恋人《こいびと》でもないのに、こんなに密着するのはどうなの⁉

――などと、ドキドキしたのもつかの間、馬が走り出した途端《とたん》、その恐ろしい勢いに『抱きつく』程度では落とされることが判明。『死に物ぐるいでしがみつく』が正解だった。

風に舞《ま》い上がるスカートなど気にしている場合ではない。歯を食いしばっていなければ、舌を噛《か》んでしまう。強風が常に吹きつけているのと変わりがなく、頬のお肉がぷるぷると震《ふる》えている。うっかりすると息を吸うのも忘れてしまいそうだ。

これで馬車より快適なの⁉

その上、軍の全員に回復薬が支給され、人間も馬も休憩《きゅうけい》どころか食事すらする必要がない。つまり、この状態でただひたすら目的地に向かって走り続けるのだ。

これ、最低賃金に毛が生えた程度しかもらってないあたしには、ちょーっと重労働すぎるんじゃない⁉

遠征《えんせい》ボーナスをくれ、と真面目《まじめ》に訴《うった》えたくなっていた。


『俺にメシを食わせない気か？』

なーんて言われて、連れてこられたのに、仕事がないんですけど？

コレットは広い天幕の片隅《かたすみ》に座って、アルベール王子を中心に行われる会議を聞くともなしに聞いていた。

「ここでじっとしていろ」と命じられた以上、コレットは動くこともできない。

王国軍が王都パリムを出発して、アンテスに到着《とうちゃく》したのは、翌日の日暮れ間近。王子はそのまま町の外に設営されている作戦本部の天幕に入った。

これまでの戦況《せんきょう》や現状などの報告を聞き、そこから今後の戦略を練ったりと、目まぐるしく動いている。その間にも全国各地から集められた領軍の将校たちや伝令が次々と出入りして、天幕の中はせわしない空気が漂《ただよ》っていた。

日が昇《のぼ》れば、王子は戦場に出て行って、連合軍の指揮を執《と》っている。

てっきり王族として『お飾《かざ》りの総司令官』だと思っていたコレットは、普通に驚《おどろ》いた。

当然、王子は朝も晩も休む時間どころか、食事をとるヒマもない。食事は回復薬で済ませているので、コレットの毒見役としての出番はない。それどころか、まるで人形のように座っているだけ。正直、何のために連れてこられたのかわからない。

実際問題、悠長《ゆうちょう》に食事などしていられる状況《じょうきょう》ではなかった。

王国軍が移動していた一日の間に、ハルムヒト帝国軍はエロワ鉱山からさらに村まで侵攻し、そこに防衛線を引いていた。

援軍が間に合わなかったのだ。

鉱山ばかりかエロワ村まで落とされ、民間人にも死傷者が出ている。これ以上の侵攻を止めるためにも、連日夜は寝《ね》ずの作戦会議になる。

一分一秒が惜《お》しい。そういう空気をひしひしと感じる。

ここにいる皆《みな》が国と民《たみ》を救うために必死になっているというのに、コレットだけがボケッと座っているのは、非常に心苦しい。しかも、救護隊の制服を着ているせいで、天幕に入ってくる人たちには、『こんなところで何をやっているんだ？』という目で見られる。

居心地《いごこち》悪いどころか、恥《は》ずかしさに顔も上げられなくなっていた。

「……あの、王子」

話の切れ間ができたところで、コレットは恐る恐る声をかけてみた。

アルベール王子はコレットの存在を完全に忘れていたのか、驚いたように振《ふ》り返った。

「あ、悪い。退屈《たいくつ》だろ。眠《ねむ》いなら寝てもいいぞ。しばらくメシを食う予定もないし」

回復薬の効果のおかげか、コレットもここに来てから一睡《いっすい》もしていないのに、眠気《ねむけ》というものは全くない。空腹も感じない。

「い、いえ、そうではなくて、あたしにも何かできることがないかと思いまして」

「何ができるって言うんだ？」

「これでも探知と再生魔法《まほう》は使えますから、救護隊員のお手伝いくらいはできるかと」

途端に王子の表情が憮然《ぶぜん》としたものに変わった。

落ちこぼれはお呼びじゃないって言いたいのかな……。

コレットが『やっぱり何でもありません』と言おうとしたところ、王子はまいったというように額に手を当てた。

「猫《ねこ》の手も借りたい状況だからな。救護所に行けば、一班長のソフィ・グノーがいる。仕事は彼女の指示に従え。回復魔法士として役に立たないなら、衛生兵の手伝いをしろ」

「じゃ、じゃあ……!!」

自分にもやれることがあると知って、コレットは一瞬《いっしゅん》にして心が軽くなるのを感じた。晴れ晴れとした気分で、笑《え》みまで浮《う》かべてしまう。

「ジル、コレットに魔法障壁《しょうへき》をかけてやれ」

コレットがジルを見やると、その右手が掲《かか》げられ、同時にふわりと薄布《うすぬの》を頭からかけられたような感覚があった。

「魔法障壁？」

「私は防御《ぼうぎょ》系魔法士なので、この手の魔法は得意なのですよ」

「救護所って、危険なんですか？」

「敵の攻撃《こうげき》については心配いりませんよ。この魔法をかけている間、あなたの周りの声が聞こえるのです。何かあった場合に備えて、かけておくのですよ」

「それは……ありがとうございます」

コレットは答えながら、首をひねりたくなっていた。

ずいぶん過保護じゃない？　やっぱりあたし、子どもだって思われてる？

「コレット、ソフィの言うことをよく聞いて、くれぐれも余計なことをするなよ」

王子にまで真顔で念を押されて、コレットの顔はカアッと赤くなっていた。

これ、あたしが何かやらかしそうで、信用してないってことなんじゃないの!?

作戦本部のある天幕は、アンテスの町並みを見下ろせる小高い丘《おか》の上に設営されていた。

反対側を下れば、エロワ村につながる道がある。救護所はアンテスの方に下った途中《とちゅう》にあるひと際《きわ》大きな白い天幕だった。

コレットは天幕の入口をくぐり――足がすくんでしまった。

コレットの目に飛び込んできたのは、数えきれないほどの負傷者たちの姿だった。ゆったりと手足を伸ばす余裕《よゆう》もないほど、所狭《ところせま》しとゴザの上に横たわっている。

室内は血と汗《あせ》、ホコリの臭《にお》いが入り混じり、吐《は》き気をもよおしてくる。消毒の匂《にお》いが漂う清潔な治癒院《ちゆいん》とは全く違《ちが》う場所だった。

そこでは白い制服をまとった救護隊員たちが、あちこちに散らばって治癒を施《ほどこ》していた。リアーヌの他《ほか》に、女性が二人と男性が二人。皆、かなりの魔力を使ったのか、顔には疲労《ひろう》が色濃《いろこ》く出ている。

そんな中、リアーヌだけは負傷者に「もう大丈夫《だいじょうぶ》ですからね」と、微笑《ほほえ》みかけながら対応していた。

その姿はまさしく『女神《めがみ》』にふさわしいもので、後光すら差しているように見える。

あたしでも役に立てると思って来たんだけど……。

今ほど『落ちこぼれ』という言葉が痛いほど身に染《し》みたことはなかった。

大勢の負傷者に対してテキパキと治癒を行う『エリート』たちの中で、何を思い上がったことをしようとしていたのか。

あたしなんか、邪魔《じゃま》にしかならないいんじゃないの……？

「あなたも王国軍の救護隊員なんですか？」

声をかけられて振り返ると、衛生兵の腕章《わんしょう》をした青年がそこに立っていた。

「あ、いえ、違うんですけど、回復魔法士なので、お手伝いができないかと思って……」

自信をなくしてボソボソと答えるコレットの前で、青年はうれしそうに目を輝《かがや》かせた。

「ありがたいです！　回復魔法士様なら、一人でも多く欲しいところでしたから！」

そのひと言に、コレットは救われたような気がした。

そうよ、あたしだって、軽傷の治癒くらいはできるんだから……!!

アルベール王子も『猫の手も借りたい状況』だと言っていた。

救護隊員には、コレットが治せないケガを治癒してもらえばいい。逆にコレットでも治せる程度のケガなら、救護隊員が治癒するのは魔力のムダだ。その分、他の負傷者に魔力を使ってもらった方が効率がいい。

「ソフィ班長はどの人ですか？　指示を仰《あお》がなくちゃいけないんですけど」

「あの方です」

青年が指を差したのは、少し離《はな》れたところにいた二十代半ばの女性だった。赤みがかった栗色《くりいろ》の長い巻き毛を後ろでまとめている。

コレットはグッと気合いを入れて、ソフィのもとに向かった。

「コレット・モリゾーと申します。消失魔法が使えなくて、三級回復魔法士ですが、診断《しんだん》と切り傷くらいは治せます。あたしにもぜひお手伝いさせてください」

ソフィはつかの間、治癒も忘れて唖然《あぜん》としたようにコレットを見つめていたが、やがてはっとしたように負傷者に手をかざした。

無視されたのかと思ったが、彼女は治癒の方に集中しているらしい。

「診断はできるのね？」と、聞かれた。

「はい。自信はあります」

「だったら、この救護所の裏に行ってちょうだい。そこにも運ばれてきた負傷者がいるの。重傷者を見つけたら、中に運んで。外傷治癒はあなたができる範囲《はんい》でいいわ」

「かしこまりました！」

コレットは大きく頷《うなず》いて、天幕の外に駆《か》け出した。

現実は予想以上に悲惨《ひさん》だった。天幕の裏には、内側以上に負傷した兵がいたのだ。

負傷兵の数に比べて、回復魔法士の数が圧倒《あっとう》的に足りていない。衛生兵の処置によって巻かれている包帯は、すでにどす黒い血がしみ込んでいて、明らかに手当ても間に合っていない。

この辺り一帯に魔法障壁が張り巡《めぐ》らされているからか、雪もなく、寒さも感じない。それでもケガ人が地べたに座り込んだり横たわったりしているのを見るのは、目をそむけたくなるほどつらかった。

コレットは即座《そくざ》に右手を宙にかざして、体内を循環《じゅんかん》する魔力をそこに集中させた。

探知魔法発動――。

まずはそこにいる全員のケガの状態を把握《はあく》する。

重傷者はコレットが再生魔法で可能な限りの応急処置を施し、衛生兵を呼んで天幕の中に運んでもらう。軽傷者は切り傷がほとんどなので、ケガを治して回復薬を飲ませるだけでいい。

朝が来て戦いが始まれば、治しても治しても負傷者が運ばれてくる。日が暮れて停戦になるとその流れは止まるが、それまでに集まった負傷者の治癒が間に合わず、夜になっても手を止めるわけにはいかない。

回復薬を睡眠《すいみん》代わりに、朝も食事の代わりにやはり回復薬を飲む。寝ずの仕事はそれから丸二日間続いた。

そして三日目の夜明け前、ようやく天幕裏の負傷者がいなくなった。

と同時に、コレットは前線となっているエロワ村に向かって走り出した。

日が昇れば、戦いが始まる。丘を越《こ》えてここまで負傷兵を運ばせるより、元気な自分が戦場に行った方が早いと気づいたのだ。

♥ ♥ ♥

うっすらと東の空が明るくなり始めた頃《ころ》——。

「報告します。全軍、エロワ村周辺に配置完了《かんりょう》。敵軍包囲が終了しました」

アルベールは馬上から伝令の男を見下ろし、「ご苦労」と頷いた。

アンテスに到着《とうちゃく》して丸五日、敵軍はエロワ村を占拠《せんきょ》したまま、大規模な攻撃には打って出てこない。さらに侵攻《しんこう》するために、帝国《ていこく》からの援軍《えんぐん》を待っている。その隙《すき》に、フレーデル王国連合軍は、夜の闇《やみ》を利用しながら、エロワ村の包囲を進めた。昼は各地から次々と到着する兵団を真っ向からぶつからせ、のらりくらりと攻撃と退却《たいきゃく》を繰り返す。

エロワ村周辺はフレーデル王国の領地。地の利はもちろんこちらにある。帝国軍は二千、王国連合軍も約同数。交戦の度《たび》に激しいぶつかり合いになりながらも、敵陣《てきじん》裏側に兵を回り込ませた。

そうして今、ようやく敵本陣を囲い込むことに成功したところだ。

アルベールのいる丘の上からも、その様子がはっきりと見える。

「全軍、戦闘《せんとう》開始！」

東の山の端《は》から一筋の光が差し込んだと同時に、アルベールは号令をかけた。

連合軍の兵士たちが鬨《とき》の声を上げてエロワ村に向かう。アルベールも村の正面に向かから中央主力部隊の最後尾《さいこうび》で馬を駆った。全体の動きを把握しながら風の魔法《まほう》――真空の刃《やいば》を飛ばして、最前線の敵兵を目掛《めが》けて遠隔攻撃《えんかくこうげき》を続ける。

ふと気づけば、右翼《うよく》側から攻める歩兵の一団が妙《みょう》な動きをしていた。陣形は崩《くず》れ、統率《とうそつ》が取れていない。

「なんだ、あそこは!?」

アルベールが馬首をそちらに向けると、ジルが後を追ってくる。

「敵の工作兵でも紛《まぎ》れ込んでいるのでしょうか」

「工作兵……て、あれか!?」

フレーデル王国ではどの領地でも、一般《いっぱん》兵の軍服は緑色、魔法士は紺《こん》、将校たちは黒と統一されている。にもかかわらず、緑色の一団の中に白いものがちらちら見えるのだ。

砂煙《すなけむり》が上がる中、目を凝《こ》らせば、輝くような赤毛が見える。

あのバカ！　余計なことはするなって、言っただろうが！

「あ、王子……!!」

ジルの呼ぶ声が聞こえたが、アルベールは馬の腹を蹴《け》って、入り乱れる兵士たちの中に突《つ》っ込んでいった。

日の出とともに戦闘が始まり、戦線上にはバタバタと倒《たお》れる負傷者が現れる。

兵士たちが目まぐるしく動き回る中、コレットはその波に押し流されそうになりながらも、負傷兵に向けて再生魔法を放っていた。

この二日、運ばれて来た重傷者を見る限り、大半はもともと軽傷の人ばかりだった。ケガをして動けなくなっていたところを、他の兵士や馬に踏《ふ》まれてひどくなってしまったのだ。踏まれる前に治癒《ちゆ》すれば、大事には至らない。

もちろんコレットの手に余る本物の重傷者もいる。その場合は応急処置をするだけで、救護所に送るしかない。それでも戦場から何もせずに運んでいくよりは、救命率は上がる。

「こーの、アホ女！」

突然《とつぜん》、いななきとともにひどい罵声《ばせい》がコレットの耳に届き、はっと振《ふ》り返った。

次の瞬間《しゅんかん》、襟首《えりくび》をつかまれ、吹《ふ》き上がる強い風とともにふわりと身体《からだ》が宙に浮《う》く。

「ひゃあっ」と悲鳴を上げる間もなく、気づけば誰《だれ》かの腕《うで》の中に抱《だ》きしめられ、馬に乗って駆けているところだった。

「毒見役が何をやっている⁉」

揺《ゆ》れる馬上で自分を抱きしめている主を見上げると、アルベール王子が怒《いか》りの眼差《まなざ》しを向けていた。

「お、王子⁉」

「ここがどこかわかっているのか⁉　最前線だぞ！　死にたいのか⁉」

「王子こそ、どうしてこんなところに⁉　総司令官が最前線なんかに出てきたら、マズいんじゃないですか？」

王子は呆《あき》れたようにコレットをちらりと見ると、無言のままため息をついた。

コレットはそのまま救護所まで運ばれ、そこで馬から下ろされた。

直後、頭上には王子の怒鳴《どな》り声が降ってくる。

「勝手な行動は許さん！　手伝いなら手伝いらしく、ここから動くな！」

「はい、すみませんでした……」

フレーデル王国連合軍はエロワ村の作戦に成功して、防衛線をアンテスからエロワ村に移動。それから、鉱山を奪還《だっかん》するまではさらに三日ほどかかった。

そのまま攻め入ってハルムヒト帝国領まで進軍する余裕《よゆう》はあったが、エスターニャ王国との停戦中にこれ以上の深入りは、東西からはさみ撃《う》ちされる危険性がある。帝国とは国境線の継続《けいぞく》と賠償《ばいしょう》金の支払《しはら》い、捕虜《ほりょ》の交換《こうかん》でこの戦争は終結させておいた。

アンテスに戻《もど》ったアルベールは、戦後処理のための事務仕事に追われていた。町役場の会議室に閉じ込められて、朝から晩まで山のような書類と格闘《かくとう》しなければならない。戦場を駆《か》け回っていた時間が恋《こい》しくもなる。

「それにしても、あの戦闘で王国軍に死者が一人も出なかったとはな。さすがリアーヌを連れて来ただけのことはあるか」

届けられた書類を見ながら、アルベールは頬杖《ほおづえ》をついた。

帝国には今回かかった軍事費を充分《じゅうぶん》に賄《まかな》える賠償金を要求した。しかし、戦死者がいればそれだけ、多額の補償金《ほしょうきん》を国から遺族へ払《はら》わなくてはならなくなる。黒字の額はそれによって左右されるのだ。

死者がゼロという結果は、軍を指揮したアルベールにとって大きな功績となる。

「それ、リアーヌ様の貢献《こうけん》だけではないと思いますよ」

一緒《いっしょ》に書類を片付けていたジルが言った。

「どういうことだ？」

「実は兵士たちの賄《まかな》いに従軍していたかわいい女の子と知り合いになりましてね。こう、田舎《いなか》ならではの素朴《そぼく》さがたまらないといいますか、都会の女の子とは違《ちが》った良さがあるのですよ」

「その女がどう関係ある？」

「単にその子から聞いた話なのですが」

「その話をさっさとしないか！」

アルベールは怒鳴りながら手にしていた印章をジルに投げつけた。

それをパシッと事もなげに受け取るから、余計に腹が立つ。

「大切な印章を投げるのはどうかと思いますよ」

ジルはニコニコしながらやってきて、アルベールの机の上に印章をそっと置いた。

「それで？」

「なんでも赤毛の救護隊員が、腕や足を失って運ばれてきた兵士の手足を一瞬で生やしたとか、死者を生き返らせたとか。アンテスでは今、そんなホラー話でもちきりになっているそうです」

「赤毛の救護隊員って……まさかコレットのことか？」

ジルは笑顔《えがお》のままコクリと頷《うなず》く。

「もちろんくだらない噂話《うわさばなし》の可能性もあるので、ソフィ班長に確認《かくにん》するのがよいと思います。夕方には報告に来るでしょうし」

現在、救護隊を含《ふく》め、王国軍の大半は帝国軍に占領《せんりょう》されていたエロワ村に残って、その復興にあたっている。そんな日々も今日で終わり、残務処理は領主であるフォンタニエ公《こう》爵《しゃく》に任せて、王国軍は明日王都に向かって出発する。

エロワ村で復興作業をしている兵たちも、今夜には全員アンテスに戻る予定だ。

その日の夕方、救護隊一班長のソフィが、予定通りアルベールのいる会議室を訪《おとず》れた。

「それで、コレットのことなのだが――」

一通りの報告を聞き終わった後、アルベールは切り出した。

「おかしな噂が飛び交《か》っているらしいな。死者を生き返らせたとか」

それまで毅然《きぜん》とした表情を見せていたソフィが、かすかに笑みをこぼした。

「それは単に生き返ったように見えただけのことだと思います。彼女が使ったのは再生魔法だけですから」

「再生魔法が蘇生《そせい》魔法のように見えるのか？」

「『死者』というのは、馬か何かに踏まれて肋骨《ろっこつ》が折れて、肺を損傷していた状態だったのです。当然呼吸はできませんので、一見死んだように見えます」

「その状態で生きていられるのか？」

「肺は二つありますし、息が止まっている時間にもよりますが、心臓が動いていれば回復可能です。ただ、彼女が消失魔法を使えないのは確かなようで、折れた骨を取り除くことができません。だから、そういう骨はそのままにして、肋骨と破れた肺をできるだけ再生したのです。その状態で息を吹き返せば、あとは他《ほか》の隊員が不要な骨を消去して、穴をふさぐだけになります。的確な応急処置と言えるでしょう」

「なるほど」

「彼女の場合、数十人をまとめて探知魔法にかけて、負傷者の状態を把握《はあく》することができます。普通《ふつう》なら帰還《きかん》後に行う手足の再生までしても、魔力枯渇《こかつ》することがありません」

「手足を一瞬で生やしたというのも、単なる噂話ではなかったと」

一年前の魔族討伐《とうばつ》で、アルベールの兄レオナールが魔獣《まじゅう》の毒に冒《おか》され、腐《くさ》った四肢《しし》をすべて切断しなければならない事態に陥《おちい》った。その時も切断面の処置だけで、完全に再生させたのは帰還してからだった。

王族でさえその場での治癒は望めないほど、手足の再生は魔力消費が激しい。一度使ったが最後、魔力が枯渇して回復に丸一日以上かかるのでは、戦場においては効率が悪い。軍では禁止とまではしていないが、暗黙《あんもく》の了解《りょうかい》で手足の再生はしないことになっている。

「ちなみにコレットは、今回の戦闘で何人の再生をしたんだ？」

「彼女にも聞いてみましたが、いちいち数えていなかったとのことで。経験上、あの規模の戦闘ですと、一人や二人ではなかったと思います」

「確かに……」

　手足を失うというのは、そのまま失血死する危険がある。この戦争で死者がゼロだったところを見ても、かなり早い段階で治癒が施《ほどこ》されていたのだろう。

「三級回復魔法士《まほうし》と聞いて、正直使えるとは思っていなかったのですが、おかげで救護隊員も魔力をかなり節約できました。今回の戦果は、もちろんリアーヌ様が従軍してくださったことも大きいですが、コレットの貢献も少なくなかったと報告申し上げます」

「報告、ご苦労だった」

　ソフィが部屋を出て行った後、ジルがニコリと笑顔を向けてきた。

「猫《ねこ》の手のつもりが、どうやらトラの手だったようですね」

「こんな結末になるとはな。俺も想定していなかった」

「王子、私の耳がキーンとするレベルで『アホ女』などと罵《のの》ったことは、コレットに謝らなくてはなりませんよ」

「わ、わかっている」

　戦闘中で気が立っていたとはいえ、あれはなかったと、アルベールも猛省《もうせい》していたのだ。

「それにしても、三級の落ちこぼれとはいえ、戦場では役に立つものだな」

　アルベールは恥《は》ずかしさを誤魔化《ごまか》そうと話を戻した。

「もともと魔力量が物をいうのが戦場ですからね。コレットの場合、三年も学校でムダなくらいに勉強はしてあるので、知識は豊富ですし。オベール教官がわざわざ推薦《すいせん》状を書くだけあって、優秀《ゆうしゅう》だったということでしょう」

「コレットを一班に入れてもいいかもしれないな」

救護隊員の募集《ぼしゅう》はかけてあるのだが、今年度の卒業生の中には、入隊条件の五百エムを超《こ》える魔力量の学生はいなかった。来年まで待つくらいなら、コレットを所属させておく方がいい。

「三級回復魔法士を救護隊に入れるとなると、それはそれで前例がないので、上が納得《なっとく》するかはわかりませんよ」

「それは何とかするさ」

すぐにまた遠征《えんせい》があるかは別として、今回のように欠員が原因で、リアーヌが無理やりついてくるのは阻止《そし》したいところだ。

そのリアーヌはというと、戦争の終結後、一個中隊を護衛に付けて先に帰した。唯一《ゆいいつ》の懸念《けねん》材料もなくなって、アルベールもようやく緊張《きんちょう》の日々から解放されていた。


ついにこの日が来てしまった……。

戦争が終わった後、本当ならばコレットはアルベール王子の毒見役に戻るはずだった。

しかし、王子に「何か手伝いをしたいなら、ここに残っても構わないが」と聞かれ、コレットはエロワ村の復興の方に参加することにした。

だって、あの時の王子、本気で怒《おこ》ってたんだもん……!!

戦争中は負傷者の治癒《ちゆ》で夢中になっていたが、終わってみれば、どれだけコレットが勝手なことをしてしまったのかよくわかる。

王子は総司令官として、やることがたくさんある上、責任も重い。遠征に同行させた使用人の不始末で軍に迷惑《めいわく》をかけたとなれば、王子の面目《めんぼく》をつぶすことになる。

あの『怒るのもバカらしい』と言わんばかりの顔を思い出すと、恐怖《きょうふ》に震《ふる》えてしまう。

あの時は王子も戦いの真っ最中で、クドクドお説教をすることはなかったが、改めて叱《しっ》責《せき》があるに違いない。よって、コレットは王子と顔を合わせずに済む『エロワ村復興』に逃《に》げたのだ。少しでも時間が経《た》って、ほとぼりが冷めることを祈《いの》って――。

そんな後ろ向きな理由で参加したエロワ村の復興だったが、落ちこぼれのコレットでもやれることは充分あった。

戦後に返還《へんかん》された捕虜《ほりょ》たちは、ひどい扱《あつか》いを受けていたのか、内臓まで達するようなひどい打撲《だぼく》や骨折を負っていた。救護隊員たちはそういう重傷者を優先して治癒にあたるので、軽い外傷の民間人は後回しになる。コレットが救護所の前で診断《しんだん》をして、重傷者は天幕の中へ、治せるケガはその場で治すという役割分担になったのだ。

「どんな小さなケガでも治しますよ」と声をかけたところ――

「こんな傷でもいいのか？　放《ほう》っておきゃあ、治るんだが」

そう言って村の老人が見せてきたのは、指先を少し切った程度の傷だった。

「もちろんです。どうぞ遠慮《えんりょ》しないでください」

「ありがてぇ」

逆に『こんな傷』じゃないと、治せない回復魔法士なんです……。

あまりにありがたがられて、コレットの方が恐縮《きょうしゅく》してしまったが、この役に立っている感がたまらなかった。

一年目の治癒院実習以来だ。治癒が終わると、『ありがとう』と感謝される仕事。

これが回復魔法士としてやりたかったことなのよ！

現状の肩書《かたがき》はメイドと毒見役でしかないのだが、自分の魔力をこうして誰《だれ》かの役に立てられるのが、何よりもうれしかった。

今となっては、遠征に連れてきてもらえてよかったよ。

――などと思っていたのもつかの間、村の中ではいつの間にか『回復魔法士が何でも治してくれる』という話に。コレットの前には大行列ができていたが、診断はともかく、治せない病気の人まで集まってきてしまった。

救護隊員たちからは『これ、救護隊の仕事じゃないよね？』と、コレットは睨《にら》まれてしまったが――

村人たちの喜ぶ顔を見て、治癒を断る人は誰もいなかった。

「回復魔法士様に治してもらえるなんて、初めてよ」

「村には治癒師はおらんからな。重い病気となると、アンテスまで行かにゃならん」

「アルベール殿下《でんか》はこんな小さな村の住人まで気にかけてくださる方なんだねぇ」

これは王子の命令じゃなかったんだけど……。

それでも戦後すぐに王都に帰還することなく、王国軍をエロワ村に滞在《たいざい》させたのは、大隊長であるアルベール王子の指示だった。救護隊以外の兵士たちは、破壊《はかい》された家の修復などに携《たずさ》わっている。国民は誰も捨て置かないというのが、王子の意思なのだろう。

これは『余計なことをするな』って、怒られたりしないよね……？

他の救護隊員たちと一緒《いっしょ》にアンテスに戻《もど》ってきたコレットは、緊張しながら町役場の会議室のドアを叩《たた》いた。アルベール王子はここにいるという。

「どうぞ」と、ジルの声が聞こえたので、コレットはドアを少し開いて顔を覗《のぞ》かせた。

「ああ、コレット、戻ったか。夕飯《ゆうめし》にちょうどいい時間だな。出かけることにしよう」

コレットに気づいた王子の表情はやわらかかった。

ほとぼりはすでに冷めたのかな？

もともと王子は一回怒鳴《どな》ると、後はすっきりさっぱり、何もなかったかのように接してくれる人なのだ。もしかしたら、あの時点で充分《じゅうぶん》だったのかもしれない。

取り越《こ》し苦労だったみたいね。

町役場を出てジルと三人で向かったのは、アンテスで一番評判が良いと言われている料理店だった。王族が来るような高級店のイメージはないが、ロッジ風のインテリアは、いかにも山間《やまあい》の町らしい趣《おもむき》がある。ほとんどの席は埋《う》まっていて、地元の客というより駐屯《ちゅうとん》している王国軍の兵士たちが多いようだ。

コレットたちは暖炉《だんろ》に一番近い席を案内されて、まずは白ワインを注文した。

「コレット」

アルベール王子に真顔で声をかけられ、コレットはぎくりとした。

まさか、これからお説教がスタートするの⁉

「は、はい……」

コレットは身を縮こまらせながら、向かいに座る王子から視線を下げた。

「その……戦場では怒鳴って悪かったな」

コレットがちらりと覗き見ると、王子は気まずそうに目をそらした。どこか照れているような顔にも見える。

「あ、あたしの方こそ、勝手なことをして……。王子にご迷惑をおかけして、大変すみませんでした！」

コレットは言いながらペコリと頭を下げた。

「それについては、わかったのなら問題はない。お前の活躍《かつやく》はソフィから聞いた。よく頑《がん》張《ば》ったな」

王子が口にするとは思えない言葉を耳にして、コレットは驚《おどろ》きに目を丸くしてしまう。

「……まさかと思いますけど、褒《ほ》めてくださっているんですか？」

余計なことを聞いてしまったのか、王子の眉根《まゆね》がキュッと寄せられる。

「まさかも何も、普通《ふつう》に褒めているだろうが。戦場での働きに上官がねぎらいの言葉をかけるのは当然だ」

「……ええと、ありがとうございます」

コレットは恐縮しながら再び頭を下げた。

「今夜は戦勝祝いも兼《か》ねて、褒美《ほうび》にごちそうしてやる。好きなものを何でも食え」

メニューを差し出してくる王子は、すっきりしたようにきれいな笑《え》みを浮《う》かべていた。

「本当ですか⁉　何でもいいんですか⁉」

「ああ、構わん」

「そういうことでしたら、チーズフォンデュをぜひ食べたいです！　冬場、この地方の名物料理なんだそうです」

エロワ村で一緒だった救護隊員たちも、今夜はそれを目当てに飲みに行くと言っていた。コレットも誘《さそ》われたのだが、「お毒見役の仕事があるので」と断るしかなかったのだ。

あちこちのテーブルの上には火にかけられた小さな鍋《なべ》が置かれ、チーズの芳醇《ほうじゅん》な香《かお》りを漂《ただよ》わせている。メニューにも『お薦《すす》め』の一番上に書いてあった。パンや野菜、燻製《くんせい》肉などを溶《と》かしたチーズに絡《から》めて食べるものだ。

王子とジルも同じものにするというので、テーブルの上には大きめの鍋が置かれた。中にはぐつぐつと煮《に》えるチーズがたっぷり。うっかりヨダレが出てしまいそうな匂《にお》いだ。

なのに、ここでまさかの落とし穴が……。

鍋に入っているチーズはともかく、一口大に切った具材は端《はし》から毒見しなければならなかった。特にパンは王子の分だけでも、籠《かご》の中に山盛りになっている。

「ほら、とっとと毒見しないと、チーズが焦《こ》げるぞ」と、王子に急《せ》かされながら、コレットは怒濤《どとう》の勢いで一つまみずつ口に入れていくしかなかった。

そして、すべてが終わった時点で、串《くし》に刺《さ》した具材を鍋に突《つ》っ込んで、熱々のチーズをたっぷり絡めてから口の中へ。こってりしたチーズは具材ごとに違《ちが》う味わいになるので、食べる手が止まらない。舌を火傷《やけど》しそうになりながらも、三人そろってハフハフ言いながら食べているのがなんだかおかしくて、つい笑いがこぼれていた。

「名物料理って言われるだけあって、おいしいです！　身体《からだ》があったまります！」

「確かに。これは王都でもなかなか食えないものだな」

あまり食に興味のなさそうなアルベール王子も、顔をほころばせて次々と串を鍋に入れて食べている。

「コレットを連れて来て、本当によかったですね。このために連れてきたといっても過言ではありません」と、ジルも満足そうだ。

「そういえば、お二人は村の復興中、食事はどうされていたんですか？」

「ジルが適当に食材を買ってきて、宿の厨房《ちゅうぼう》で作ったものを食っていた」

「ジルさん、お料理ができたんですね」

「イイ男のたしなみです」と、胸を張るジルに、王子はしらっとした視線を向ける。

「料理なんて言えるもの、作っていないだろうが。パンに野菜と肉をはさんだだけだろ」

王子はしらっとした視線を向ける。

「立派なお料理ではないですか」

コレットのいない間、どうやら二人はろくなものを食べていなかったらしい。コレットの方はというと、フォンタニエ公爵《こうしゃく》が派遣《はけん》した賄《まかな》い兵たちが炊《た》き出しをしてくれていたので、食事には困らなかったのだが――。

「あたし、復興の手伝いじゃなくて、王子と一緒にいた方がよかったんですかね……？」

「気にするな。たかが数日のことだろ。俺のメシなんかより復興の方に人手を回した方が、よほど意義がある」

やっぱりこの人、自分のことより民《たみ》を優先する人なのよね……。

コレットは尊敬の眼差《まなざ》しを向けずにはいられなかった。

「それでもコレットがいるおかげで、帰りの旅路は楽しめますよ。それこそ、各地の名物料理もいろいろ食べられるでしょう。今までのことを思えば、充分ではないでしょうか」

「そうだな。これから遠征《えんせい》に出る楽しみができた」

王子が幸せそうに微笑《ほほえ》むので、コレットも自然と笑顔になっていた。

# 第三章　ドキドキ満載、デートもどきな一日

ふんふん、ふんふん、と、コレットは鼻歌交じりにドレッサーの鏡の前でくるりと回る。

ふわりと翻《ひるがえ》るのは、王国軍救護隊の白い制服。遠征中も毎日着ていたものだが、その時はただの『防寒着』だった。

それがついに、正式な『制服』として胸を張って着られるようになったのだ。

なかなか似合ってるじゃないの！

遠征から戻って一週間ほど、コレットはメイド仕事と毒見役の毎日に戻っていた。

ところが、今日のお昼に基地に行ったところ――

「入隊手続きをしてこい」と、アルベール王子に言われた。

コレットは遠征での貢献《こうけん》が認められ、まさかの救護隊員に抜擢《ばってき》されたのだ。

昼食後は早速《さっそく》司令部の一階にある救護隊室に行って、入隊手続きをしてきた。午後の休《きゅう》憩《けい》時間には、ベルナールと一緒に役所に行って、身分証の書き換《か》え。

ついに『職業　王国軍救護隊員』を手に入れた。

……その上の『三級回復魔法士《まほうし》』と『使用人』は、そのまんまだけど。

『王国軍救護隊員』の方が副業に見えるのは、この際、目をつぶっておく。実際、副業と

しか言えないものなのだ。

平時、コレットが救護隊員として働くのは、毎週月曜日の合同軍事演習のみ。救護隊員には、他《ほか》の兵士や魔法士のような毎日の戦闘《せんとう》訓練というものがないのだ。

つまり、月に四日勤務。三級回復魔法士ということで、給料は一日あたり百ブレの最低賃金。月額として、たった四百ブレが追加されるだけだ。

有事の際、遠征に参加すれば、一日百ブレのボーナスがもらえるのだが、年に何度も起こることではない。今回はアルベール王子の使用人として従軍したので、当然のことながら、そのボーナスはもらえなかった。

働き損のくたびれ儲《もう》け、と言いたくもなるが、そのおかげで救護隊員として雇《やと》ってもらえた。回復魔法士として働く喜びもあった。その責務も理解できた。

実のところ、王国軍は全員無事に帰還《きかん》となったものの、開戦当初から戦っていたフォンタニエ公爵領軍には多数の死者が出ていた。そして、エロワ村の住人にも──。

その追悼《ついとう》式典に出席した時は、コレットも泣いた。生きてさえいれば、どんなに重傷でも回復可能なのに、死んでしまったら魔法ではどうしようもない。回復魔法士の限界と無力さを思い知らされた。もっと早く到着《とうちゃく》していたらと、思わずにはいられなかった。

その後、帰り道の五日間は打って変わって戦勝のお祝いムード。アンテスでの最後の夕食に続いて、各宿泊地《しゅくはくち》でもおいしいお酒やその土地の名物料理をたっぷり食べさせてもらえた。

王都に到着すれば、街の人たちが王宮までの目抜《めぬ》き通りに集まって、無事の帰還と戦勝にお祝いの言葉と花びらを投げかけてくれる。

オマケのように連れていかれたコレットだったが、まるで英雄《えいゆう》になれた気分だった。

次からは本物の救護隊員として、胸を張れるような仕事をしよう。

鏡に映る白い制服姿の自分に向かって、コレットは誓《ちか》った。


王都に帰還してからのアルベールは、留守中にたまった書類の処理に追われていた。

もっとも、長時間座っているのは苦手なので、午前中は戦闘訓練に参加して、書類仕事は午後だけにしているが。いつもの夕食の時間に帰れないことも多い。

今日は終日合同軍事演習だったので、その後は執務《しつむ》室にこもって残業。コレットは同僚《どうりょう》たちと飲み会があるというので、毒見仕事は免除《めんじょ》してやった。

せっかくなので、この機会に仕事を進めてしまおうと、アルベールはジルとともに夕食の時間を過ぎても執務室に居残っていた。

「さすがに腹が減ったな。そろそろメシにするか」

書類から顔を上げてジルを見やると、笑顔ながら不満げな表情を見せた。

「はーい。行ってまいりますよ」と、ジルは重そうに腰《こし》を上げて部屋を出ていく。

コレットを雇ってからというもの、兵舎の食事をとることはなかったので、ジルは運ぶ仕事を免除されていた。執務室から兵舎まで五階分を上り下りするのは、今更《いまさら》ながら面倒《めんどう》くさいらしい。

あいつ、絶対自分のためにも毒見役を雇おうとしていたよな。

それからしばらくしてドアがノックされたので、アルベールは「入れ」と応じながらペンをデスクに置いた。

――が、「ごきげんよう」とドアから姿を現したのは、待っていたジルではなかった。

夜会に行くようなワインレッドの豪奢《ごうしゃ》なドレスを身にまとったリアーヌだった。ガサツな男が大半を占《し》める軍事基地の中では派手過ぎて、かえって奇妙《きみょう》に思える。

しまった、とアルベールは内心頭を抱《かか》えた。これは居留守を使わなくてはならない相手だった。

「リアーヌ嬢《じょう》でしたか。こんな時間に何か御用《ごよう》ですか？」

アルベールはにこやかな笑《え》みをペッタリと貼《は》り付けたが、リアーヌはいつになく硬《かた》い表情をしている。由緒《ゆいしょ》ある家柄《いえがら》の公爵令嬢《れいじょう》としては、『怒《おこ》っている』の範疇《はんちゅう》に入る顔だ。

「殿下《でんか》、一班の欠員補充《ほじゅう》に三級回復魔法士を採用したと伺《うかが》いましたの」

「ああ、その話ですか。今回の卒業生に期待していたのですが、あいにくいい人材が見つからなくて。かといって、いつまでも欠員のままにしておくわけにもいかないでしょう。エロワでの働きを見て、雇うことを決めたのですよ」

アルベールの方はにこやかな態度を崩《くず》さず、やんわりと言った。

「殿下はあの娘《むすめ》の力を過大評価しすぎですわ。あの娘一人では治癒《ちゆ》できない負傷者が何人いたことか。一級回復魔法士一人と引き換えにできるものではないのですよ」

「あなたに言われずとも、それくらい私にもわかっていますよ」

「では、どうしてそのような者をあえて雇うのです？　卒業生にいなくとも、治癒師の中にも充分《じゅうぶん》な魔力量を持っている者はおりますでしょう」

リアーヌの言い分はもっともなことだが、実のところ、簡単に見つかるものではない。

回復魔法士自体の人口が少ないこともあって、治癒師という職業はそれだけで充分稼《かせ》げる。しかし、軍に所属すれば、いつ有事で呼び出されるのかわからない。遠征に行けば、十日やひと月、余裕《よゆう》で王都を留守にする。救護隊二班など、エスターニャ戦に派遣されて、すでに一年以上帰って来られない状態だ。

そんな労働条件でも、好き好んで救護隊に入りたいという人間は、金のない平民の新卒学生だけ。男でも女でも若いうちにがっつり稼いで、結婚《けっこん》・出産後はいい家に住み、治癒師の仕事をするという人生を選ぶ。

十二月で一班を辞《や》めたベテラン救護隊員も、結婚してしばらくは所属していたのだが、『子どもができたので辞めます』となった。

せめて新しい人材が見つかるまではって、引き止めていたんだけどな……。

救護隊員は稼げる仕事ではあるのだが、逆に給料を上げなければ、誰《だれ》もやりたがらない。

出入りも激しい職なのだ。

「リアーヌ嬢、これは新しい試みなのです」

アルベールはまだまだ文句を続けそうなリアーヌを遮《さえぎ》った。

「新しい試みとは？」と、リアーヌは怪訝《けげん》そうに眉《まゆ》をひそめる。

「あなたもこの国の現状はおわかりでしょう。エスターニャ王国との長きにわたる戦争、度重《たびかさ》なる魔族の襲撃《しゅうげき》、そのたびに多額の軍事費が国庫から出て行きます。増税で国民に負担を強《し》いないためにも、軍事費の削減《さくげん》は急務です。ただでさえ救護隊員の給与《きゅうよ》は破格ですから、少しでも安い人材で済むのなら、それに越《こ》したことはありません」

「それで逆に死者が増えてしまったら、本末転倒《ほんまつてんとう》ではございませんか。兵士を一人失う方が、国にとっても軍にとっても痛手でしょう？」

「なにも救護隊を全員三級にするとは言っていませんよ。節約できた費用を解毒《げどく》薬の購入《こうにゅう》に回せば、一級を一人雇うよりずっと安く済む。今回の遠征《えんせい》の結果を見ても明白でしょう。負傷の状態によって隊員同士で役割分担すれば、死者数を増やすとは限りません」

同じことを国防庁の上層部に説明して、コレットの採用は決まったのだ。加えて、上司になる一班長のソフィからの口添《くちぞ》えもあったので、たいしてもめることもなかった。

「それはわたくしが同行したからとは、お考えにはなってくださいませんの？」

リアーヌの笑顔がかすかに引きつっていることに気づいて、アルベールはひやりと汗《あせ》をかいた。

これ以上、刺激《しげき》するのはマズいな。

「とんでもない。今回の遠征で死者が出なかったのは、あなたあっての結果だと思っていますよ。上層部もそう理解しています」

「殿下もわたくしの貢献《こうけん》を認めてくださるのですね？」

リアーヌの表情が明るくなったので、アルベールはほっとしながら、「もちろんです」と頷《うなず》いた。

「そういうことでしたら、わたくしがその隊員に代わって一班に入りましょう。殿下の御《お》身《み》に何かあっては、国王陛下を始め、民《たみ》が悲しみます。このわたくしがおそばにいれば、何の心配もございませんでしょう」

やっぱりそっちに転ぶか……!!

リアーヌが仕事もしないのに軍に居座っている目的はただ一つ、アルベールのそばにいること。そのために半ば無理やり救護隊に入ってきたのだ。

アルベールが辞めさせたくてもそれができないのは、軍の幹部に進言したら最後、『殿下の隊にお入れになればよろしいでしょう』で終わってしまう。現に今回の遠征に付いて来たところを見ると、一班に入れれば真面目《まじめ》に仕事をしてくれることだろう。

俺さえ承知すれば、すべて丸く収まるのはわかっているんだが――

「リアーヌ嬢、これは私が上層部に提言した軍事費削減案です。どのような結果になろうと、私がすべての責任を負うためにも、あなたと入れ替《か》えて、彼女を他の大隊長に任せることはできないのですよ」

「けれど、殿下は大切なお方です。お命を危険にさらすようなことは、他《ほか》の皆《みな》が納得《なっとく》して
もわたくしにはできません」

ジル、お前はどこまでメシを取りに行っているんだ⁉　とっとと戻《もど》って来い！

心の中でジルを呼んだが、助けは間に合わなかった。

「リアーヌ嬢、ここまではあなたの幼なじみとして話し相手をしてきましたが、この軍に
おいて私は将校です。一隊員でしかないあなたが、高官の決定に対して異議を唱えること
は許されません。立場をわきまえなさい」

リアーヌの顔がくっと歪《ゆが》むのを見て、アルベールは再び胸の内で頭を抱えた。

つい言っちまった……。

イヤな空気が漂《ただよ》う中、ようやく救世主のノックが聞こえ、アルベールは間髪《かんはつ》を容《い》れずに
「入れ」と返した。

少し開かれたドアから、ジルがひょっこりと顔を覗《のぞ》かせる。

「おや、リアーヌ様がいらしていたのですね。お邪魔《じゃま》だったでしょうか」

ジルは人の好《い》い笑みを浮《う》かべて、わざとらしく部屋を出て行こうとする。

「リアーヌ嬢、すまない。空腹で死にそうだったんだ。今夜はもう遅《おそ》いし、あなたも早く
帰った方がいい」

正直、口にできない言葉を飲み込み過ぎたせいで、今は満腹になっているような気もす

るが――。

「ジル、それは何ですの？　まさか残飯を殿下に食べさせるつもり？」

リアーヌはアルベールの言葉を聞いていなかったのか聞き流したのか、ジルの手にしているトレイを覗き込んでいる。

「リアーヌ様、ご冗談《じょうだん》を。隣《となり》の兵舎の夕食ですよ。今夜は鶏肉《とりにく》のクリーム煮《に》だそうです」

ご令嬢《れいじょう》育ちのリアーヌは、文字通りゴミを見る目で、アルベールの前に運ばれるトレイを見送っている。

「殿下、食堂はこちらにもありますのに、どうしてわざわざ兵舎の食事など召《め》し上がるのです？」

「実は彼らの食生活を知るのも、上官の役目でしてね。兵は身体《からだ》が資本ですから――」

アルベールはクリーム煮を一さじ口に入れて、顔が強張《こわば》りそうになった。

……不味《まず》い！

評判の料理店やイレーヌの味にすっかり慣れてしまった舌では、とても耐《た》えられない。最近では司令部の食堂の食事すら味気なくなっていたところだ。こんなものを四年も平気で食べていたのが信じられない。

「よかったら、リアーヌ嬢も味見してみませんか？　なかなかいい味ですよ」

アルベールは王族の威厳《いげん》をもって笑顔を保った。

「いえ、遠慮《えんりょ》させていただきます。お食事のお邪魔をしては申し訳ないので、今夜はここで失礼いたしますわ」

リアーヌは鼻にシワを寄せながらニコリと笑《え》みを浮かべ、スカートをつまんで優雅《ゆうが》に礼をしてから部屋を出て行った。

やっと帰っていってくれた……。

リアーヌの出て行ったドアが閉まってから、アルベールは脱力《だつりょく》しながらトレイの上のパンをつかんで、パクリとかじった。

「コレットがいないと、不便しかないな」

「でしょう？　やはり毒見役は――」

「お前のために雇《やと》っているわけじゃねえぞ」

じろりと睨《にら》むと、ジルはへらっと笑った。

「それにしても、リアーヌ様は相変わらずですね。王子もそろそろあきらめて、リアーヌ様の愛を受け入れられては？」

「無理だとわかっていて、あえて言うのか？」

「冗談に決まっています」と答えたジルの目は、もう笑っていなかった。


救護隊員としての初めての合同軍事演習の夜、コレットは街の酒場に来ていた。

今夜はコレットの歓迎会《かんげいかい》ということで、救護隊の同僚《どうりょう》たちと第一大隊の魔法士《まほうし》たちが集まってくれたのだ。そうでなくても、皆が集まる軍事演習のある月曜は、その後に飲み会をするのが恒例《こうれい》だという。

コレットは誘《さそ》われたものの、夜はアルベール王子の毒見の仕事が入っている。

演習の後、ダメモトで「誘われたんですけど」と、王子に聞いてみたところ――

「わかった。今夜は兵舎の食事で済ませるから、気にせず行ってこい」

「え、いいんですか？」と、コレットは思わず聞き返していた。

「お前にだって、人付き合いがあるだろうし、楽しみを奪《うば》うマネはしねぇよ」

――と、快く送り出してくれた。

ほんと、いい人なのよね。

「ねえねえ、コレット。住み込みで働いてるってことは、殿下《でんか》についていろいろ知ってるのよね？」

乾杯《かんぱい》の後、真っ先に声をかけてきたのは、隣に座っていた一班のサビーナだった。

コレットの一つ年下で、養成学校二年目では同じクラスだった。あの頃《ころ》の彼女は黒髪《くろかみ》をお下げにしていて、地味な庶民《しょみん》丸出し。この一年いい給料をもらっているおかげか、すっかり垢《あか》ぬけてかわいくなっていた。コレットも最初、誰《だれ》かわからなかったくらいだ。

「話ができるほど、知らないよ。働き始めたばっかだし」

「顔の傷のことは？　何か聞いてない？」

「それ、あたしも知りたかったんだけど。王族なら専属回復魔法士がいるでしょ？　どうして治さないのかな」

回復魔法士として軍の救護隊員も充分《じゅうぶん》エリートだが、王族の専属回復魔法士はまさしく最高の職。どう考えても、アルベール王子の古傷を治せないとは思えない。

「やっぱ、専属使用人でも知らないことなのかぁ」

サビーナはガッカリしたようにため息をつく。

「班長も知らないんですか？」

向かいに座っていたソフィに聞いてみると、小さく肩《かた》をすくめた。

「みんなに聞かれるけど、わたしも知らないのよ。知っているのは、戦場以外で付いた傷っていうことだけ。三年ほど前になるかしらね」

「戦場なら、救護隊員がすぐに治しますよね」

「相手は殿下だから、個人的な話は聞きづらいものなのよ」

「わかります」と、それはコレットも同意できる。

「ねえ、どっかの救護隊員が殿下に傷の理由を聞いたら、『これは特別な傷だから、いつか愛する人に治してもらう』って答えたって話は？　それもガセ？」

救護隊三班に所属しているマリエルが間に入ってくる。

「それ、救護隊員じゃなくて、俺な。けど、殿下がそう言ってたのは間違《まちが》いねえよ」

そう答えたのは、セザールだった。

ここに強者《つわもの》がいた……。

「あんた、恐《おそ》れを知らないわね！」と、マリエルもギョッとしたようにセザールを見る。

「あの頃はまだ入隊当時でなぁ。若気の至りだったんだって。今はもう、恐ろしくて何も聞けねえ」

「わかる、わかる」と、笑いが上がる。

何気に王子、怖《こわ》いからな……。

家でもよく怒鳴《どな》る王子だが、今日の軍事演習はその比ではなかった。王子様の『お』の字もなく、完璧《かんぺき》な鬼《おに》っぷりを見せてくれた。兵士たちに指示をする——というより罵《のの》る姿は、軍の隊長というより、ならず者の頭領と言われても驚《おどろ》かない。

「けどまあ、個人的なことはともかく、戦略なんかに関しては、普通《ふつう》に話を聞いてくれる人だから、話しやすいけどな」

セザールの言葉に、ソフィも頷《うなず》く。

「そうね。上官なのは間違いないけど、王族だからって偉《えら》ぶっているところがなくて」

「しかも、戦上手《いくさじょうず》。あの人が指揮する時は、死人が少ないんだよな。一兵卒の命でも大事にする戦略は、その下で戦う人間にとっては最高だぜ」

そう続けたのは、年配の魔法士だった。

王子って、軍では人気のある人なんだ。

コレットの知らないアルベール王子の意外な一面を見た気がして、「へえ」と感嘆《かんたん》の声が漏《も》れていた。

「……ええと、話を戻すと、頬《ほお》の傷を『愛する人に治してもらう』ってことは、お相手は回復魔法士ってことになりますよね。婚約《こんやく》されてるって噂《うわき》のリアーヌ様のことで間違いないんじゃないですか？」

コレットの言葉に、サビーナが「うーん」と難しい顔をする。

「一つの可能性としてはそうなんだけど。リアーヌ様とご結婚されるまで、わざと醜《みにく》い傷を残して、他《ほか》の女性が近づきづらくしてるってこと」

「違《ちが》うの？」

「実はリアーヌ様、四年前に入隊した時から、殿下のいらっしゃる第一大隊の所属を希望してるのよ。でも、その希望が通ったことは一度もないの。愛する婚約者で、しかも回復魔法士なら、少しでも近くにいてほしいって思わない？」

「確かに。リアーヌ様ほどの人なら、特に危険な場所に行く時ほど、一緒《いっしょ》にいた方が心強いだろうし――」

どういうことなんだろうと、コレットが考えを巡《めぐ》らせている間、男性たちの間に変な視線が交《か》わされていた。

「セザール、何か知ってるの？」

「いや、まあ、別に殿下に限った事じゃないけどさ。同じ大隊にいるってことは、遠征《えんせい》なんかでも一緒ってことだろ？」

「帰り道とか、せっかく羽を伸《の》ばせるのに、婚約者とか恋人《こいびと》が近くにいたら、他の女と遊びづらいじゃん。できれば、同じ大隊には入れたくないんじゃないかなって思ってさ」

「まあ、そうよね」

どうやらここにいる男性たちには、そういう楽しみがあったらしい。

「この男どもが！」と、女性陣《じん》に睨まれて、男性陣は素知らぬ顔をしていたが——

もしかしたらそうなのかもしれないと、コレットも思うところがあった。

戦争が終わった後、王子が早々にリアーヌを王都に帰還《きかん》させていたのだ。彼女が「帰る時もご一緒させてください」と頼《たの》んでいたにもかかわらず、だ。

「あなたの治癒《ちゆ》を待っている患者《かんじゃ》がたくさんいます。一日でも早くあなたを王都へ帰すのも、総司令官としての私の義務です」と。

コレットももっともなことだと思っていたのだが、その裏には別の理由があったのか。

遠征の帰り道、コレットも王子や将校たちと同じ宿に泊《と》まっていたものの、夕食の後に彼らが何をしていたのかは知らない。毎晩のように外で食事をして、お酒もかなり飲んでいたので、王子はご機嫌《きげん》だった。

そういう時、男性は女性と遊ぶものなのかと思えば、納得《なっとく》がいく話にもなる。

うわぁ……。あたし、そういう男の人は受け付けないわ。

「……あれ？　でもそれだと、女性が近づかないようにわざと傷を残してるって話と矛盾《むじゅん》しない？」

「だから、謎《なぞ》のままなのよ」

サビーナに言われて、コレットも納得、と頷いていた。

♥ ♥ ♥ ☠

アルベールが家に戻《もど》った時間にも、コレットはまだ帰っていなかった。

「話は明日《あした》にするか。急を要するものでもないし」

「もうお開きになって、そろそろ帰ってくる頃ですが」

コレットには魔法障壁《まほうしょうへき》をかけてあるので、当然のことながらジルはすべて聴《き》いている。

「それなら、先に風呂《ふろ》に入ってくる。その間にコレットが戻ったら、居間で待たせておいてくれ」

その後、コレットが帰ってきたのは、アルベールが風呂から上がって少しした頃だった。

飲み会に行って楽しかったのか、コレットは見るからに機嫌の良さそうな顔をしている。

「遅《おそ》かったな」

「……すみません。門限って、もしかしてありました？」

コレットは一気に顔を曇《くも》らせて、アルベールの顔色をうかがってくる。

「聞きたいことがあったから、待っていたんだ。そこへ座れ」

「はい……」

コレットがためらいがちにソファの向かいに座るのを待った。

「今日、ソフィから話を聞いた。お前の魔力量《まりょく》、履歴書《りれき》に書いてあったものとずいぶん違ったようじゃないか」

履歴書に記載《きさい》されていたコレットの魔力量は、千エムを少し超《こ》えたくらいだった。正直、王族であるアルベールよりも多い。平民ではまず見たことのない数値だ。遠征での活躍《かつやく》を見ても、その程度の魔力量を持っていて当然だと言える。

ところが今日、入隊して最初の合同軍事演習ということで、コレットの魔力量を改めて測定したところ、二万エムを優に超えていた。史上最強の回復魔法士、『癒《い》やしの女神《めがみ》』と呼ばれるリアーヌでさえ一万エム。班長のソフィが驚いて報告してきたのだ。

さすがの俺も、ケタ違いで驚いたぞ……。

ソフィの前でうっかりマヌケ面《づら》をさらしそうになるくらいに仰天《ぎょうてん》したものの、同時に安心もしていた。

コレットはどんな毒であれ、毒見程度の量の食べ物を口にしたところで、解毒《げどく》に必要な魔力が足りないということはまずない。もっとも、面接でピラリスを解毒してみせた時点で、杞憂《きゆう》でしかなかったが。数字を見て、アルベールもようやく納得できた。

「もしかして詐称《さしょう》したって、処罰《しょばつ》されるんですか?」

コレットは青ざめた顔で聞いてきた。

「アホ。少ないのを誤魔化《ごまか》したのならともかく、多い分には問題にするか。けど、二万エムとはあまりに多すぎるだろ」

「そうなんですよ。あたしもびっくりしました」

コレットが琥珀色《こはくいろ》のクリクリした目をさらに真ん丸にするので、なんだかリスのように愛らしい。

「自覚なかったのか？」

「あたし、入学した時、開校以来最多の魔力量だって言われたので、気にしたことがなかったんですよね」

「そこまで無頓着《むとんちゃく》でいられるものか？」

「使っても使っても枯渇《こかつ》する感覚がなかったら、そうなりませんか？」

「戦地でも？」

「じ、実は戦争が終わってエロワ村の復興に残ったものの、二日ほど天幕でグウグウ寝《ね》てしまいまして……」

コレットはアルベールの機嫌をうかがうようにウロウロと目をさまよわせる。

「別にそんなことで怒《おこ》らねえよ。メシも食わずに寝ていたのか？」

「いえ、正確には二日間、食っちゃ寝生活をしていたってことなんですけど……。あれが枯渇した状態だったんですかね？」

「それは単なる回復薬の反動で、寝不足になっていただけだ。枯渇した時は丸一日以上死んだように寝る」

「なるほど。回復薬って、後からツケを払《はら》わされるものなんですね。あたし、飲んだことがなかったので、知りませんでした」

「要はお前にとって、魔力は無限に等しく使い放題の物ってわけだ」

「まあ、そういうことになりますか……。何か問題でも？」

「問題っていうより、もともと魔力量が他の保持者より多かったとしても、どうしてそこまで増えたかが聞きたいことだ。思い当たることは？」

「それは班長からも聞かれたんですけど、ないんですよね。魔力量を増やすには、身体《からだ》を瀕死《ひんし》の状態まで落とす必要があるってよく聞きますけど、死にかけたことは一度もありませんし」

「コレット」と、一緒に話を聞いていたジルが声をかけた。

「それは自分の感覚として瀕死の状態になったことがないだけであって、実は何度も死の縁《ふち》まで行っていたということではないですか？」

アルベールはジルの言いたいことがすぐにわかった。

コレットがピラリスを飲んだ時、失血死するレベルで血を吐《は》いたのだ。はたから見れば、あれで生きている方がおかしい。

「どういうことでしょう？」と、コレットの方はピンと来なかったらしいが。

「コレット、今までどれだけの致死《ちし》量の毒を飲んだのです？」

「さあ。量ったこともありません」

「つまり、そのたびに生き返ってきたのと同じということですよ」

コレットはいまいち納得のいかない顔をしているが、これで魔力量の大幅《おおはば》な増加の説明はつく。

「コレット、他《ほか》に余計なことはしなかったか？」と、アルベールは一応聞いてみた。

「余計なこととは、例えば？」

「お前、二年目と三年目の後期、やることがなくて、自習していたんだろ？　他の学生がやらないようなことをやっていなかったか聞いているんだ」

「他の学生がやらないようなこと……消失魔法の実験台とか？」

「実験台？　何をするんだ？」

「手や足など身体の一部を切り落とす訓練に身体を貸していました。回復魔法士は患部《かんぶ》の切除や壊死《えし》した手足を切断する必要がありますから」

事もなげに言われて、アルベールは言葉を失った。それはジルも同様だったらしい。

「お、お、お前、そんな実験台をどうして引き受けるんだ!?　身体を切り刻まれるのと同じじゃねえか！」

「もちろん、ネズミで成功した人限定ですよ。変なところを消されたら困りますし」

そういう問題じゃない、と毎度毎度コレットに対しては叫《さけ》びたくなる。

「しかし、どの部位にしろ、消されたら痛いのではないですか？」

ジルが気を取り直したように聞いた。

「もちろん痛いですよ。でも一瞬《いっしゅん》です。すぐにニョキッと生えてくるので」

「ニョキッと……」と、ジルも言葉が見つからないようだった。

「おかげで、再生魔法の実験台にはなれなかったんですけど」

さも残念と言わんばかりのコレットを見て、アルベールは頭を抱《かか》えたかった。

「俺は一度その『ニョキ』を見てみたい……」

「王子がご覧になりたいというのであれば、あたしは構いません。来週の軍事演習の時にでも、他の救護隊員に頼《たの》んでお見せできます」

コレットには冗談《じょうだん》も通じなかった。

こいつもたいがい変態だ。

それ以上的確な言葉が見つからない。

「あ、そういえば、王子にお聞きしたいことがあったんです」

コレットが思い出したように口を開いた。

「何だ？」

「リアーヌ様がいらっしゃるのに、どうしてあたしが開校以来最多の魔力量だって言われたのか、ずっと不思議だったんです。王子はリアーヌ様をよくご存じですよね？」

コレットの問いに、アルベールは頭がすっと冷えた気がした。

「それは入学時の測定の話だろう。リアーヌは貴族のわりに、そこまで魔力量は多くなかったんだ。三百エムとかそれくらいだったか」

「ということは、リアーヌ様も死にかけたことがあったってことですかね」

「そうかもな。平民のお前と違《ちが》って、命を狙《ねら》われてもおかしくない貴族令嬢《れいじょう》なわけだし」

リアーヌが公爵《こうしゃく》令嬢という立場を考えれば、その可能性がないわけではない。

しかし今、コレットの話を聞いて、一度や二度の臨死程度では、リアーヌの今の魔力量は説明がつかないことに気づいた。

まさか、こいつみたいに、好んで毒を飲んだり身体を切り刻んだりしていたとは思えないが……。

またリアーヌに対する疑惑《ぎわく》が増えたと思った。


「コレット、今日の予定は？」

朝の食事が始まってから、アルベール王子が聞いてきた。

二月最後の日曜日、メイド仕事もなく、お給料も入ったので、街に服でも見に行こうと思っていた。春物が出るこの時期、冬物が値下げになるのでお買い得なのだ。

「お天気も良いので、シルヴィさんとお買い物に行く予定になっています。お昼には帰ってきますので、ご心配なく」

「なら、ちょうどいい。昼に行きたい店があるんだ。付き合え」

「今日のお昼は外食ってことですか？」

「そういうこと。お前もヒマだろ？」と、王子はジルにも声をかける。

「せっかくのお休み、この私に予定が入っていないとお思いですか？」

「あ、そう。休みは自由だから、楽しんでこい」

王子は関心なさそうだったが、コレットは気になって聞いていた。

「ジルさんのご予定って何なんですか？」

「私を待っているかわいい女性がたくさんいましてねぇ。王子のおもりをしなくていい日は、朝から晩まで大忙《おおいそが》しなのですよ」

「へえ……」

だいぶジルの女好きな性格というものがわかってきたので、それ以上の詳《くわ》しい説明は必要ない。道理で王子もいちいち聞かなかったわけだ。

そりゃまあ、この美形ならモテモテでも当たり前かもしれないけど。

当たりがやわらかいので、アルベール王子と違って女性受けしそうだ。

「王子も女性とのデートは久しぶりですね。ぜひ楽しんできてください」

ジルの発言に、コレットは飲みかけの水をブッと噴《ふ》きそうになった。
デ、デートって……!?
「なんだ!?　毒でも入っていたのか!?」

焦《あせ》ったような王子の顔が目に入って、コレットはとりあえず首を振《ふ》った。

「ちょ、ちょっと水が変な方に入ってしまっただけで……」

「驚《おどろ》かすなよ。また血を吐いたと思うだろうが」

王子はほっとしたような顔で座り直した。

「あれはトラウマになりますからねぇ」と、ジルも青い顔で額を拭《ぬぐ》っている。

「すみません。お騒《さわ》がせしました」

コレットはペコリと頭を下げた。


それで？　これのどこが『デート』よ？　普通《ふつう》にご主人様と使用人でしょうが。

コレットはプンプンしながらアルベール王子の少し後ろを歩いていた。

その少し前――

出かける支度《したく》をして玄関《げんかん》に行ったところ、コレットの服を見るなり王子が怒《おこ》り出した。

「お前、なんでメイド服を着ているんだ!?」

「王子のお毒見役としてお出かけするので、使用人の制服を着ただけじゃないですか。どうして怒るんですか？」

「説明はいい。だったら、ご主人様からの命令だ。お前が持っている服の中で、一番おしゃれで高価だと思う服を着て来い」

命令とあれば聞かないわけにはいかないので、コレットは一張羅《いっちょうら》のワンピースに着替《きが》えてきた。といっても、面接の時に血みどろにしてしまって、洗ったものの、うっすらとシミが残っている。どの道、マントを羽織ってしまうので、外を歩く分には問題ない。

着替えたコレットを見た王子はイヤそうに顔をしかめて、それから言った。

「よし、メシの前に服を買いに行こう」と。

服飾店に行けば行ったで、普段《ふだん》は着る機会のあまりない服だというのに、王子は高い服を買わせようとする。その上、コレットの選んだものは生地《きじ》がよくないだの、田舎臭《いなかくさ》いだのと、端《はし》から文句を付けてくる。

「値段で選んでいるんですから、多少の問題は目をつぶらなくちゃ、予算オーバーなんですよ！」

「だから、汚《よご》した服の弁償《べんしょう》に俺が買ってやるって言っているだろうが。それの何が気に入らないんだ⁉」

「あたしの一張羅っていっても、三十ブレの安物なんですよ！　丸が二つも多い服で弁償してもらう理由がありません！」

「だったら、遠征《えんせい》で頑張《がんば》ったボーナスだと思え！　それで文句はないだろ⁉」

「……まあ、そういうことでしたら、ありがたくいただきますけど」

王子に渡《わた》されたのは、春らしいクリーム色のドレスだった。肌触《はだざわ》りのいい生地で、どこをどう見ても貴族のご令嬢が着るような代物《しろもの》。靴下《くつした》とブーツまで一式買ってもらって、試着室で着替えることになった。

ボーナスなら、服なんかよりお金でもらった方がいいのに。あたしの一か月分のお給料なのよ？

そんなこんなで、コレットはいまいち喜べず、ブスッとしてしまうのだ。

とはいえ、それも昼食の店に着くまでの話。そこは見るからに貴族御用達《ごようたし》といった料理店で、歴史あるお屋敷《やしき》を改築したものだった。

瀟洒《しょうしゃ》な内装は言うまでもなく、大きな窓越《ご》しにはきれいに整えられた庭が広がっている。

真っ白なクロスのかかったテーブルには、華《はな》やかに着飾《きかざ》った貴族の奥様やご令嬢と思《おぼ》しき女性、若いカップルが座っていた。

うわぁ、素敵《すてき》なお店……!!

遠征の帰り道ではその町で評判の店に行ったものの、どこも平民がたむろする大衆的な雰囲気《ふんいき》だった。おかげでコレットも、まさかこんな高級料理店に連れてこられるとは思ってもいなかった。

「いらっしゃいませ、アルベール殿下《でんか》」と、王子はもちろん恭《うやうや》しく出迎《でむか》えられる。

アルベール王子は性格と言動はどうあれ、正真正銘《しょうしんしょうめい》この国の第三王子なのだ。ここのところ、ジル以外の人と一緒《いっしょ》にいるところを見ていなかったので、すっかり忘れていた。

そのまま窓際《まどぎわ》の席に案内されたものの、コレットはひとり場違いな気分を味わわされることになった。何がおかしいのか、やたらジロジロとした視線が向けられている。

ここ、平民お断りのお店なんじゃないの？　いい服着たって、きっとバレバレなのよ。

コレットは身を硬《かた》くして、王子が注文を終えるのを待っていた。この店に来たいと言っていただけあって、食べるものは決まっていたらしい。

「どうした？　すっかり借りてきた猫《ねこ》みたいにおとなしくなって」

どうしてこういう時に限って、素敵な笑顔《えがお》を向けてくるのか。この豪華《ごうか》な背景と相まって、王子がいつもより数倍きらきらしく見える。頰《ほお》の傷さえ、逆に美しさに野性味を添《そ》えるスパイスのようだ。

やっぱり血なまぐさい戦場より、こういう方がずっと似合う人なのよね。

「このお店、あたしみたいな平民は入っちゃいけないんじゃないかと思いまして……」

コレットはコソッと聞いてみた。

「バカ言うな。対価さえ払《はら》えば、身分は関係ない。けど、服装は決まっているから、ふさわしくないと、どんな金持ちでも入口で断られる。そういう店だ」

「なるほど、それであたしの服装にケチ付けていたんですね」

「別に大衆店が行き先でも、お前の服装はどうやったってケチ付けていた」

「でしたら、連れて歩かなければいいじゃないですか」

「そういう問題じゃないだろうが」

「どういう問題なんですか？」

「……やめよう。うちにいる時みたいに、大声で話すわけにはいかないし」

「王子の品格が疑われてしまいますものね」

コレットの言葉に、王子は頬杖をついて一つため息をつく。

「お前の中で俺って、どういう風に認識《にんしき》されているんだろうな」

「どういうって、口を開かなければ、素敵な王子様だと思っていますよ」

「そんな気がした」と、王子はクスクス笑った。

ふーん。こんな風に笑う時もあるんだ……。

初めて見る王子の無邪気《むじゃき》な笑顔に、コレットは少し見とれてしまった。

それからじきにワインが運ばれて来て、乾杯《かんぱい》となった。

「これも毒見でよろしいですか？」

「ああ。一口飲んだら、グラスを渡してくれ」

「かしこまりました」

もう何度毒見をしたのか数えきれないというのに、王子は相変わらず硬い表情でコレットを見守る。コレットからすると、今にも怒鳴《どな》り出しそうな顔に見えて、正直怖《こわ》い。逆に本当に毒が入っているのではないかと、変に緊張《きんちょう》してしまう。

そんなに心配することないのに。

一口飲んで問題がないことを確認した時点で、コレットはグラスを王子に差し出した。

「ひんやりと冷たくて、口当たりがさわやかです」

「だから、説明はいらないって言っているだろうが」

王子は呆れたように、でもほっと頬を緩《ゆる》めて、グラスを口に運んだ。

「王子はずっと兵舎の食事をしていたっておっしゃっていましたけど、このお店はご存じ
だったんですか?」

「王宮を出る前、一度だけ来たことがあるんだ」

「というと、四年以上前のことですか」

「ああ。十歳の誕生日に、母が兄と俺を連れてきてくれた。まだ父が即位する前で、もっ
と自由だった頃の話」

「ずいぶん前の話なんですね」

「せっかく毒見役を雇ったから、久しぶりに外で食べるのもいいかと思って、ここを思い
出した」

「けど、このお店、貴族の方が多いですよね。ハリボテ令嬢を連れて来るより、使用人を
そのまま連れてきた方が普通に見えるんじゃないですか?」

「ハリボテ令嬢って……」と、コレットを見て、王子は肩を揺らして笑っている。

「自分で言うのはいいですけど、笑われるとムッとするものですね」

コレットがじいっと見つめると、「おっと失礼、お嬢さん」と、なんだかジルのような
嘘臭い笑顔を向けてきた。

「王子がなんだか気持ち悪い……」

ボソッとつぶやいたのが聞こえたのか、王子の眉が不機嫌そうに動いた。

「何か言ったか?」

「何でもありません」と、コレットもニコッと笑って返した。

「話を戻《もど》すと、普通なら家でも使用人は、主人と同席して食事はしない。ジルでも身分を考えたら別席になる」

「やっぱりそうですよね」

執事《しつじ》やメイドたちは別室で食べているのに、同じ平民のコレットとジルだけはいつも王子と一緒なのだ。

「俺はそういうことは気にしないが、こういう店にお前を使用人として連れてきたら、毒見の後は従者用の部屋で待ってもらうことになる」

「はい。あたしはそれでよかったと思いますけど。だから、最初からメイド服でよかったんじゃないですか」

「おい。休みの日にわざわざ外に出かけて、何が悲しくてこの俺が一人でメシを食わなくちゃならないんだ？　普通《ふつう》に変だろうが」

「意外と淋《さび》しがりやさんなんですね」

「うるさい」

ひゃあ、図星なんだー!!

うぷぷっとコレットは笑ってしまい、王子に睨《にら》まれた。

「王子はいつもジルさんと一緒にいますけど、ご兄弟とは仲良くないんですか？」

「普段《ふだん》から交流があるのは、母親が同じ一番上の兄だけだな。その兄も一年ほど前から体調を崩《くず》して、話もあまりしなくなった」

「一番上のお兄様って、レオナール王太子殿下ですよね？　ご病気だったんですか？」

「いや、身体《からだ》に異常があるわけじゃない。そういう意味では病とは言わないが、部屋に閉じこもって、公務も欠席している状態なんだ」

「一年前からって、何かそうなるきっかけがあったんですか？」

「おそらくその時の魔族討伐《まぞくとうばつ》が原因だ。瀕死《ひんし》の重傷を負って帰って来て、それきり人が変わっちまった」

「瀕死の重傷って、どんなものだったんですか？」

「魔獣《まじゅう》の毒で四肢《しし》が腐《くさ》った。解毒《げどく》には成功して、命は取り留めたものの、こっちに帰還《きかん》した時は手足がない状態だった。お前のお得意な再生魔法で、今は完治しているけどな」

「身体自体に問題ないとなると、精神的な問題ですかね……。人は一度死にかけると、人生観が変わるって言いますし」

「そんな感じだ。けど、精神的なことは回復魔法士でもどうしようもないだろ？」

「その通りで……」

コレットの方がその限界をよくわかっている。消失魔法恐怖症《きょうふしょう》を誰《だれ》かに治癒《ちゆ》してもらえていたら、今頃《いまごろ》一級回復魔法士になれていた。

「そういうわけで、唯一《ゆいいつ》交流のあった兄とも疎遠《そえん》な状態ってこと」

「それは淋しいですね……」

王子はふと何かを思いついたようにコレットを見つめてきた。

「もしかして、お前なら原因がつかめるのかな」

「探知魔法でですか？」

「それは得意だろ？」

「そうですけど……王太子殿下なら、リアーヌ様に診《み》ていただけるんじゃないですか？」

「リアーヌにはもう診てもらってある。そもそも手足の再生をしたのが彼女だったしな」

「リアーヌ様でダメなら、あたしでもダメじゃないですかね」

「けど、魔力量はお前の方が多いだろ。リアーヌにも見つけられない何かが見つかるかもしれないじゃないか」

「そういうことでしたら、あたしは構いませんけど……」

大事な兄の回復を願って、どんな小さな希望にでもすがりたいという王子の気持ちはわかる。しかし、期待を持たせてしまう分、ダメだった場合の落胆《らくたん》が大きくなってしまうようで、コレットはあまり気が進まなかった。

「さ、血なまぐさい話はここまでにしよう。昔に食べたのと同じオムレツ。今食べても美《う》味《ま》いのかどうか」

目の前に運ばれてきたのは、焼き目のない黄色のふっくらとしたオムレツだった。卵とバターの甘い香《かお》りがふんわりと漂《ただよ》ってくる。

「いい匂《にお》い。いただきます」

毒見として一口食べてみると、しゅわっと口の中で溶《と》ける舌ざわりで、ほんのりとした甘さと塩気が絶妙《ぜつみよう》だった。思わず顔がほころんでしまう。

「おいしい！　こんなオムレツ、初めてです」

「よかった」と、王子もスプーンですくいあげている。

「お皿の交換《こうかん》をしないと――」

「必要ない。ほら、あーん」

そのままオムレツの載《の》ったスプーンを差し出されても、コレットはどうしていいのかわからない。

「ええと……？」

「口を開けろ。あーん」

問答無用に押し付けられそうなので、口を開いてスプーンを入れてもらった。

……え、ちょっと待って。すっごい恥《は》ずかしいことをしてる気がしてきたんだけど。これって、毒見じゃなくて、恋人《こいびと》同士がすることじゃないの⁉

コレットの頭は真っ白、顔は真っ赤になってしまう。何が面白《おもしろ》いのか、王子は楽しそうに笑いながら、付け合わせの野菜も次々とコレットの口に突《つ》っ込んできた。

「美味いか？」

「……味なんてわかりません」

「そりゃよかった」

「何がいいんですか⁉」

王子が「しぃっ」と人差し指を口に当てるので、コレットははっと口をつぐんだ。

「同じ毒見でも、こっちの方がこの店では目立たないだろ？」

全部の毒見が終わったので、王子は涼《すず》しい顔で食べ始めている。コレット一人赤い顔で立場がない。

「余計に目立っていると思いますけど……？」

痛いくらいの視線がブスブスと突き刺《さ》さっている気がするのだ。この視線は絶対に女性たちのものだ。

「明らかな毒見より、店の人間に対して失礼にならなくていい。『あーん』して、間接キス？　カップルがよくやっているだろ？」

「か、か、かかか……」

コレットは頭に血が上り、口がパクパクしてしまう。

今更《いまさら》、間接キスとか言う⁉　今まで何度もあたしの使った食器で食事してきたのに！

そんなコレットを見て、王子は笑いをこらえているのか、手で口元を覆《おお》って肩を揺らしながら、窓の方を向いている。

こーの、意地悪王子！　毎度毎度、どうしてあたしをからかって遊ぶかな⁉

「ああ、笑えた」

落ち着いたのか、王子は姿勢を正して、すっきりしたような顔で食事に戻った。

「……以前に食べた時と同じ味ですか？」

「そうだな。なんだか懐《なつ》かしい味がする」

「来てよかったですね」

「お前と一緒《いっしょ》でよかった。なんか楽しい」

ほんのりと目を細めて微笑《ほほえ》む王子がきれいで、それでいて少しはかなく見えて、コレットは切ない気分になった。

きっと前に一緒に来たお母様のことを思い出してるのよね……。

コレットをからかって笑っていないと、もしかしたら王子は泣いてしまうところだったのかもしれない。だから、今日はからかわれても許してあげよう。そう思った。


お昼の毒見が終われば、コレットは夕食まで自由時間。アルベール王子とは別れて買い物に行くつもりだったが、一人で歩かせるのは心配だと、彼がくっついてくる。

どうしてここまで過保護なの⁉

そして、午前中と同様、コレットが値下がりしている冬物を選んでいる隣《となり》で、「これから着るならこっちだろう」と、見当違《けんとうちが》いな春物を薦《すす》めてくれる。おまけにコレットが高価なドレスを着ているせいか、店員もわざとのように高い服ばかり見せにやってくる。

おかげで、コレットは自分が欲しいと思う服をちっとも見せてもらえない。

お昼のご機嫌《きげん》な気分も徐々《じょじょ》に落ちていって、最後は「別の日にシルヴィさんと買いに来ます」と、引きつった笑顔《えがお》で王子に告げることとなった。

その夜はジルも出かけているため、夕食は王子と二人になる。食べて帰っても同じだと、小料理店に入ることになった。通りがかりに「このお店、最近人気なんですよ」と、コレットが言ったことを王子が覚えていてくれたのだ。

思うように買い物ができず、どん底まで落ちていた気分も、おかげでかなり浮上《ふじょう》した。

そこは騒《さわ》がしいくらいに混み合った店で、最近流行《はや》りだというビールを提供している。ビールを初めて口にしたコレットは「にがっ」と顔をしかめてしまい、王子に笑われた。それでも飲み続けると舌が慣れてくるのか、料理を食べ始めるとおいしく飲めるのが意外だった。

料理の値段も安くて、いろいろなものを少しずつ食べられる。同じお皿から二人で取り分けて食べるので、毒見らしい毒見も必要ない。

「王子って、ほんと王族とは思えないくらい雑食ですよね」

身形《みなり》のいい貴族風の客もいるが、提供されている料理はどこの家でも食べられそうな庶《しょ》民《みん》的なものばかりだ。もちろんお金を出して食べるだけあって、味は比較《ひかく》にならないが。

遠征《えんせい》帰りも、王子はこういう大衆的な料理を喜んで食べていた。

「雑食……俺を犬だと言いたいのか？」

王子の眉《まゆ》がキュッと上がるので、コレットはササッと笑顔を貼《は》り付けた。

「いやですねぇ。王子が庶民の味にも精通していらっしゃると言いたかったんですよ」

「……お前、だんだんジルに似てきたな」

「それはやめてください。でも、王子の扱《あつか》いは超一流《ちよういちりゆう》だと思っていますので、いろいろ参考にさせていただいています」

「そりゃ正解だ。あいつほど俺を知っている人間はいない」

「手玉に取られていますよね」

再び王子の眉が動いたと思うと、今度こそ怒声《どせい》が飛んできた。

「お前はどうしてそう、人のカンに障《さわ》ることをはっきりきっぱり口にするんだ⁉」

「大変すみません。でも、言い換《か》える言葉がすぐに見つかりません」

「それは言い訳にもなっていないだろうが！」

「ですよね」と、コレットは誤魔化《ごまか》すように笑ってから、話を戻《もど》した。

「ともかく言いたかったのは、兵舎の食事と同じで、こういうお店なら王子も毒見役なしで来られたんじゃないかと思ったたってことです」

「そりゃ、別問題だな」と、王子はフンと鼻を鳴らす。

「どうしてですか？」

「同じ食卓《しよくたく》でメシを食うってことは、それくらい親しい間柄《あいだがら》の人間ってことだろうが。俺の巻き添《ぞ》えになって殺されてもいいと思うのか？」

「……すみません。変なことを言いました」

コレットはしゅんと頭を落とした。

「別に謝る必要はない。普通《ふつう》なら殺す側の人間の考えることなんて、想像する必要はないんだから」

「王子は違うんですね」

「人生で何度も命を狙《ねら》われたとなれば、考えずにはいられないだろ」

「王族って大変なんですね……」

「正直、こんな風に外で気軽に食事ができるようになるとは思っていなかった。お前を雇《やと》って正解だった」

そう言った王子はいつの間にか晴れやかな表情になっていて、残っていたビールをおいしそうに飲み干していた。

「すみませーん」と、お替《か》わりのビールを頼《たの》もうとコレットが手を上げたところ、一人の中年男がふらふらやってきた。お酒がかなり入っているのか、赤い顔をしている。

「アルベール殿下《でんか》」と、その男が声をかけてきた。

酔《よ》っ払《ぱら》いに絡《から》まれると恐々《きょうきょう》とするコレットの前で、王子は「よお」と気安く応《こた》えた。

「息子《むすこ》が戦場から無事に帰ってきたので、ひと言お礼を言わせていただきたくて」

どうやら今回の遠征に参加した兵士の父親のようだ。見るからに平民の男が『お礼』をするのに片膝《かたひざ》をつかないのが、コレットには奇妙《きみよう》だった。

「礼などいらない。皆《みな》がよく戦った結果だ。全員無事に戻れて、俺もほっとしている」

それでも「どうも、どうも」と何度も頭を下げて去っていく男を見送りながら、王子は苦笑《くしょう》していた。

「まったく、大げさな」と。

「……あの、王子は平民からあんな風に声をかけられて、不敬だって思ったりしないんですか？」

「不敬？　わざわざ礼を言いに来るなんて、礼儀正しいじゃねえか」

「そうじゃなくて……身分の違いとか気にしないんですか？」

「別に。身分なんて、形式的なものでしかないだろ」

「形式的なもの？」

「人間一人一人が担《にな》う役割はそれぞれで、王侯《おうこう》貴族は単に国民の生活と安全を守る仕事をしているだけだ。こうして着ている服も食い物も、作ってくれる人間がいなければ、王族も生きていけない。上下関係のない間柄でひざまずくのは間違っている、と俺は思っている」

「へえ……」

コレットは初めて聞く話に、素直《すなお》に感心していた。

「ところで、お前こそ『不敬』の意味をきちんと理解しているのか？」

王子は頬杖《ほおづえ》をついて、ニヤリと笑いかけてくる。

「そんなの、当たり前じゃないですか」

「どうだかな」

「そこ、疑わないでください！　ちゃんと尊敬しています！」

くっくと笑う王子を見て、コレットも吹《ふ》き出していた。

こういう王子だから、『王子様』ってことをつい忘れちゃっても、仕方がないでしょ？


翌日は合同軍事演習が入っているので、早起きしなければならない。家に帰ると、アルベール王子がお風呂《ふろ》に入るのを待って、コレットもその後すぐに浴室に行った。

さっさと寝《ね》ようと部屋に戻る途中《とちゅう》、階段の下でイレーヌに呼び止められた。

「コレット、アルベール様からの伝言だよ。お風呂から上がったら、部屋に来るようにってさ」

「こんな時間に何の用事ですかね？」

コレットが首を傾《かし》げると、イレーヌは口に手を当てて意味ありげに笑う。

「そりゃ、あんた、こんな時間にやることは決まってるだろうに」

「やることって？」

「夜伽《よとぎ》だよ、夜伽」

「ヨトギ？」

聞いたことのない言葉に、コレットは首を傾げた。

「心配しなくても大丈夫《だいじょうぶ》。アルベール様が手取り足取り教えてくれるさ。頑張《がんば》っといで」

何か研《と》ぐってことなんだろうけど……。明日《あした》は軍事演習だから、剣《けん》とか？

そんなこともメイド仕事なのかと思いながら、妙《みょう》にニヤニヤ笑うイレーヌに見送られてコレットは二階に上がった。

仕事なのでこのまま部屋着というわけにはいかず、いったん自室でメイド服に着替えてから、アルベール王子の部屋をノックした。すぐに「入れ」と返事がある。

「失礼します」と部屋に入ると、王子はお風呂から上がったままなのか、薄《うす》いガウン一枚でソファにゆったりと腰《こし》かけていた。

胸元《むなもと》ははだけているし、服と違って身体《からだ》のラインがはっきりと浮《う》かび上がっている。男らしい広い肩幅《かたはば》や、袖《そで》や裾《すそ》から出ているむき出しの手足は、コレットには直視しづらい。

「なんだ、顔が赤いな。酒に酔ったか？」

「そ、それはありません」

まじまじ見るのもどうかと思い、コレットは視線をそらしながら聞いた。

「イレーヌさんから『ヨトギ』というものをするように言われてきたんですけど」

王子の返事がないので、ちらりと覗《のぞ》き見ると、啞然《あぜん》としたような顔をしていた。

「……とりあえず、こっちに来てもらおうか」

王子がソファの隣をポンポンと叩《たた》くので、コレットはそこに座った。

辺りを見回しても武器のようなものはないし、砥石《といし》も見当たらない。

「あたし、初めてで、王子に教えていただかないとわからなくて――」

コレットが言い切る前に、王子の手が腰に回され、グイッと引き寄せられたかと思うと、その胸の中に抱《だ》きしめられていた。

はいぃぃぃ!?

「こんな時間に男女が部屋で二人っきりになったら、やることは決まっているだろうが」

「な、何をするんですか!?」

「お前には口で説明するより、実地で教えた方がいいみたいだな」

そのままソファに押し倒《たお》されて、目の前には王子のきれいな顔が迫《せま》っていた。

さすがのコレットも、これがどういうことか気づく。

『ヨトギ』って、そういう意味だったの!?

そういえば、遠征《えんせい》帰りの兵たちがお酒を飲んだ後、女性と遊ぶのが普通だと言っていた。

王子もそういう男性の一人だったことを思い出す。

「お、王子、女の人が必要なら、他《ほか》の人を探してまいります!」

「ほう。そっちの意味はわかっているのか」

「当たり前です！　これでも回復魔法士《まほうし》の端《はし》くれですよ。でも、でも、医学の知識がムダにあるだけで、こういうことではお役に立てないと思います……!!」

「いや、お前じゃないとダメだ。お前以外はいらない」

つややかな低い声で耳元にささやかれ、コレットの激しく脈打つ心臓は、口から飛び出してしまいそうだ。

どうしよう……!!　このままじゃ、愛人にされちゃうよ！

「ほ、他の人はどうか知りませんけど、あ、あたしは、こういうことは結婚相手《けっこんあいて》としかしないって決めているんです！　いくら王子の命令であっても、聞くことはできません！」

――とその時、「バーカ」の声とともに、コツンと額が額にぶつけられた。

同時に王子の身体が離《はな》れ、コレットの腕《うで》も引っ張られて起き上がることになった。

「まさか……またからかったんですか!?」

目を剝《む》くコレットに、王子は呆《あき》れたようにため息をついた。

「アホ。からかう以前の問題だ。お前があまりに警戒心《けいかいしん》がなさ過ぎて、心配になったんだろうが」

「警戒心も何も、呼びつけたのは王子の方じゃないですか。あたしはメイドとして仕事に来ただけです」

「その仕事が夜伽だって、イレーヌに言われたんじゃないのか？」

「そうですけど……違うんですか？」

「違うに決まっているだろ。イレーヌにそそのかされやがって。わからないなら、まずは聞け。お前がその気ならともかく、イヤなら部屋に来ることを拒否《きょひ》したっていいところだ」

「でも、そう聞いたら、王子が教えてくれるって、イレーヌさんが言うから……」

「コレット、あの色ボケ婆《ばあ》さんの言葉を真に受けるな」

王子は頭が痛いといったようにこめかみに手を当てた。

「色ボケ婆さん……」

コレットもイレーヌのニヤニヤ笑いの意味がようやく理解できた。

あたし、完全に騙《だま》されたんじゃないの！

「世の中には主人の権限を使って、使用人を手籠《てご》めにするような男はいくらでもいるんだからな。気をつけろ」

教え諭《さと》すように言われて、コレットはしゅんと頭を落とした。

「以後、気をつけます……けど、王子もああいう嘘《うそ》は、冗談《じょうだん》でもやめてください」

「嘘って？」

「あたしじゃないとダメとか、あたし以外いらないとか。そういうのは本当に愛する人に言うべき言葉です。それが嘘だってわかった時、悲しい思いをします」

「そこは別に嘘じゃなかったんだが」

すっとぼけたように言う王子に対して、コレットはむかっと腹が立ってくる。

「あたしは真面目《まじめ》な話をしているんですけど？」

「こっちも真面目に話しているつもりなんだが」

「どこがでしょうか？」

「お前の頭の中は愛だの恋《こい》だのでいっぱいかもしれないが、俺が言っているのはお前の回復魔法士としての存在についてだ」

言いながら王子がガウンを脱《ぬ》ごうとするので、コレットは勢いよく背を向けた。

「どうして、そこでいきなり脱ぐんですか⁉」

「見りゃわかる」

後ろには裸《はだか》の男がいるのだ。簡単に振《ふ》り返ることなどできない。

「いやぁ、何を見るのかが恐《おそ》ろしいと言いますか……」

「今更《いまさら》何を照れていやがる。戦場で男の裸なんて、いくらでも見ただろ」

「戦場で血を見るのと執《しつ》務室で見るのとでは、意味が違《ちが》うと言っていたのと、同じ理屈《りくつ》ではないでしょうか」

「御託《ごたく》はいいから、さっさとやれ。寝るのが遅《おそ》くなるだろうが。明日、早いんだぞ」

やれって、いったい何を……⁉

コレットはガシッと肩《かた》をつかまれて、無理やり振り向かされた。

王子の裸の上半身が目に入り、一瞬《いっしゅん》にしてのぼせそうになる。しかしその直後、身体にいくつもの古傷が残っていることに気づいて、すうっと頭が冷えた気がした。

右頬《みぎほほ》だけではなかった。身体に刻まれた傷もあったのだ。

「こ、これ、どうしたんですか……？」

「訓練や実戦でついた傷」

「どうして……？　回復魔法士に治してもらわなかったんですか？」

「だから、お前に治してもらうんだろ」

「今までの話です！」

「回復魔法士は信用がならない。だから、全部自然治癒《ちゆ》してきた。幸い命に関《かか》わるようなケガはなかったからな。今日まで無事に来られた」

「どうして回復魔法士は信用できないんですか？」

「最高の暗殺者だからだ」

王子に冷たい目で射貫《いぬ》かれて、コレットは反射的に身を震《ふる》わせた。

「暗殺者……」

「回復魔法士に治癒をさせる時は、魔法で防御《ぼうぎょ》することはできない。どうしても無防備になる。どんな形であれ、心臓を止めることくらい簡単だろ？」

「その通りです……」と、コレットは頷《うなず》くしかなかった。

「母を殺したのも、おそらく回復魔法士だ」

王子の口から初めてその話を聞く。コレットはドキリとしながらも、その内容に顔から血の気が引くのを感じた。

コレットも前王妃《おうひ》が病気で亡《な》くなったということには、疑問があったのだ。

「イレーヌさんからは心臓発作だったたって聞きましたけど、実は違ったんですか？」

「いや、単にそれ以外の死因が見つからなかっただけだ」

「死因が見つからない？」と、コレットは眉根《まゆね》を寄せた。

「殺されたにしろ病気にしろ、亡くなった痕跡《こんせき》が残っていないっていうのはおかしくないですか？　突然《とつぜん》の心臓発作でも、それを起こす原因となるものは見つけられるはずです。回復属性の再生魔法は生体にしか効かないので、遺体の修復はできませんし――」

「けど、消失魔法は別だ。例えばルリナスを飲ませて殺した後、体内から消すことは？」

ルリナスはルリゴン草の根から抽出《ちゅうしゅつ》される無色透明《とうめい》の液体で、飲めば呼吸器系がマヒして死に至る即効《そっこう》性の毒だ。

「それは……飲む量によっては、可能かもしれません。マヒなので、内臓損傷もないと思いますし」

きれいな遺体を作れます――という言葉を飲み込みながら、コレットはコクンと頷いた。

「いろいろ調べて、俺が唯一《ゆいいつ》見つけた殺し方だった。直接的にしろ間接的にしろ、回復魔法士が関わっていなければ説明が付かないだろ？」

「そうですね……」

人の命を救う回復属性魔法を、そんなことに使う人がいるの……？

消失魔法の危険性から恐怖症《きょうふしょう》になってしまったコレットからすると、理解の範疇《はんちゅう》を超《こ》えていた。

「結局、それを証明できるだけの証拠《しょうこ》は見つけられなくて、病死として片付けられて終わり。王宮で起こる事件っていうのは、たいていこういうものなんだ」

国で一番暗殺が多いのが王宮だと、王子が言っていたことを思い出す。王子は毒見役を二人殺され、母親まで亡くしていた。

コレットはショックを隠《かく》せず、言葉も見つからなかった。

「そういうわけで、誰《だれ》の手先かもわからない回復魔法士に治癒させるのは危険だろ？　母が生きている間は彼女に治してもらっていたんだけどな」

「亡くなってからは、自然治癒に任せていたと」

お母様を殺したかもしれない回復魔法士《まほうし》なんて、誰であれ、信用できるわけないよね……。

コレットが暗い気持ちでうつむくと、王子の手がポンと頭に乗せられた。

「けど、お前だけは信用できる」

「消失魔法が使えないからですか？」

「その通り」と、王子は頷く。

「それが嘘じゃないかって、疑ったりしないんですか？」

「そりゃ疑ったさ。けど、借金を抱《かか》えて路頭に迷いそうになりながら、わざわざ落第生になるアホがいるか？」

「でも、本当は誰かの手先で、裏ではお金をもらっていて、わざとそうした可能性だってあるかもしれないんですよ？」

「俺が暗殺者なら、そんな回りくどいマネはしないな。そこらへんのまともな回復魔法士の弱みを握《にぎ》って使う方が簡単だ」

「悪かったですね。どうせ、役に立たない三級回復魔法士ですから」

コレットがぷうっと頰《ほお》を膨《ふく》らませると、王子はふっと笑った後、真剣《しんけん》な目で見つめてきた。

「だから、お前を疑う理由はない。信じている」

「……不意打ちはズルいです」

こんな風に面と向かって信じていると言われて、うれしくないわけがない。コレットは思わず泣きそうになっていた。

「ほら、嘘じゃないだろ？　俺はお前じゃないとダメだし、お前以外はいらない。今日からお前が俺の専属回復魔法士だ」

「う……」と、コレットは青ざめた。

「どうした？　うれしくないのか？」

王子は不思議そうにコレットの顔を覗《のぞ》き込んでくる。

「うれしいです！　けど、けど、大変すみません！　あたし、古傷は治せないんです！」

コレットは事実を伝えて、情けなさに顔を覆《おお》った。

「は？　お前、外傷は治せるんだろ？」

「古傷っていうのはすでに再生が終わって、身体《からだ》としては正常な状態として認識《にんしき》されているものなんです。つまり、再生魔法をかけたところで、再生する皮膚《ひふ》も肉もないということになります」

「こーの、三級の役立たずが！」

「だから、すみませんって謝っているんです！」

コレットの目の前で王子は深いため息をついたが、それからしばらく黙《だま》り込んで、つと顔を上げた。

「例えば、この古傷の部分を取り除いたら、完璧《かんぺき》に治せるってことだよな？」

「それはもちろん。でも、それには消失魔法を使うので、最低でも二級が必要になります。一級なら痛みを感じさせずに治癒できるところなんですけど」

「そうか。まあ、全部とまではいかないから、せめてこの顔の傷だけでも治してもらおうか。何かと目立つし」

「はい？」と、コレットは話についていけずに首を傾《かし》げた。

「今から俺が魔法で切り落とすから、すぐに治せよ」

「魔法で切り落とす？」

「俺の属性は『風』だ。真空の刃《やいば》でスパッとやる。切り口が鋭《するど》いから、痛みを感じるまで多少の猶予《ゆうよ》はあるだろう」

「ご自分でやるんですか!?」と、コレットは目を剝《む》いた。

「何をそんなに驚《おどろ》くんだ？　お前だってこの間、自分の手を切り落として見せただろ」

手がニョキッと生えるのが見たいと言っていたので、約束通り軍事演習の時に、王子とジルの前でやってみせたのだ。

「自分で、ではなく、サビーナにやってもらったんですけど？」

「同じことだろうが」

「自分はともかく、人の身体が傷つくことはまた別問題というか……」

「あれを見た時の俺たちの気持ちが、すこーしわかったか？」

生えた手を見た二人が、「うっぷ」と口元を押さえていたことを思い出す。しかし、消失魔法で手を消した時は、真っ青な顔で今にも失神しそうに見えた。

「こんな感じだったんですかね？」と、コレットはニコリと笑った。

「よし。そうと決まったら鏡だな」

王子はガウンを着直してソファから立つと、チェストの引き出しから手鏡を取って戻《もど》ってきた。そして、鏡を覗き込みながら、「ここはこんな角度かな。で、こっちからとこっちからと――」などとブツブツ言っている。

「まあ、失敗してもやり直せるから、とりあえずやってみるか。場所を移すぞ。ここだと血が飛び散って面倒《めんどう》なことになりそうだ」

王子が立ち上がって行った先は、カバーを剝《は》いだベッドの上だった。

「ほら、こっちに来い。そんなに離《はな》れていたら、すぐに治癒《ちゆ》できないだろうが」

「場所が場所だけに、警戒《けいかい》した方がいいかと……」

着崩《きくず》れたガウン一枚でベッドの上に座っている王子の姿は、これから違《ちが》うことを始めようとしているようにしか見えないのだ。

「変なところで警戒心を見せるな！　イヤならせめて、すぐそこに立っていろ！」

怒鳴《どな》られて、コレットは「はいぃ！」と返事をしながら、ベッドの脇《わき》まで駆《か》けつけた。

「それじゃ、行くぞ。二回刃を飛ばすからな」

「あ、ちょーっとお待ちください！」

「いったい何だ⁉」

コレットを振《ふ》り仰《あお》ぐ王子のこめかみには、青筋が立っていた。

「ええと、その傷って、あたしが治してしまっていいのかな、と思いまして……」

「なんで？」

「え……だって、それは特別な傷だって聞いていて……いつか愛する人に治してもらうんじゃないんですか？」

このままだと、あたしが『愛する人』になっちゃうよ！　いいの⁉

コレットがもじもじと王子の顔色をうかがうと、彼は疲《つか》れたように肩《かた》を落とした。

「さっきまでの話を聞いて、まだそんなことを言っているのか？」

「将来的にも、あたし以外の回復魔法士に治癒してもらうつもりはないんですか？」

「先のことはわからないが、今のところお前しかいない」

「ということは、その傷は何か特別なものじゃないんですか？」

「そもそも特別な傷って何だ？」

「セザールに聞かれて、ご自分でそう答えたんじゃないんですか？」

「そういや、そうだったな」と、王子はつかの間遠い目をしていた。

「戦闘《せんとう》訓練中に魔力の制御《せいぎょ》を誤《あやま》って、スパッと切れただけだ」

「つまり、傷の理由を聞かれて、適当に嘘《うそ》をついたってことですね？」

「嘘っていうか、楽しい話題提供。みんな好きだろ、この手の話。噂《うわさ》に尾《お》ひれで、お前まで信じ込んでいたわけだ」

そう言って、王子はニヤリと笑いかけてくる。

やっぱりこの人、性格悪い！

そんなことは面と向かって言えないので、コレットはニコッと笑って自分を抑《おさ》えた。

「ではでは、遅《おそ》くなってしまいますので、さっさと治癒してしまいましょうかね？」

「今度こそやるからな。止めるなよ」

「かしこまりました」

王子が左手で持った鏡を見ながら、すっと右手を上げた瞬間《しゅんかん》、シュッシュッと見えない風の刃が頬を切り裂《さ》いていった。と同時に切り込まれた部分の肉片がえぐり取られて、噴《ふ》き出した血と一緒《いっしょ》に宙を飛んでいく。

そのあまりに凄惨《せいさん》な光景に、コレットは「きゃあぁぁぁっ」と大きな悲鳴を上げて王子に飛びついていた。あふれ出す血を押さえるように彼の頬に手を当て、そのまま魔力を放出する。

「王子、王子、大丈夫《だいじょうぶ》ですか⁉」

手を離すと、王子のきつく閉じられた目が開かれた。その青い瞳《ひとみ》はわずかに涙《なみだ》がにじんで潤《うる》んでいる。

「いってぇ……!! ちょっとえぐり過ぎた」

王子は鏡の中を覗き込み、その血だらけの顔をしかめた。

「傷は治しましたけど、まだ痛みますか?」

「うーん、いや? 今は平気だ」

「よかった……」と、コレットは気が抜《ぬ》けてベッドに腰《こし》かけた。

「問題はうまくいい場所が切除できたかどうかだな。血だらけでわからねぇ。顔を洗ってくるから待っていろ」

王子がベッドを下りて行った後、シーツのあちこちに血のシミが付いていることに気づいた。その中に小さな肉片が落ちている。

うわ……このほっぺのお肉、どうするんだろう。

消失魔法《まほう》が使えないばかりに、ありえない物が残されてしまった。

やがて飛ぶように部屋に戻って来た王子は、まぶしいくらいに晴れやかな笑顔《えがお》だった。

「どうだ! 顔、完全修復!」

顔を洗ってすっかりきれいになった王子の頬《ほお》には、引きつれた醜《みにく》い傷は影《かげ》も形もない。

完璧に美しい顔になっていた。

「はい、治っています。王子、よかったですね」

子どものように喜んでいる王子に、コレットは目を細めて笑顔を向けた。

「――ですが、そちらの処理はどういたしましょう？」

コレットがベッドの上に落ちている血だらけの肉片を指差すと、王子は吐《は》きそうと言わんばかりの顔で振り返ってきた。

「メイドさん、生ゴミにでも捨てておいてくれ。ついでにシーツの交換《こうかん》も」

「……かしこまりました」

コレットは一人三役、毒見役兼《けん》メイド兼回復魔法士だった。

このご主人様、ほんとコキ使ってくれるわ。

――と思ったが、高価な服を買ってもらい、食事をごちそうになってしまったことを考えると、それくらいの仕事は当然かと思い直した。

# 第四章

## 衝撃の過去、実は疑惑だらけの『癒やしの女神様』

月曜日、合同軍事演習に出てきたジルは、アルベールの隣《となり》で何度目かのあくびをかみ殺した。今朝は朝食の時からこんな状態だ。

「ジル、昨夜《ゆうべ》は何時に帰ってきたんだ？」

第一と第三大隊で模擬《もぎ》戦をしているのを見ながら、アルベールは聞いた。

「午前様になっていました。さすがに眠《ねむ》いです」

「そういう時は回復薬を飲んでこい」

「昨日飲んだので、平時に続けて飲むのはどうかと思い、やめておきました」

「今、上官権限でお前を殴《なぐ》りたい気分なんだが？」

「なんでですかー？」

「女と遊ぶ時に回復薬を飲んで、仕事でボケッとしているのは職務怠慢《たいまん》だろ⁉」

演習中なので、声は聞こえる程度に落として怒鳴った。

「王子も一度飲むと、クセになりますよ」

「俺には必要ない」

「そういえば、相手がいませんでしたね」

「今はそういう論点だったか？」

「いえ、昨日のデートがどうなったのか気になりまして」

「魔法障壁《まほうしょうへき》で聴《き》いていたんだろ」

「家でのことは、結界があるので聞こえません」

「それもそうか」

家の周りには侵入者《しんにゅう》防止用の魔道具を配置しているので、ジルの魔力ではその結界を越《こ》えて声を聴くことはできない。

「お二人で部屋に長いことこもられていたとか、中から悲鳴が聞こえたとか、洗濯《せんたく》場に血の付いたシーツがあったとか。いろいろ気になる話を朝から耳にしまして」

ジルは寝不足《ねぶそく》のわりに、メイドたちからしっかり話を聞いて歩いたらしい。

「気になるなら、朝食の時に聞けばよかっただろうが」

「ほら、朝っぱらからコレットの前で聞くのはどうかと思う話でしょう？」

「別に聞かれて困る話はない」

「どうして私に内緒《ないしょ》にするのですかー？　王子と私の仲ですよ？」

「別に話さないとは言っていない。今は演習中。そういう話なら昼休みにしろ」

「ではでは、せめて気になることを一つだけ先に質問させてください」

「何だ？」

「王子もついに大人の男に――」

ジルが言い切る前に、空気砲《ほう》を左頬《ひだりほほ》に飛ばしてやった。よろけたので命中したとわかる。

「せっかく忠告申し上げようと思ったのに、この仕打ちとは！　教えてあげませんよ！」

ジルは当たった頬を手で押さえ、恨《うら》みがましい目でアルベールの横顔を見つめてくる。

「俺が知らなくていい話なら、どうでもいい忠告というわけだ」

アルベールがジロッと睨《にら》み返すと、ジルはあきらめたように口を開いた。

「問題は二つ。昨日、昼に行かれた店と王子の頬の傷です」

「傷の方は想像がつく。ないならないで、朝からやたらジロジロ見られている。どの道、コレットが本当のことを話している頃《ころ》だろ。こっちの救護隊、話に夢中で演習になってねえ」

「ですね……」と、ジルもやれやれと呆《あき》れた顔をする。

「そこ、救護隊、何をやっている⁉　負傷者が出ているだろうが！　遊んでいるな！」

アルベールが怒《ど》鳴《な》りつけると、救護隊の五人がアタフタと動き始めた。

「どのような噂《うわさ》が流れているのであれ、噂は噂。ここで問題になるのは、たった一つの事実です」

いつの間にか神妙《しんみよう》な面持《おもも》ちになっていたジルが続けた。

「どの事実を言っている？」

「リアーヌ様に治させなかった傷を、コレットに治させたということですよ」

アルベールは深いため息をついた。

「そりゃ怒《いか》りくるいそうだな」

「そうでなくても、昨日はリアーヌ様から完全に逃《に》げましたからね」

「ああ、毎年誕生日っていうと、プレゼントを持ってやって来るからな。仕事場でさえ追い払《はら》うのが一苦労なのに、家に押しかけられたらさらに厄介《やっかい》だ。ていうか、お前は祝う気なかったのか？」

「何をおっしゃいます。王子があまりに潤《うるお》いが足りないので、女性とのデートをお祝いにさせていただいたのですよ。祝う気満々です」

「嘘《うそ》つけ。自分が女と遊びに行く口実だろうが」

「最初にコレットを誘《さそ》ったのは王子ですよ？」

「まず毒見役がいなけりゃ、メシを食いに行けないだろうが。お前も誘ったのに、断りやがって」

「王子のお誘いを断るのは、心苦しかったに決まっているではありませんか」

「嘘臭《くさ》い」と、アルベールは胡乱《うろん》な目を向けた。

「とはいえ、私としては表向き、あくまで使用人を連れてのお出かけで済ませると思っていたのですよ。まさか、よりにもよって『ラ・トーウ』で、『ラブラブ・あーん』までするとは。即《そく》熱愛発覚。リアーヌ様に伝えたいと言っているのと、同じではないですか」

「しっかり全部聴いていたんだな……。女と一緒《いっしょ》にいたくせに」

「いやですねぇ。私の一番は常に王子なので、しっかり片耳ずつ聴き分けております」

「それはともかく、俺も調子に乗り過ぎた」

アルベールは言いながら表情を引き締《し》めた。

「調子に乗りすぎるくらいには、楽しかったというわけですね」

「そうだな」と、そこは素直《すなお》に認めるしかなかった。

「楽しいお誕生日を過ごされて、私としてもうれしい限りですが、この二つの件がリアーヌ様の耳に入るのも時間の問題。彼女の怒りの矛先《ほこさき》がコレットに向かうと面倒《めんどう》になると、早めにご忠告申し上げたかったのですよ。特にコレットは平民ですし」

「確かに。単に家にいたくなかっただけの話が、どうしてこう面倒なことになるかな」

「またまたー。お誕生日だったからこそ、『ラ・トーゥ』を思い出されたのでしょう？　マルティーヌ様もきっとお喜びですよ」

『ラ・トーゥ』は基本的に女性に人気の店で、母親のお気に入りでもあった。

『大きくなって好きな女の子ができたら、ここに連れてきてあげると喜ぶわよ』

ちょうど八年前のアルベールの誕生日、あの店に二人の息子《むすこ》を連れて行った彼女がそんなことを言っていた。

「どうかな？　連れて行った女は確かに喜んでいたが。カップルのフリをして遊んでいただけだから、『それは違《ちが》うでしょう』って怒《おこ》っているかもしれない」

「王子が楽しく過ごせる相手なら、それが恋《こい》でなくてもいいのですよ」

「だといいが。楽しかった分、後始末が残ったと。コレットのことは対策を考えておかないとな」

「恋人でなくても、最高の毒見役ですからね」

「ああ」と、アルベールもはっきりと頷《うなず》いた。


毎週月曜の合同軍事演習の後の飲み会は、コレットもいつも参加して、楽しい夜を過ごしてきた。しかし、その夜に限って「飲み会はダメだ」と、アルベール王子の馬に乗せられて帰宅。家で夕食となった。

あたし、何か怒らせることしたかな……て、やっぱ昼間のアレ？

演習中におしゃべりをしていて、大隊長である王子に叱《しか》られたのだ。

とはいえ、それもこれも王子の頬《ほお》の傷が治ったせいなのだ。

ただでさえいろいろな噂が飛び交《か》っていたので、同僚《どうりょう》たちが王子の一番身近にいるコレットに真相を聞いてくるのは当たり前。三級では古傷を治せないのは周知の事実なので、そのコレットが治したとなれば、さらに詳《くわ》しい説明を求められる。

本当のことを話したら、マズかったのかな……。でも、それならそうと、先に言っておいてくれればいいのに。

そんなわけで、コレットはいつお説教が始まってもいいように、覚悟《かくご》しながら黙《だま》って食事をしていた。

「コレット、お前は明日《あした》から俺と一緒に行動することとする」

王子が切り出したのは、予想していた話と全然違うものだった。

コレットは「はい？」と、思わず首を傾《かし》げてしまう。

「明日ではなく、明日から？」

「そう。メイド仕事は俺が家にいる時だけでいい」

「あの……理由を伺《うかが》ってもよろしいでしょうか……？」

王子の眉《まゆ》が不機嫌《ふきげん》そうに動いたので、コレットは慌《あわ》てて言い直した。

「い、いえ、不満があるわけではないんです！　あたしが知る必要のないことなんですよね⁉」

「コレット、王子の機嫌が悪いのは、別にあなたのせいではありませんよ」

ジルがやんわりと間に入ってくる。

「何かあったんですか？」と聞いてみると、ジルがニコニコしながら説明してくれた。

「王子の軽率《けいそつ》な行動で、とあるところからあらぬ嫉妬《しっと》を買ってしまい、コレットが危ない目に遭《あ》いそうなのです。ですから、王子がお守りしてくださるそうですよ」

「……どうしてあたしが嫉妬を買うんですか？　あれ？　もしかして、リアーヌ様？」

「おや、知っていましたか？」

「王子と婚約《こんやく》されているって聞いています」

「それはただの噂だ。昨夜《ゆうべ》言っただろうが。回復魔法士《まほうし》は信用していないって。リアーヌもその一人だ」

王子に真顔で答えられて、コレットはガクリと頭を落としそうになった。

頬の傷の理由に加えて、婚約の話も単なる噂でしかなかったことが判明。王族の細かい事情など、やはり平民には伝わらないということだ。

みんな、いいように騙《だま》されてない？

「――と、王子はこうおっしゃっていますが、リアーヌ様は幼い頃から王子一筋で、手を替《か》え品を替え、王子にアプローチして来ているのです。それはもう、他《ほか》の女性が近づこうものなら、全力で阻《はば》むという方なのですよ」

「こう、あたしがイメージしていた女神様《めがみ》と、どうも違う気がするんですけど……」

「王侯《おうこう》貴族は表と裏の顔がありますからね。王子がいい例です」

「そこでなんで俺を引き合いに出す？」と、王子がじろりとジルを睨《にら》む。

「わかりやすい例ではありませんか。コレットのよく知る貴人となると、王子くらいですから」

「でも、あたし、王子の表の顔って、あまり見る機会がない気がするんですけど。本当にあるんですか？」

「コレット、それは真面目《まじめ》な質問として答えた方がいいのか？」

これは怒鳴られる一秒前なので、コレットはサササッと笑顔《えがお》を貼《は》り付けた。

「もう、冗談《じょうだん》に決まっているじゃないですか。ちゃんと表の顔があることくらい知っています。素敵《すてき》なので、たまにはあたしにも見せていただきたいな、なんて思っただけです」

「よかったな。お前の望みは明日には叶《かな》う」

「はい？」

「昨日話しただろ。明日の午後、兄上に謁見《えっけん》を申し込んでおいた。お前を連れて行く」

「昨日の今日で明日ですか⁉」

「こういうことは早い方がいいだろ？」

「それはまあ、そうですけど……」

『せっかちだなぁ』という言葉は飲み込んでおいた。


コレットが王宮の門をくぐるのは、これが初めてだった。

要塞《ようさい》も兼《か》ねている王宮の外観は、石肌《いしはだ》むき出しの寒々しいものだが、内装は金銀がふんだんにあしらわれた豪華《ごうか》なものだった。この国の豊かさを象徴《しょうちょう》するようにきらきらしい。

廊下《ろうか》の天井画《てんじょうが》や点在している彫刻《ちょうこく》や絵画も、一見の価値がある素晴《すば》らしいものばかりだ。

コレットはアルベール王子の後に続いて静かに歩いていたが、ふと隣《となり》にいるジルに尋ねた。

「平民なんかが入っちゃっていいものなんですか？」

今日は救護隊の制服を着てきたが、場違い感が半端ないのだ。

「何をおっしゃいます。ここで働く職員のほとんどは平民ですよ。私もそうですし」

「あ、そうか。なんか王宮って、王族が住む家っていうイメージがあるから、どうも腰《こし》が引けてしまうというか……」

「これから向かうのは後宮ですから、王族の居住区画になりますが、この中央宮は国政の中枢《ちゅうすう》ですからね。官公庁の一つでしかありません」

せっかくなのでと、コレットはジルにいろいろ説明をしてもらいながら、王宮観光を楽しませてもらった。

中央宮を突《つ》っ切った先にある渡《わた》り廊下を後宮に向かって進んでいると、「お兄様！」とどこからか子どもの声が聞こえてきた。

後宮の入口から小さな男の子が駆《か》けてきたかと思うと、アルベール王子に飛びつくように抱《だ》きついた。

ひゃあ、かわいい子！

サラサラの濃《こ》い金髪《きんぱつ》を肩《かた》まで伸《の》ばしていて、紫《むらさき》がかった青い大きな瞳《ひとみ》はアルベール王子のものとよく似ている。年の頃《ころ》は七歳前後に見えるが、愛らしさの中に気品も見えた。

「第五王子のエミール殿下《でんか》ですよ」と、ジルがこっそり教えてくれる。

「エミール、久しぶりだな。お、また大きくなったか」

アルベール王子はエミール王子を軽々と抱き上げると、まぶしそうに目を細めてやさしい笑みを浮《う》かべた。

王子って、こんな顔をすることもあるんだ……。

交流があるのはレオナール王太子だけだと聞いていたが、普通《ふつう》に仲が良さそうに見える。王子の様子を見る限り、かわいがっている弟ということはうかがえた。

「今日はお兄様がいらっしゃると聞いたので、待っていたのです」

「つまり、家庭教師から逃《に》げてきたんだな？」

「きょ、今日は特別です！　それよりお兄様、お顔の傷が……!!」

エミール王子は大きな目をさらに丸くして、アルベール王子の顔を見つめる。

「気づいたか？　おととい治したんだ」

「お兄様のお顔に傷がないのは、なんだか不思議な感じです」

「そういえば、俺が傷を負った頃、お前はまだ小さかったな。覚えていないか」

「でも、もうケガはしないでくださいね」

「ああ、気をつけるよ」と、アルベール王子は微笑《ほほえ》んだ。

「エミール、すまない。レオナール兄上を待たせているから、ゆっくりしている時間はないんだ」

「それでは、せめてお部屋の前までご一緒《いっしょ》させてください」

「仕方のない弟だ」

アルベール王子がエミール王子を抱き上げたまま後宮に入っていくので、コレットたちもその後ろを付いていった。

王太子の部屋は二階の中ほどにあって、エミール王子とはその扉《とびら》の前で別れた。

「お兄様、今度は僕にも会いに来てくださいね」

何度も振《ふ》り返って手を振りながら去っていくエミール王子は、なんだか淋《さび》しそうだ。

「王子はエミール殿下にずいぶん慕《した》われているようですけど、お会いになる機会はあまりないんですか？」

エミール王子に対して、アルベール王子は「忙《いそが》しくてすまないな」と答えただけで、明確な約束はしていなかった。仕事が忙しいのは間違《まちが》いないだろうが、それでも後宮に顔を出せないほど時間がないとは思えない。

「いろいろ問題があるんだ」

それ以上は詮索《せんさく》するなと言わんばかりに、話はそこで打ち切られた。

お母様が違うみたいだから、王族同士のいろいろがあるのかな……。

平民の当たり前の家族や兄弟関係とは違うのかもしれない。コレットはそんなことを思いながら、アルベール王子に続いてレオナール王太子の部屋に入った。

コレットはジルと二人で部屋の入口に控《ひか》え、王子だけがそのまま中に進んでいく。

「兄上、お加減はいかがですか？」

王子は問いかけながら、窓際《まどぎわ》のイスに座っている王太子の向かいに腰かけた。

「変わりはないよ」

そう答えた王太子は、アルベール王子と同じ金髪碧眼《きんぱつへきがん》だったが、眉《まゆ》が太くてエラの張った厳《いか》つい顔立ちは似ても似つかない。身体《からだ》もガッチリと頑丈《がんじょう》そうで、いかにも戦場を駆け回るのが似合いそうだ。

こちらはイメージと全然違ったわ……。

部屋に引きこもっているということで、王子より線の細い、弱々しい姿を勝手に想像していたのだ。

「外はだいぶ雪がなくなってきましたよ。そろそろ春来祭《しゅんらいさい》の準備が始まる頃ですね」

「そうだな。去年は君が仕切ってうまくいったのだから、今年も大丈夫《だいじょうぶ》だろう」

「何をおっしゃいます。私が事務仕事を苦手としていることはご存じでしょう。兄上には元気になっていただいて、そろそろ公務に戻《もど》っていただかないと」

「君に私の地位があれば、もっとやりやすくなる。陛下には再三にわたって王位継承権《けいしょうけん》を放棄《ほうき》すると申し上げているのだが、なかなか承知していただけない」

「当然です。兄上はこの国を統《す》べるのに、すべての資質を持っておられる方です。位を辞されることなど誰《だれ》も望んでおりません。皆《みな》が望んでいるのは、兄上のご回復のみです」

兄弟の静かな会話が続いている。いつにないアルベール王子の丁寧《ていねい》な話し方はやさしく、兄を労わる気持ちがコレットにも伝わってきた。

王太子がケガから回復した後、今までもこんな風に言葉をかけて励《はげ》ましてきたのだろう。そんな気持ちが王太子には届いていないようで、コレットは悲しくなった。

「ところでアルベール、頰《ほお》の傷は治したのか？」

「ええ、ついおとといですが」

「おととい……そういえば、君の誕生日だったな。遅《おそ》くなったが、十八歳おめでとう」

「ありがとうございます」と、王子は微笑んだ。

日曜日って、王子のお誕生日だったの⁉

ギョッとして隣のジルを振り仰《あお》ぐと、彼は人差し指を口に当ててニコッと笑った。

もう、言ってくれなきゃ、わかんないじゃないの。

コレットはむっつりと口を尖《とが》らせた。一緒に生活をしているのに、その程度のことも教えてもらえなかったのだ。

知ってたら、もっとお祝いモードで、あんな風にむくれたりしなかったのに……。

「――ちょうど専属回復魔法士《まほうし》を雇《やと》ったので、いい機会かと思いまして」

コレットたちをよそに、アルベール王子は傷のあった右頰《みぎほほ》を軽く撫《な》でながら続けていた。

「専属？　ついにリアーヌと婚約《こんやく》したのか？」

「兄上、婚約だったら『雇った』とは言いませんよ。今日は兄上にも紹介《しょうかい》しようと思って、連れてきました。コレット、こちらへ」

ジルに腰を押されたので、コレットは二人の前に進み出て片膝《かたひざ》をついた。

「王太子殿下には初めてお目にかかります。コレット・モリゾーと申します」

「去年養成学校を卒業して、救護隊に入った者です。先日のエロワ遠征《えんせい》でよい働きをしていたので、私の専属として迎《むか》えたのですよ」

嘘《うそ》だらけの紹介に、コレットは白い目を向けそうになるのをぐっとこらえた。

王太子殿下の前よ！

「それは安心した。母上が亡《な》くなられてから、君は誰にも治癒《ちゆ》をさせないから、戦場で何かあったらと、いつも心配していたのだ。コレット、アルベールを頼《たの》むぞ」

「かしこまりました」と、コレットは返事をしたものの、複雑な気分だった。

もしも王子が重傷を負ったら、あたしには治せないんですけど？

チラッと王子を見上げると、余計なことは言うなというように小さく首を振っていた。

「戦場に連れていける回復魔法士を雇ったのはいいとして、アルベール、リアーヌのこともそろそろ考えなければならないよ」

「私はまだその時期ではないと思っていますが」

「彼女がどれだけ君を想《おも》って、待っていると思っている？　どうしても君がその気になれないのなら、妻の他《ほか》に恋人《こいびと》を作ってもいい。サリニャック公爵《こうしゃく》も君の後見をしてくれる。将来を考えたら、リアーヌを妃《きさき》として迎えるのを拒《こば》む理由がないだろう」

「兄上、私がリアーヌと結婚するのなら、兄上が回復されて、公務に戻られるのが先だと何度も申し上げているでしょう。今この状態で私が権力者の娘《むすめ》と結婚となれば、王位継承を巡《めぐ》って国が乱れます」

「私に気を遣《つか》うのは無用だと言っている。私は近いうちに王太子ではなくなるのだから。

王位は君が継《つ》げばいい」

「兄上、お願いですから、そのようなことを口にするのはおやめください。まだ戦場での傷が癒《い》えていない今、大切なことを決断すべきではありません」

「私はどこも悪くない。どの治癒師が診《み》ても、異常は見つからなかった。ただ、国のために自分を犠牲《ぎせい》にしたくないと思っているだけだ」

「では兄上、最後にコレットの診察《しんさつ》を受けていただきたい。彼女は私の一番信頼《しんらい》する回復魔法士です。その彼女が診て異常がないと言うのであれば、それを兄上の本意として、私ももう異議は唱えません。立太子についても考えさせていただきます」

「それで君の気が済んで、前向きに考えられると言うのならいいだろう」

ちょーっと待って！　これ、ものすごーく責任重大なこと、押し付けられてない!?

これではコレットの診断次《しんだんし》第《だい》で、レオナール王太子が王位継承権を放棄するかどうかが決まってしまう。そもそも『異常が見つかるかも』程度でここに来たので、見つからない可能性の方が高いのだ。

だって、明らかに精神的なもので、治せる病気じゃないでしょ!?

コレットは全身にイヤな汗《あせ》が噴《ふ》き出すのを感じた。消失魔法を使おうとして失神する時と感覚が似ている。

冗談《じょうだん》やめてよ！　あたし、三級回復魔法士よ？　しかも、平民よ？　王位継承に関《かか》わる権利なんてないでしょうが！

このまま立ち上がって脱兎《だっと》のごとく逃《に》げ出したいところだったが、アルベール王子に引き止められてしまった。

「コレット、診てやってくれ」

どうするのよ……。でも、王子は王太子殿下《でんか》に辞《や》めてほしくないのよね？　この際、嘘でも何か異常があるってことにしておいた方がいい？

『嘘も方便』という言葉がコレットの頭に浮《う》かんだ。

「かしこまりました」

コレットは覚悟《かくご》を決めて立ち上がると、王太子の顔から少し離《はな》れたところに右手をかざした。そのまま目を閉じて探知魔法を発動する。

まずは表皮から入って、皮下組織、筋肉、骨や内臓に異常がないかを全身隈《くま》なく見ていく。外傷が主《おも》の兵士たちなら、これで充分《じゅうぶん》だ。

今回はもっと細かく見ていかなければならない。循環《じゅんかん》器系、呼吸器系、脳を含《ふく》めた神経系において、血液や酵素《こうそ》など体内物質や分泌《ぶんぴつ》物に異質なものが含まれていないかどうか。

一般《いっぱん》的に『病気』と言われるものは見つからなかった。

さらに細胞《さいぼう》の一つ一つの確認《かくにん》、分子レベルまで細分化して見ていく。これでわかるのは生まれつき持っている身体異常だが、そこにも問題は見当たらない。

しかし、コレットは何か違和感《いわかん》を覚えて魔力《まりょく》の放出を止めた。

これ、何だろう……。

「終わったのか？」

アルベール王子に声をかけられて、コレットははっと目を開いた。

「ずいぶん時間をかけていたようだが、結果は？」

「身体に異常がないことは確かですが――」

王子の顔を見て、ようやくその違和感が何かに気づいた。

「失礼ですが、確認するために今度は王太子殿下に触《ふ》れても構わないでしょうか？」

「許可しよう」と、王太子が頷《うなず》く。

「同時にアルベール殿下にも触れてよろしいですか？」

「構わない」

「では、お手を拝借します」

コレットは両手を伸《の》ばして二人の手を取り、もう一度探知魔法を発動した。

今回確認するのは王太子の持っている魔力だ。身体異常を探知するより魔力を要す。ムダなく魔力を使うためにも、直接肌《はだ》に触れた方が効率が良い。

王太子はアルベール王子と同じ風属性。同じ親から生まれた兄弟は魔力の質が似るのが普通《ふつう》だ。

しかし、これはどういうことなのか。比べてみると、まるで他人のような質感だった。

魔力が変質した……？

さらに魔力を注ぎ込み、二人の体内に流れる魔力の粒子《りゅうし》まで細かく見ていく。

違う……これは変質したんじゃないわ。

王太子の魔力にごくごく微量《びりょう》の異物が混じっている。そのせいで、全体的に魔力の質が異なる印象を与《あた》えているらしい。

でも、何の魔力？　種類がわからない魔力なんて存在する？

コレットが考えを巡《めぐ》らせていると、突然《とつぜん》手首をつかまれて、二人から引き離された。

「何をしているのです⁉」

はっと目を開くと、ジルが怖《こわ》い顔でコレットのすぐそばに立っていた。

まるで敵を見るような冷たい目で睨《にら》んでいる。

彼のこんな表情を見るのは初めてで、コレットはゾクリと寒気がした。

「な、何って、探知魔法を――」

「よくご覧《らん》なさい」

ジルの視線の先にいた二人は、額に汗をかいてぐったりしたようにイスにもたれかかっていた。ジルがすぐに王太子の首筋に手を当て、脈を確認している。

「レオナール様、しっかりしてください！」

コレットも慌《あわ》てて王子に手を伸ばしたが、ジルに止められた。

「あなたは近づかないでください！」

「で、でも……‼」

コレットは何が起こったのかわからず、ただオロオロとしてしまう。

ジルが声をかけているうちに、王太子は目を開き、王子も気だるげに身体《からだ》を起こした。

「ジル、騒《さわ》ぐな。少し疲《つか》れただけだ」

「よかった……」と、コレットの安堵《あんど》のつぶやきは、ジルと同時に漏《も》れていた。

「今のは何だったのだ？　身体中をくすぐられて耐《た》えられる気がしなかった」

王太子も疲れたような顔でコレットを見上げてくる。

「何とおっしゃられても、探知魔法《まほう》を使っただけなんですが……あ、決して危害を加えるつもりはありませんでした！」

これだけは言っておかないとと、コレットは焦《あせ》りながら付け足した。

王族に何かしたとなったら、即逮捕《そくたいほ》の事態よ！

「うちで健康診断した時とは違うだろう？」と、アルベール王子が聞いてくる。

「それは身体を診察しただけで、今診たのは魔力の組成です。あたしの魔力と干渉《かんしょう》して、くすぐったくなったのかもしれません」

実のところ、コレットもここまで時間をかけて細かく見たことがなかったので、被験者《ひけんしゃ》がどうなるかは知らなかった。

「魔力の組成？　属性とは違うのか？」

アルベール王子と同様に、他の二人も怪訝《けげん》そうな顔をする。

「違います。魔力保持者というのは、たいていいろいろな種類の魔力を持っているんです。その中で一番量の多いものが属性検査機に反応するので、皆《みな》さんはそれを『属性』と呼んでいます。例えばお二人の場合は、お母様が回復魔法士だったということで、その魔力も少なからずお持ちです。ただ『風』に比べると量が少ないので、発動しにくくなります」

「そんな話、初めて聞いたぞ」

「実はこれはあたしが発見したものなんです」

エヘンと胸を張ると、王子とジルには呆《あき》れ顔を返されたが、王太子は感心してくれたらしい。

「素晴《すば》らしい。さすがアルベールが専属に選んだだけあって、ここまで優秀《ゆうしゅう》とは」

うう、そんな風に褒《ほ》められると……。

コレットは遠い目をしてしまった。

「それで？　お前の言うところの魔力の組成を調べて、何かわかったのか？」

王子に改めて質問されて、コレットは表情を引き締《し》めた。

「ごく微量ですが、王太子殿下の魔力には種類のわからないものが混じっていました。アルベール殿下にはないものです」

「種類のわからない魔力？」

「正確にはあたしが在学中に調べた学生の中に、その魔力を持っている者がいなかったという意味になりますが。なので、実際には探せばどこかにいるかもしれません」

「少なくとも稀《まれ》な種類の魔力ということか」

「と思います。ただ、王太子殿下が生まれつき持っておられたものなのか、以前の組成を知りませんので、異常と呼べるものなのかわかりません」

「それが生まれつきでなかったら、考えられる原因は？」

「王太子殿下は魔獣《まじゅう》の毒に冒《おか》されたと聞いていますが、四肢《しし》が壊死《えし》したということは、魔獣は蜂形《はちがた》のアベポワ、毒はアルベカムですか？」

「その通りだ」と、王太子が頷く。

「アルベカムの作用として今のところ報告はありませんが、毒の影響《えいきょう》でもともとお持ちの魔力が未知の物に変異した可能性は考えられます」

「他《ほか》の可能性は？」と、アルベール王子が先を促《うなが》す。

「外からその魔力を与えられたということも考えられますが」

「外からの魔力……」

王子は小さくつぶやいて、考え込むように手を口に当てた。

「コレット、それを異常と判断して、兄上から取り除いたら、元通りになると思うか？」

「それは消失魔法の限界です。魔力というものを保持者が持っている器《うつわ》としてたとえると、器の大きさが魔力量、その中に入っている液体が今現在消費可能な魔力、器を構成する物質で一番多いものが属性になります。消失魔法がその器そのものを消すことが可能となると、魔力保持者が普通の人間になってしまいます」

「なるほど。その未知の魔力を、別のものに変えることも不可能なんだよな？」

「当然です。変換《へんかん》・変質は明らかに回復属性魔法の範疇《はんちゅう》を超《こ》えていますので。たとえ可能だったとしても、そもそも生まれつきのものかわからない魔力なので、取り除いたり変化させたりした時の影響は未知数です。もしもそれが王太子殿下《でんか》という個を表す本質に関《かか》わるようなものだとしたら、死にも値《あたい》する危険な行為《こうい》になります」

「そうか」と、アルベール王子は神妙《しんみょう》に頷いた後、王太子に満足そうな笑顔《えがお》を向けた。

「そういうわけで、兄上には異常がある疑いが出てきました。位を辞するなどとほのめかすようなことは、口にしないでいただきましょうか」

「たとえそれが異常だったとしても、治癒《ちゆ》する方法はないのだろう。今後も私の気持ちが変わることはないということだ」

「いいえ、未来のことはわかりません。魔力組成のように、我々のまだ知らない事実が明らかになることは充分に考えられます。ここに優秀な回復魔法士がいますからね。あきらめるのはまだ早いということです」

「好きにするといい。私は少々疲れた。今日は下がってくれ」

王太子に疲れた様子はもうなかったが、退出の頃合《ころあ》いだったのだろう。王子も異論を唱えることなく、挨拶《あいさつ》をして部屋を出ることになった。

「あんな大見得《おおみえ》切っちゃって、大丈夫《だいじょうぶ》なんですか？」

中央宮への渡《わた》り廊下《ろうか》を歩きながら、コレットはアルベール王子の背中に向かって声をかけた。

「いいんだよ。少なくとも兄上が王太子を辞《や》めるって言わなくなれば」

王子は振《ふ》り返ることなく答える。

「実はあたしが落ちこぼれの三級だって知った暁《あかつき》には、王太子殿下もお言葉を撤回《てっかい》されると思いますよ……？」

「それは国で定めた基準で、俺はお前が落ちこぼれだなんて思ってねえよ。常識外れのヘンタ……おっと」

今、『常識外れの変態』って言おうとしなかった⁉

抗議《こうぎ》の声を上げようとした途端《とたん》、王子が突然立ち止まるので、コレットはその背中に顔から突《つ》っ込んでしまった。

「ふぎゃっ」と、情けない声が出る。

『急に止まらないでください』と言いかけた時、ジルに腕《うで》をつかまれて引き戻《もど》された。

「アルベール殿下、ごきげんよう」

女性の澄《す》んだ声が聞こえ、コレットは王子の背後からその前に立つ人物を覗《のぞ》き見た。

それは遠征《えんせい》の時に一緒《いっしょ》だったリアーヌ・サリニャック公爵令嬢《こうしゃくれいじょう》だった。あの時は救護隊の制服姿だったが、今日は淡《あわ》い金髪《きんぱつ》がよく映《は》える紺色《こんいろ》の優美なドレスをまとっている。

ひゃあ、癒《い》やしの女神《めがみ》様！　さすがドレス姿も素敵《すてき》だわ！

「リアーヌ嬢、奇遇《きぐう》ですね。もしかして、王太子殿下のところへ行く途中《とちゅう》ですか？」

聞いたことがない王子の甘い口調に、コレットは一瞬《いっしゅん》別人かと思った。

こういう物腰《ものごし》、ジルさんは持ってるけど……。貴族のご令嬢相手だと、王子も素敵な王子様になるのかな。

「いいえ。アルベール殿下をお捜《さが》ししていたのですわ。司令部へ参りましたら、王太子殿下のところだと伺《うかが》いましたので」

「それは失礼。何かご用事でも？」

リアーヌはきれいな眉《まゆ》をひそめて王子の右の頬《ほお》を見つめた。

「お顔の傷……本当に治されたのですね」

「それを確認《かくにん》したかったのですか？　あなたにお願いするまでもなく、きれいに治っているでしょう」

「それは三級回復魔法士には不可能な治癒です。殿下、ご自分で切除してこの娘《むすめ》に治させたというのは本当ですの？」

「驚《おどろ》くほどのことではありませんよ。戦場での負傷に比べたら、痛いのは一瞬ですから」

「殿下はどうかされています！　ご自分の大切なお身体《からだ》を、どうして自ら傷つけたりするのですか!?　わたくしが治して差し上げると再三申しましたのに、どうしてこのような落第生にお任せになるのです!?」

リアーヌの殺気立った眼差《まなざ》しがコレットに向けられ、その恐《おそ》ろしさに震《ふる》え上がった。

美人が怒《おこ》ると怖《こわ》い……!!

「リアーヌ嬢、ここは王宮です。あまり声高《こわだか》に騒《さわ》ぐと、品位を損《そこ》ねますよ」

王子の方は動じた様子もなく、静かに言った。

「騒ぎたくなるようなことをしているのは、殿下の方ではございませんか」

王子の言葉に従ってリアーヌは声を落としたが、その分、怒《いか》りのせいか震えていた。

「いつも言っているでしょう。あなたの治癒を待っている人はたくさんいる。すでに治った傷にあなたの貴重な魔力《まりよく》は使わせられないと。職もなく魔力の使い道もない落第生だからこそ、私も治す気になったのですよ」

これは嘘《うそ》……というより、もっともらしい建前《たてまえ》？

回復魔法士を信用していないことを、リアーヌに面と向かって言う気はないらしい。

「……それは殿下のお気持ちとして理解させていただきます。けれど、この娘を救護隊の一員どころか、専属として雇《やと》うというのは納得《なっとく》がいきませんわ」

それ、間違《まちが》ってますからね……。

確かにコレットは王子の専属ではあるが、雇われているのは毒見役としてだ。

回復魔法士としては、副業レベルの救護隊員と、メイド仕事に毛が生えた程度の健康診《けんこうしん》断《だん》。賃金にしても、王族の専属回復魔法士となれば破格の待遇《たいぐう》になるところ、コレットは最低賃金程度しかもらえていない。

『専属回復魔法士』なんて言うから、大騒ぎになっちゃうのよ。

「なぜでしょう」と、問い返すアルベール王子は余裕《よゆう》の笑みだったが。

「なぜもなにも、殿下が病に倒《たお》れた時はどうなさるのです？　この娘をそばに置いておいても役に立たないではありませんか」

「自力で治せない病にかかったとしたら、それを天寿《てんじゅ》と受け止めるまでです」

「殿下はわたくしに多くの人を救えとおっしゃる。なのに、一番大切な人を救ってはいけないとおっしゃるのですか？」

「あなたのもとに来るのは救われたい人です。救いを求める人を救ってほしいと言っているだけのこと。それに、先のことはわかりませんよ。今わの際《きわ》になって、私ももっと生きたいとあなたを呼ぶかもしれません。その時になってみないとわからないことです」

リアーヌの王子に対する想《おも》いは真剣《しんけん》だ。そんな彼女に対し、王子はやさしく丁寧《ていねい》な口調で、コレットが見たことのない気品あふれる笑顔を向けている。

それがかえってリアーヌを冷たく拒《こば》んでいるように見えた。

いくら回復魔法士が信用できないからって、自分に好意を向ける人まで邪険《じゃけん》にするの？

リアーヌ様はただ王子の身を案じてるだけなのに。好きな人を殺すわけないのに。

こういう王子は好きではない、とコレットは思った。

「殿下、この件に関してわたくしはどうしても納得がいきません。お父上である国王陛下に奏上させていただきます。陛下からのお言葉であれば、殿下も考えをお改めになることでしょう」

リアーヌが一歩も引かない態度を見せると、王子はわざとらしいくらいに大きなため息をついた。

「リアーヌ嬢、仕方ないですね。正直に言いましょう」

「あら、それは陛下に報告されては都合が悪いということでしょうか？」

リアーヌはどこか勝ち誇《ほこ》ったように口角を上げる。

「いいえ。あなたが恥《はじ》をかかないように、真実を明かそうと思ったのですよ」

「どういうことですの？」

リアーヌが怪訝《けげん》そうに眉根を寄せたと同時に、コレットは王子に腕をつかまれて引き寄せられた。そのまま腕の中にぎゅっと抱《だ》きしめられてしまう。

な、何が起こった⁉

「白状すると、専属回復魔法士というのは単なる口実です。実は彼女にひと目惚《めぼ》れしてしまいましてね。こうして片時も離《はな》れていたくないくらいに夢中なのですよ」

「……殿下、それは本気でおっしゃっていますの？」

「もちろん嘘偽《うそいつわ》りない本心ですよ。まあ、相手は平民の娘ですから、陛下も笑って許してくださるでしょう。しかし、他《ほか》ならぬあなたが報告したとなると、たかが平民の娘に嫉妬《しっと》する器《うつわ》の小さい女だと思われるのでは？　王族の妃《きさき》に求められるのは何より寛容《かんよう》ですから、あなたの評判を落としかねませんよ」

リアーヌの頬が屈辱《くつじょく》に紅潮するのが、コレットには見えてしまった。

「王子、そろそろお時間の方が」と、それまで黙《だま》っていたジルが声をかけた。

「もうそんな時間か。リアーヌ嬢、仕事が詰《つ》まっているので、失礼させてもらうよ」

リアーヌがスカートをつまんで礼をする前を、王子はコレットの腕《うで》をつかんで引きずるように歩き始めた。

「……お、お、王子！　今のは何ですか⁉　全部嘘ですよね⁉」

「まんざら嘘でもないと思うが？」

そう言ってニヤリと笑いかけてくる王子が、嘘をついていないわけがない。

コレットはカッとなって立ち止まると、王子の手を振り払《はら》った。

「いいえ、嘘です！　リアーヌ様は王子がお好きなんです。気持ちに応《こた》えられないのなら、せめて誠意をもって本当の気持ちを伝えるべきじゃないですか⁉　それを適当な嘘で誤魔《ごま》化《か》すのは、リアーヌ様を余計に傷つけるだけです！」

「お前が俺に意見するのか？」

冷ややかな視線を向けられ、コレットは一瞬怯《ひる》んだ――が、やはり黙ってはいられなかった。

「意見します！　クビにしたかったらしていただいて結構です。王子はすぐ怒るし、口も悪いし、意地悪も言いますけど、いい人だと思っていました。でも、人を傷つけるような嘘をつく人は嫌《きら》いです。そばにはいられません！」

「俺はお前を手放す気はない」

王子に再び腕を強くつかまれ、コレットはその痛みに顔をしかめた。

「でしたら、リアーヌ様にさっきのは全部嘘だったたって、本当のことを話してください」

これだけは譲《ゆず》れないと、コレットは王子から目をそらさなかった。

「続きは家に帰ってからだ。仕事が詰まっているのは嘘じゃない」

それは確かに逃《に》げ口上ではなかった。三人で執務《しつむ》室に行くと、書類仕事が山のように積まれていたのだ。片付けるのに夕食の時間までには終わりそうもなかった。


コレットがアルベール王子の部屋に呼ばれたのは、遅《おそ》い夕食の後、お風呂《ふろ》に入ってからだった。

それまでの間、コレットの頭の中は『明日《あした》からどうしよう』で埋《う》め尽《つ》くされていた。

勢いで言っちゃったけど、クビにされたら借金返せなくなっちゃうのよ！

これまでもらった給料は、実家への仕送りと借金返済で、ほとんど手元には残っていない。救護隊の仕事もアルベール王子からの採用なのだ。『顔も見るのもイヤだ』と、そちらもクビになったら、完全に収入はゼロ。コレットは住む家もなく、借金も返せず、行きつく先は牢獄《ろうごく》生活しかない。

あたし、ほんとバカよね……。

王子をいい人だと思っていた分、リアーヌに対する態度を見て、勝手に裏切られたような気分になったのだ。身分というものに頓着《とんちゃく》しない王子だからこそ、コレットもうっかり口出ししてしまった。

あの時は『手放す気はない』って言ってたけど、今頃《いまごろ》『やっぱりいらない』って考え直してたら……。

お先真っ暗な明日からのことを考えると食欲《しょくよく》もなく、王子の部屋に入っても、コレットは緊張《きんちょう》に身を縮こまらせていた。

「お前は理由があったら嘘をついてもいいと思うのか？　それとも何でもかんでも嘘はつくなって言うのか？」

ソファに向かい合って座った後、王子が真っ先に聞いてきたのはそれだった。

予想外の質問に、コレットはポカンとしてしまう。

「もしかして、昼間の話の続きですか……？」

「何の話で呼ばれたと思っているんだ？」と、王子の方は訝《いぶか》しげな顔をする。

どうやらこの人は、平民どころか使用人の言い分にも、真摯《しんし》に向き合ってくれるらしい。

やはりいい人だと思わずにはいられなかった。

「そう、話の続きですよね！　王子のお立場とかありますし、隠《かく》さなくちゃいけないことがあるのもわかります。でも、今日の嘘は納得できませんでした。王子にお好きな人がいて、リアーヌ様に誰《だれ》かを言えないから、あたしということにしておいた、というのならまだわかりますけど。完全に偽《いつわ》りの恋人《こいびと》であきらめさせるのは、誠実さに欠けます」

王子がまた怒り出すかもしれないと思いながらも、コレットは正直に答えた。

意外にも王子はほっとしたように表情をやわらげた。

「少なくとも正直者でなけりゃダメだってわけじゃなさそうだから、話をしよう」

「聞かせていただきます」と、コレットはピンと背筋を伸《の》ばした。

「リアーヌを信用していないっていう話はしたよな？」

「回復魔法士を信用していないから、リアーヌ様も信用しないというお話でしたよね？」

「正確に言うと、回復魔法士に関係なく、リアーヌという人間を信用していない。信用に足る証拠《しょうこ》が出ない限り、あいつと恋愛《れんあい》どころか友人としても付き合う気はない」

「何か疑わなくちゃいけないことでもあったんですか？」

「正直、証拠がないだけに、あまり話したくないことなんだ。ここだけの話にしておいてほしい」

「わかりました。口外しないとお約束します」

コレットが頷《うなず》くと、王子は話を始めた。

「原因は三つある。一つ目は俺が魔法士養成学校に通っている時の話だ。基本属性クラスに俺と同じ風属性の娘《むすめ》がいた。実技訓練なんかでいつも一緒《いっしょ》になるから、いつの間にか仲良くなっていた」

「『娘』って……もしかして、平民の方のお話なんですか？」

「王都の下町にある料理店の娘だ。学校帰りによく店でメシを食わせてもらっていた。街のこともよく知っていたから、休日にはいろいろな場所にも連れて行ってくれた」

「……もしかして、王子の初恋のお相手だったんでしょうか？」

なんだろう……。

コレットは胸がつきんと痛んだような気がした。

リアーヌが初恋相手だったと聞く方が、まだマシだったと思ってしまう。

そんなコレットをよそに、王子は小さくかぶりを振《ふ》った。

「いや、そういう関係じゃない。初めてできた平民の友達で、俺の知らない世界をいっぱい見せてくれた。一緒にいると楽しかった」

彼女を思い出して語る王子の顔がやさしく懐《なつ》かしげで、それでいて今にも泣きだしそうなほど悲しく見えた。

「その方は今、どうしているんですか……？」

コレットは聞きながらも、その答えはわかっているような気がした。

「夏になる前に死んだ」

「亡《な》くなったって、どうして……？」

コレットは固唾《かたず》を飲んで、王子の言葉を待った。

「その日も学校帰りに彼女の店に寄った。で、一緒にメシを食おうとしたところ、俺の目の前で死んだ。皿に毒が盛られていたんだ」

「それはつまり……殺されたと？」

「ああ。俺の方が狙《ねら》われてもおかしくない立場だったから、誰かが俺を殺そうとして、誤って彼女の方を殺してしまった。俺も最初はそう思った」

「すみません……。あたし、この間、王子にひどいことを言ってしまいました」

コレットはあふれる涙《なみだ》をぬぐいながら、小さくつぶやいた。

王子には大切な友達が自分の代わりに毒を盛られて亡くなった過去があった。

そんな人に『こういう店なら毒見役は必要ないんじゃないか』などと、無神経なことを言ってしまったのだ。

「お前が謝ることじゃないって言っただろ。今は話の続きを聞け」

「はい」と、コレットは頷いた。

「毒を入れた犯人は彼女の母親だった」

「え……？」

「俺を殺そうとして、間違《まちが》えて娘の方を殺してしまったと書き残して首を括《くく》った。彼女の母親が俺を殺す理由は見つからなかった。誰かに頼《たの》まれたのだとしても、死人に口なし。毒の入手方法もわからなかった。もしかしたら、彼女の母親も自殺に見せかけて殺されたのかもしれない。結局、この件はそれ以上調べようがなかった」

「謎《なぞ》のまま……」

「あの頃は彼女を殺されて、学校を卒業した後には母も亡くしたりで、俺もかなり落ち込んでな。気持ちを切り替《か》えられるように、ジルがこの家を用意してくれたんだ」

「王宮を出たのは、その辺りに理由があったんですね……」

「ああ。けど、引っ越《こ》して数日も経《た》たないうちに、今度は雇《やと》ったメイドが買い物に出かけた先で、馬車に轢《ひ》かれて死んだ」

「また亡くなった人がいたんですね……」

「それが二つ目の原因だ」

「単なる事故じゃなかったんですか？」

「御者《ぎょしゃ》が『自分から飛び込んできた』と、自殺を訴《うった》えていたんだ。けど、遺書も見つからず、動機も不明。もしかしたら、誰かに突《つ》き飛ばされたのかもしれない。御者が過失致死《ちし》の罪を逃《のが》れるために嘘《うそ》をついていた可能性もある。結局、確たる目撃《もくげき》証言もなく、事故死として処理された」

「事故か自殺か、それとも他殺か……。あまりはっきりしない事件ですね」

「一年も経たない間に、俺の身近で若い女が立て続けに二人死んだ。二人を殺す動機があるとしたら、リアーヌしか思いつかなかった。昔から俺に付きまとっていて、他《ほか》の女が近づくことをイヤがっていたからな。あからさまに疑うことはしなかったが、距離《きょり》は置くようにした。これ以上被害者《ひがいしゃ》が出ないように、俺も女には近づかないようにした」

「ああ、だからリアーヌ様の目の届かない遠征《えんせい》先で、女性と楽しまれていたんですね」

リアーヌの一班への異動が叶《かな》わなかった理由は、これだったのだ。

コレットは謎が解けて満足だったが、王子が恐《おそ》ろしい形相で睨《にら》んできた。

「お前、人の話を聞いているのか？　遠征中だって、近づくわけないだろうが。リアーヌが同行しない以上、俺の様子をうかがう間諜《かんちょう》くらい送り込んでいてもおかしくない。あいつの家はそれだけ金も権力もある」

「……平民と考えることが違うということで、失礼いたしました。え、じゃあ、王子は遠征中も夜はお出かけになったりしないんですか？」

「どっかの誰かと違ってな」と、王子が白い目を向けた先はジルだった。

「それは聞かなくてもわかりそうな話ですね」

コレットもジルに向かって、冷たい笑顔《えがお》を投げた。

「今は私の話ではありませんよ。王子、お話の続きを」と、ジルはニコッと笑って逃《に》げた。

「そういえば、原因は三つあるっておっしゃっていましたね」

「三つ目は兄のことだ」と、王子は気を取り直したように話を続けた。

「最初、リアーヌとの婚約《こんやく》話が持ち上がったのは、兄の方だった。サリニャック公爵《こうしゃく》の後見も込みでの話だと思うが、兄はリアーヌを気に入っていた」

「王族にとって有力貴族の後ろ盾《だて》って大事なんですね……」

「そういう慣習が続いているのは事実だ。ただ、兄もリアーヌが俺に想《おも》いを寄せていることを知っていたから遠慮《えんりょ》して、婚約話は長いこと宙づりになっていた。けど、俺がいつまでもリアーヌに興味を示さないから、一年ほど前、兄が妃《きさき》として迎《むか》えると言い出した。王太子が正式に求婚すれば、リアーヌが断ることはできない。二人の結婚は目前だった」

「王子はリアーヌ様を疑っていたのに、お二人の結婚に賛成されたんですか？」

「反対したかったさ。けど、兄を納得《なっとく》させられるだけの証拠は何もなかった。反対すればするほど、俺がリアーヌに気があるように見えただろうしな」

「そうですね……」

「結局、俺もリアーヌが兄と結婚すれば、俺のこともあきらめると思って、兄の決断に任せた」

「それが一年ほど前というと、もしかして魔族《まぞく》の襲撃《しゅうげき》はその後だったんですか……？」

「その直後だった。兄が瀕死《ひんし》の状態だと聞いた時は、リアーヌが結婚を阻止《そし》するために、兄を戦場で殺そうとしたんじゃないかと疑った。あまりにタイミングが良すぎるだろ？」

「はい……。ただ、魔族の襲撃を計画するなんて、リアーヌ様には不可能じゃないかと思いますけど」

「俺もそう思った」と、王子は頷く。

「たとえそれが偶然《ぐうぜん》の出来事だったとしても、もしも救護隊の中にリアーヌの手の者がいたら、治癒《ちゆ》が間に合わなかったことにされてもおかしくない。死に至るケガじゃなくても、あえて心臓を止めてしまうこともある。幸いあの時の救護隊員の中で兄を手にかける者はいなかったが、あんなに恐ろしい思いをしたことはなかった」

王子はその時のことを思い出すのか、青ざめた顔を歪《ゆが》めている。母親に続いて、兄も失うところだったのだ。王子が回復魔法士を遠ざける理由はどんどん増えていく。

「その帰還《きかん》後、王太子殿下《でんか》は人が変わってしまったと」

「自分は王位継承権《けいしょうけん》を放棄《ほうき》するから、リアーヌと結婚しろと勧《すす》めてくるようになった。死ぬほどの目に遭《あ》って、国のために犠牲《ぎせい》になりたくないという気持ちはわからないでもない。けど、もともと好きな相手まであきらめられるものなのか。治癒した代わりに自分のことはあきらめてくれと、リアーヌに頼まれたのだとしても、王太子であることを辞《や》める必要はない。どこか矛盾《むじゅん》だらけの話だと思わないか？」

「確かに……」と、コレットも頷《うなず》くしかなかった。

「そこで一つの仮説として、兄は操《あやつ》られているんじゃないかと考えた。そうじゃないと納得ができない気がした」

「王太子殿下が意に反したことを言わされているということですか？」

「そう、リアーヌに都合のいいことを、だ。もしもそれが事実だったら、全部説明がつく。最初の毒殺は彼女の母親を操って娘《むすめ》を殺させ、遺書を書かせて自殺させる。メイドも同じく、自分から馬車に飛び込ませれば、事故に見せかけて殺せる」

「人間を操るって、召喚魔法士《しょうかんまほうし》の従属魔法のことをおっしゃっているんですか？」

召喚属性の魔法士は、魔族を呼び出す召喚魔法と、それを使役《しえき》する従属魔法を使える。従属魔法を人間にかけることは法律で禁止されているが、不可能ではない。魔族だけでなく、人間を使役する――操ることもできる。

「俺が最初に疑ったのはそれだった。リアーヌの身近なところでは、妹のクロエが召喚魔法士だ。だから、クロエが兄に接触《せっしょく》した記録がないか調べた」

「結果は？」

「クロエを含《ふく》めて、兄が帰還後に謁見《えっけん》した召喚魔法士はいなかった。そうでなくても、兄は部屋に引きこもっていたから、接触した人間は限られる。だから、俺も今まで確信には至らなかった。けど今日、お前に兄を診《み》てもらって、ようやく一つの道筋が見えた」

「あの未知の魔力ですか？」

コレットの問いに、王子は「その通り」と、大きく頷いた。

「お前の言う『未知の魔力』は、召喚属性じゃなかったんだよな？」

「もちろん違います。学生の中に召喚魔法士はいたので、『未知』とは言いません」

「つまり、従属魔法以外に、人間を操る種類の魔法がかけられている可能性があるわけだ」

「でも、新たな問題として、リアーヌ様がどうやってその魔力を手に入れたかが出てきますけど。人を操るなんて、従属魔法以外に聞いたことはありませんし、そもそも簡単に持てる魔力とも思えません」

「いわゆる禁術《きんじゅつ》魔法だな。手に入れる方法は一つだけある」

「あるんですか？」

「召喚魔法士が呼び出した魔族からもらう」

「あ、なるほど……。クロエ様に魔族を呼び出してもらえば済みますね」

「もっとも、どの魔族から何の魔力をもらったのかがわからないことには、クロエだとは断定できないが」

王子の言葉に、「ええ」とジルが相槌《あいづち》を打つ。

「しかし、召喚された魔族がわかれば、おのずと召喚魔法士の候補も絞《しぼ》れるでしょう。調べるのはまずそこからですね」

魔族というものは、召喚魔法士が魔力を込めて魔法陣《まほうじん》を描《か》くだけで、簡単に呼び出せる。しかし、従属魔法は魔法士の魔力量で、その魔族を使役できるか決まる。

リアーヌに『未知の魔力』を与《あた》えた魔族が上級になるほど、召喚魔法士もより多くの魔力量が必要とされる。結果、それが可能な魔法士の数も限られるというわけだ。

「……あの、ちなみにリアーヌ様が本当にその魔力を手に入れているかどうかは、確認《かくにん》しなくてよろしいんですか？」

コレットが聞いてみると、王子は困ったような顔で腕《うで》を組んだ。

「それは真っ先に調べたいところなんだが、リアーヌがおとなしくあの探知魔法にかかってくれるかってところなんだよなぁ」

「王子の頼《たの》みでも難しいのですか？」と、ジルが聞く。

「コレット、ジルにもやってやれ。どういうことか体感できるだろう」

「あれ、くすぐったいって言っていたやつではないですか!?　ご遠慮申し上げます！」

ジルは即座《そくざ》に立ち上がって逃げようとする。

「これは命令だ。お前も同じ目に遭《あ》いやがれ。ほら、コレット」と、王子は容赦《ようしゃ》ない。

「命令とあらば、やりますけど……」

その数十秒後、ジルは美青年をかなぐり捨てて、「ウヒャヒャッ」と「ヒーッ」を繰《く》り返し始めた。身体《からだ》をかきむしり、けたたましい笑いと悲鳴が入り混じった声を上げて、なりふり構わず暴れ回る。ようやく組成を見終わった時には、ジルは昼間の二人と同じように、ぐったりとソファに倒《たお》れ込んでいた。

「笑い過ぎて死ぬかと思いました……」

「どうだ。なかなかすごいだろう」

笑い転げて見ていた王子は、そう言って満足そうな顔をしていた。

それにしても、ここまでくすぐったいものだったとは……。

王子も王太子もよく耐《た》えていたと思われる。

あれが王族の威厳《いげん》っていうもの？　人前では決して醜態《しゅうたい》はさらさない、みたいな。

「王子、すごいですね。王子が正真正銘《しょうしんしょうめい》の王子様だって、初めて認識しました」

コレットは尊敬の眼差《まなざ》しでアルベール王子を見つめていた。

「俺がリアーヌになんで本当のことを言えないのか、これでわかっただろ？　これでも嘘《うそ》をつくなって言うのか？」

ジルが落ち着いたところで、アルベール王子は話を再開した。

「それはまあ……いろいろ疑わしいところがある方のようですから、仕方ないかなとは思いますけど」

王子が得意げな顔をするので、コレットはなんだか屈辱《くつじょく》を感じてしまう。

「でも、でも、あんな風にあたしを引き合いに出すのはどうかと思いますけど？　あれでは、火に油を注いだだけになりませんか？」

「そう、油を注いでみた」と、王子はあっさり認めた。

「はい⁉」

「もしも一連の件が俺の仮説通りだったとしたら、ああ言っておけば、今度はお前を狙《ねら》うかもしれないだろ？」

「ちょーっとお待ちください」と、コレットは手を上げて遮《さえぎ》った。

「あたしのことを守るために一緒《いっしょ》に行動する、なんておっしゃっていましたけど、実は囮《おとり》にしようとしていたんですか？」

「誤解するなよ。お前は俺にとって大事な毒見役だから、安全対策としてそうしただけだ。それ以前に、死んだメイドの件があるから、お前のことはきちんと守ってきたつもりだが」

「もしかして、馬車で基地を往復するのも、一人歩き禁止っていうのも、あたしの身の安全のためだったんですか？」

「他《ほか》に何だと思っていたんだ？」

「てっきり子ども扱《あつか》いされているのかと」

「お前は成人している自覚がないのか？」

「自覚があるから、過保護だなって思っていたんですよ！」

「過保護……確かにそう言えなくもないかもしれませんね」

ジルがむふふっと意味ありげに王子に笑いかけると、王子は無言のまま睨《にら》み返した。

「それなのに、今日はどうしてあたしを危険にさらすようなことをわざわざおっしゃったんですか？」

不毛な言い争いが始まる前に、コレットは二人の間に入った。

「リアーヌに会った時、かなり怒《おこ》っていただろ。兄から未知の魔力《まりょく》も見つかった。今度こそ尻尾《しっぽ》をつかめるかもしれないって思ったんだ」

「それであたしにゾッコンみたいなフリをされたんですか？」

「まあ、ひと目惚《めぼ》れは嘘だったと認めよう。でも、それ以外は嘘じゃないぞ」

「それ以外とは？」

「お前は毒見役で雇《やと》っているんだから、専属回復魔法士が口実っていうのは事実だろ？まあ、口実っていうよりオマケの仕事程度か」

「それはそうですけど……」

「リアーヌからお前を守らなくちゃならないから、片時も離《はな》れたくないというのも事実」

「夢中になるほどではないですよね？」

コレットが突《つ》っ込むと、王子に怒鳴《どな》り返された。

「細かい！　お前の常識外れな言動に、俺はいつも夢中だ！　これで満足したか⁉」

「そんな、怒鳴らなくてもいいじゃないですか」

「そうですよ、王子。そういうことは耳元で甘くささやくように言わないと、気持ちは伝わりません」

　ジルがニコニコと相変わらずの茶々を入れてくる。

「おい、これが愛の告白に聞こえるのか？」と、王子の怒《いか》りの矛先《ほこさき》がジルに向かう。

「おや、違《ちが》うのですか？」

　とぼけたようなジルの顔が余計にカンに障《さわ》ったらしく、王子は言葉を失ったようにパクパク口を動かしていた。

「さすがにあたしも愛の告白には聞こえませんので、ジルさんも適当なことを言わないでくださいよ」

『常識外れな言動』って、愛の告白どころか、けなしてるだけじゃないの。

「とにかく」と、王子はわざとらしくコホンと咳払《せきばら》いをする。

「お前については家でも仕事場でも、俺かジルがそばにいて確実に守れる。そもそもお前は毒を盛ろうが、身体を刻もうが死なないだろ。危険はないと判断した」

「あたしだって、首をはねられたら死にますよ」と、コレットは口を尖《とが》らせた。

「本当か？　首をはねても自分で頭を拾って、身体にくっつけるんじゃないか？」

　王子は真顔で質問してくる。

「何をおっしゃるんですか！　あたしだって人間なんですから、当然死にますよ！」

「そうか？」と、王子の目がどこか疑わしげだ。

「血を吐《は》いて起き上がるのを見たり、手がニョキッと生えるのを見たらなぁ」

「そもそも首をはねないと死なないって、魔族ではないですか」

ジルまで追い打ちをかけてくる。

「首をはねなくても、心臓一突《ひとつ》き……は時間によりますけど、頭部強打なら即死《そくし》です！」

コレットはあくまで抗議《こうぎ》したが、「他には？」と聞かれて、首を傾《かし》げた。

「……すぐには思いつきませんけど」

「やっぱ、人間じゃねえ」

「どうやっても、人間ではありませんね」

ジルにも頷《うなず》かれて、コレットはそれ以上返す言葉もなく、頬《ほお》を膨《ふく》らませた。

「冗談《じょうだん》はさておき、お前を囮にする以上、俺の命に代えても必ず守ってみせる。その代わり、お前は俺たちの目の届かないところに一人で行くな」

これまで過剰《かじょう》なくらいにコレットの身を守ろうとしてくれたアルベール王子だ。その言葉を疑う理由はない。ただ、王子があまりに真剣《しんけん》な表情でまっすぐな眼差しを向けてくるので、コレットは図らずもドキリとしてしまった。

今の今までコレットを化け物扱いして、ふざけていた王子と同じ人物とは思えない。

この『ドキッ』は何!? 『命に代えても』なんて、大げさに言っただけよね!?

「は、はい。かしこまりました」

一瞬《いっしゅん》、返事をすることを忘れていた。

♥♥♥☠

「ひと目惚れ、別に嘘とまで言わなくてもよかったのではないですか？」

コレットが自分の部屋に戻《もど》っていった後、残っていたジルが言った。

「あれのどこにひと目惚れする要素がある？　俺はお前みたいに血だらけの女を口説くほど、変態じゃないぞ」

「『ひと目』の部分ではなく、『惚れ』の部分について言いたかったのですが。コレットがお好きなら、もう少し言葉を選びませんと、全然お気持ちが伝わりませんよ」

「うるさい。お前も早く寝《ね》ろ」

「大丈夫《だいじょうぶ》ですか？」

昔に起こったことを話し聞かせるのはきついことだ。忘れたフリをしていた悲しい、イヤな過去を否応《いやおう》なく思い出させる。こんな時は一人でいたくない。

ジルはそういうアルベールをよく知っていて、コレットが出て行った後もそばに控《ひか》えていてくれたらしい。

「俺は大丈夫だ」

強がりでないことがわかったのだろう。ジルは笑顔《えがお》で「おやすみなさいませ」と、部屋を出て行った。

以前に比べて自分に余裕《よゆう》ができたのは、コレットの存在が大きい。

アルベールが最初に毒見役を殺されたのは十一歳の時、王太子だった父が王位に就《つ》いたすぐ後のことだった。目の前で事切れる人間を初めて見て、アルベールは恐怖《きょうふ》に震《ふる》えた。

「毒見役はそのためにいるのだから、死んだとしても気にする必要はない。王位継承権《けいしょうけん》を持つ者にとっては、避《さ》けられないことなのだ」

父や兄はそう言って、当たり前のように食事をしていたが、アルベールはいつまで経《た》ってもその感覚に慣れなかった。

食事のたびに、毒見役が緊張《きんちょう》した面持《おもも》ちでスプーンを口に運ぶ。問題がないことがわかると、ほっと表情を緩《ゆる》める。そんな姿を繰《く》り返し見せられる食事の時間は、アルベールにとって苦痛なものでしかなかった。

それから一年ほどが経って、再び毒見役が殺された頃《ころ》には、味もわからなくなっていた。腹がすくから、仕方なく食べる。それだけだった。

人間として生きていく以上、一日三回の食事はどうしても避けられない。しかし、王子として生きようとすれば、誰《だれ》かが犠牲《ぎせい》になる。

自分が生きる代わりに、これから何人が死ななければならないのか――。

そんな矛盾《むじゅん》を抱《かか》えながら、十三歳になる年に魔法士養成学校に入学して、そこでミラベルと出会った。

学校の食堂は高いからと、彼女はいつも父親の作った弁当を持ってきていた。

ある昼休み、中庭のベンチでサンドイッチを食べている彼女を見かけて、アルベールは久しぶりに食べ物が『おいしそう』に見えた。

「それ、一口もらっていいか？」

「こ、こんなあたしの食べかけ、殿下《でんか》に差し上げられません！」

「食べかけだから、安心なんだ」

ミラベルは驚《おどろ》いていたが、アルベールは構わずサンドイッチにかぶりついた。

パンに腸詰《ちょうづめ》と野菜がはさまった素朴《そぼく》なものだったが、小麦の味が濃《こ》いパンで、腸詰は冷めていても味わいが深い。

「おいしい」と、素直《すなお》に言葉が出ていた。

それがきっかけで、ミラベルには昼食を持ってきてもらったり、帰りに彼女の家の店で食事をするようになった。彼女の父親が料理をして、母親が運んでくる食事は、何よりも安心感があった。何を食べてもおいしいと思えた。

ミラベルに連れられて、街にも頻繁《ひんぱん》に出かけるようになった。王宮の中にいるより自由で、生きている感じがした。いろいろな平民とも知り合い、彼らの生活や価値観に触《ふ》れることができた。

アルベールは学校を卒業したら王国軍に入って、いずれは国王となる兄の補佐《ほさ》をするつもりだった。とはいえ、それは単に身体《からだ》を動かしている方が好きだったというだけのこと。

『国を守る』という意味は、当時のアルベールにとって漠然《ばくぜん》としたものだった。

しかし、人々と直接触れ合うことで、王族として守らなければならない民《たみ》の顔がはっきりと見えるようになった。この国に暮らす一人一人の民の命と生活、幸せを守ること。それが国の安全を守ることなのだと認識《にんしき》した。

ミラベルと過ごす時間は、アルベールにとって貴重なものになっていった。

そうして大切にしていたはずのミラベルが殺された時、アルベールは自分の甘さを思い知った。まさか彼女の両親の店で毒を仕込まれるとは思ってもみなかった。その甘さが二人もの命を奪《うば》ってしまった。

昼は王子としてふるまうことで自制心を保っていたが、夜になるとミラベルの死に顔が浮《う》かんでなかなか寝付けない。寝付いても悪夢にうなされて起きることが続いた。

そんな時、母親が額に手を置いてくれると、不思議とよく眠《ねむ》れた。魔法《まほう》など使っていない。ただ、手の温《ぬく》もりが心の傷の痛みをやわらげてくれた。

その母親が今度はアルベールが学校を卒業後、十四歳の誕生日を待たずに亡《な》くなった。

「では、また明日《あした》ね。ゆっくりおやすみなさい」

いつものようにアルベールの額をやさしく撫《な》でて部屋を出て行ったきり、その明日は来なかった。

ミラベルに続いて母親も失い、あの頃のアルベールが何を考えていたのか、今は思い出すことができない。おそらく自暴自棄《じぼうじき》になっていたことだろう。

「このまま王宮にいたら、王子の命も狙《ねら》われ続けるだけです」

アルベールの身を案じたジルが、この小さな家を用意してくれた。

それが十四歳の誕生日だった。

雇《やと》った若いメイドが引っ越《こ》ししてすぐに死んだことで、使用人はすべて母親の実家に長年勤めていた者に入れ替《か》えた。リアーヌに狙われないように、女性は年配者のみ。家にも完璧《かんぺき》な安全対策を施《ほどこ》し、アルベールもようやく安らかな眠りに就けるようになった。

軍に入隊したものの、基地に行くことすらなかったが、戦闘《せんとう》訓練にも参加するようになった。ミラベルはいなくなってしまったが、王国軍に入った目的を思い出したのだ。

食事も兵舎のものにしたおかげで、基地を往復する面倒《めんどう》はあるものの、普通《ふつう》に食べられるようになった。王位継承権第二位という立場で、優先すべきは『安全性』。味などより、安全に優る《まさ》ものはない。それが当たり前の生活だと思って、この四年を過ごしてきた。

しかし、コレットが現れたことで、その生活は一変した。

猛毒《もうどく》を山ほど飲んでもケロッとしているコレットを見て、毒見役に最適だとは思ったが、絶対の安心はない。加えて、身近に置くとなると、リアーヌに狙われる危険性がある。

迷いはしたものの、「お仕事ください！」と頼《たの》まれてしまっては、アルベールも断れない。半ば路頭に迷うのを助けてやるつもりで雇ってやった。

当初は、それ以上に期待するものは何もなかった。

ところが家にやってきたコレットは、毒に関して全く無頓着《むとんちゃく》。『死ぬかもしれない』などと微塵《みじん》も思っていない。初っ端《ぱな》から毒見役ということを忘れて、食事を楽しんでいた。

今でもコレットが毒見をするたびに緊張するが、顔をほころばせておいしさを語る彼女を見ていると、危機感が薄《うす》れていく。彼女と一緒《いっしょ》に食事をすることこそが、安全だと思えてくる。誰かの命を脅《おびや》かすことなく、料理を味わうことが許される。

王位継承権を持つ身として、これほど自由で贅沢《ぜいたく》なことはない。

コレットにはこれからもずっとそばにいてほしいと思っていた。回復魔法士として信頼《しんらい》できるし、殺しても簡単に死なない。そばに置くのにこんなに安心できる人間はいない。

なのに、リアーヌに嘘《うそ》をついたとコレットが怒《おこ》って、アルベールのもとを去ると言い出した。

全身が燃えるように熱くなった。絶対に手放したくない。離《はな》れることなど許さない。一生自分だけのものにする。『いてほしい』などという単なる願望ではなく、拒否《きょひ》することを許さない、絶対的な衝動《しょうどう》が沸《わ》き上がった。

まさか、その激情と執着《しゅうちゃく》が『恋《こい》』に該当《がいとう》するものとは、ジルに指摘《してき》されるまで気づかなかったのだが——。

まあいい、とそれ以上深く考えるのはやめた。

今は自分の恋愛《れんあい》より、リアーヌにまつわる疑惑《ぎわく》を解明する方が先だ。

# 第五章　急接近、恋する気持ちと命の危機

アルベール王子が司令部の執務室《しつむ》で仕事をしている間、コレットが部屋を一人で出ることは許されていない。その時間を利用して、コレットはレオナール王太子が持っていた未知の魔力について調査をすることになった。といっても、司令部の書庫から魔族に関する本を運んでもらって、それを端《はし》から読むだけのことなのだが。

実のところ、魔族の持っている魔力というのは、人間のものと違《ちが》ってあまり研究が進んでいない。

討伐《とうばつ》の度《たび》に魔族の死骸《しがい》からは、役に立つ素材とともに毒もまた採取される。それらを売って生業《なりわい》にしているのが冒険者《ぼうけん》だ。おかげで、どの魔族がどんな毒を持っているのかわかるし、人体にどのような影響《えいきょう》を与《あた》えるのかも研究できる。

そういう文献《ぶんけん》は学校の図書館にいくつもあったので、コレットも一通り読んであった。

一方、魔法に関しては、各々《おのおの》がどんなものを使うのか、実際に戦闘に携《たずさ》わった兵士や冒険者たちからの情報しかない。たとえその魔族がいろいろな魔法を使えたとしても、目の前で使われなければ、知らないままで終わってしまう。

人間を操《あやつ》る魔法……そういう魔法を使う魔族……。

今、コレットにできるのは、ひたすら本のページをめくることだけだ。

一日の調査結果を報告するのは夕食の席になる。

日中、アルベール王子とジルに私的なことを話している余裕《よゆう》はない。昼も司令部の食堂で食事をするので、他《ほか》の人がいる中、『王太子殿下が操られているかもしれない』などという話は大っぴらにできない。必然的に家で、となる。

とはいえ、今のところ報告できるほどの情報は見つかっていないのだが——。

「その顔を見ると、今日も成果なしか？」

王子に聞かれて、コレットはうなだれるように頷《うなず》いた。

「王太子殿下の症状《しょうじょう》からすると、精神系魔法が使われたんじゃないかと思うんですよ。作用としては錯乱《さくらん》させるとか、眠らせるとか、魅了《みりょう》するとか。その中の『洗脳する』っていうのが『操る』に近いかなと」

「なんだ、もう見つかったんじゃないか」

王子はうれしそうに顔をほころばせたが、コレットの方は眉間《みけん》にシワを寄せた。

「まあ、そうなんですけど……」

「どうした？」

「あの未知の魔力は、王太子殿下の魔力組成に入っているものだって言いましたよね？

そういう外からかけられた魔法なら、せいぜい脳に異常をきたすくらいで、魔力組成にまで干渉《かんしょう》するとは思えないんですよ」

「確信は持てないってことか」

「ただ、あたしもそんな精神系魔法にかかった人は実際に見たことがないので、絶対とも言い切れなくて。なにせ、未知の魔力ですから」

「お前、魔族すら見たことがないんだもんな」

「はい。それで今日、精神系魔法は回復魔法士でも解除不可能っていう記述を見つけたんです。討伐でそういう魔法にかけられて、そのまま解除できないでいる人ってご存じないですか？　一回診察《しんさつ》してみたいんですけど」

　コレットの提案に、王子は難しい顔で唸《うな》った。

「魔法にかかったまま帰還《きかん》した兵士の話は聞いたことがないな。そういう魔法はかけた魔族が死ねば、たいてい解除される。でなければ、かけられた方が死んで終わる」

　コレットたちの会話を聞いていたジルが、はっとしたように顔を上げた。

「ジルさん、どなたか知っているんですか？」

「いえ、兵士に心当たりはありませんが、もう一人レオナール様と同じ症状の方がいると思いまして」

　王子もそれが誰《だれ》か気づいたように目を瞠《みは》った。

「ちょっと待て。それなら、召喚《しょうかん》魔法士を探すまでもないぞ」

「ええ。もしもレオナール様と同じ魔力が見つかったら、ほぼ確定ではないでしょうか」

「あのう、あたしだけ話についていけていないんですけど？」

コレットが手を挙げて割って入ると、王子がニヤリと笑って振《ふ》り返った。

「悪い、悪い。ジルが言っているのはリアーヌの父親、サリニャック公爵《こうしゃく》のことだ」

「公爵様も操られているように見えるっていうことですか？」

「ああ。兄が負傷した直後からコロッと態度を変えて、俺との結婚《けっこん》を勧《すす》めるようになった。兄の精神状態から先がないと判断して、俺に乗り換《か》えたのかと思っていたんだが。実際、他にもそういう貴族や王国議員もいるからな」

「結婚させるのなら、未来の王太子とっていうことですか……」

国政に関《かか》わる人たちは、レオナール王太子の回復を願うより、これからの自分の立場や権力の方が大事らしい。コレットはなんだかイヤな世界だなと思った。

「けど、今思えば、俺に乗り換えるにしても早すぎた。まるで兄が王太子じゃなくなるのがすでに決まっていたみたいじゃないか。診察してみる価値はある」

「もしも王太子殿下《でんか》と同じ未知の魔力をお持ちだったら——」

「怪《あや》しい奴《やつ》を片っ端《ぱし》から調べる。そいつらが全員リアーヌに都合のいいことを言っているとしたら、それこそが証拠《しょうこ》だ。リアーヌを召喚して審問《しんもん》会を開けば、糾弾《きゅうだん》できる。どの魔族を誰が召喚したのかも、そこで吐《は》かせられる」

「でも、リアーヌ様と同じ問題が発生しませんか？　公爵様はあたしの探知魔法におとなしくかかってくれますかね？」

「それとは話が別だ。すでに王太子である兄からは未知の魔力が見つかって、操られている可能性がある。その上、王国議員のサリニャック公爵まで操られているかもしれないとなると、国としては見過ごせない。法務庁を通す案件になるから、探知魔法での診察も強制的なものになる。それこそ誰が操られているのか、貴族から政府高官、要人すべてが調査対象になってもおかしくない。証拠もないのにリアーヌに疑いをかけるのとは違う」

「コレットあっての調査ですね」

ジルが王子にニコッと笑顔《えがお》を向けると、王子は恥《は》ずかしげにコレットをチラッと見た。

「頼むぞ。お前にしかできないことだからな」

ひゃあ！　王子に初めて頼《たよ》られた気がするよ！

コレットはうれしさに顔をデレッと崩《くず》すところだったが――

「あのう、あたし、三級回復魔法士ですよ？　落ちこぼれですよ？　あたしなんかの診断《しんだん》を法務庁の人が信じてくれますかね……？」

先ほどまでの興奮はどこへやら、王子とジルは顔を見合わせて黙《だま》り込んでしまった。

「……王子のお墨付き《すみつ》だけではダメですかね？」

「魔力組成はコレットが発見したものだからな。法務庁を動かすには弱いかもしれない」

「コレットにリアーヌ様ほどの実績があれば、何の問題もないところだったのですが」

「コレット、どうしてお前は落ちこぼれなんだ!?」

王子がそんな今更《いまさら》なことを叫《さけ》んだ時、「お食事中、失礼いたします」と、執事《しつじ》のベルナールが控《ひか》えめに声をかけてきた。

「どうした？」と、王子が食堂の入口に視線を向ける。

「アルベール様に陛下から緊急《きんきゅう》招集命令が下りました。中央会議室に至急来られたしとのことです」

「このタイミングでか⁉」と、王子は頭を抱《かか》えた。

ジルもどこかうんざりしたように瞑目《めいもく》している。

「この後、何かご予定でも入っていたんですか？」

コレットがキョトンとして聞くと、「アホ！」が飛んできた。

「こんな時間に緊急招集っていったら、有事発生。軍を派遣《はけん》しなけりゃならない事態が起こったってことだ」

「またですか⁉　この間、第一大隊だったから、今度は第三大隊？」

「そんなのは内容による。いずれにせよ、兄上が動けない今、俺が率いていくことにはなるだろう。この時間だと未明には出発になるから、このまま行くぞ」

「お供いたしますか？」と、ジルが聞いた。

「いや。お前は派兵が決まったら、コレットを連れて司令部まで来い。会議内容は『声』で伝えるから、家の結界は解除していくぞ」

王子は言いながら立ち上がる。

「私の馬に乗せて行ってもいいのですか？　あちこちベタベタ触《さわ》ってしまいますよ？」

王子は黙ったままジルの胸倉《むなぐら》をグイッとつかんだ。

「この変態野郎《やろう》、俺はお前の変態の手からも、コレットを守らなくちゃならねえのか？」

「冗談《じょうだん》ですよー」と、ジルは手をひらひらさせて笑っている。

「冗談を言っていられる状況《じょうきょう》か!?　コレット、お前もすぐに出発できるように準備をしておけ」

「は、はい！」

コレットの返事を待つ間もなく、王子は食堂を出て行ってしまった。

アルベール王子が出発した後の食堂は、嵐《あらし》が去った後のように静まり返っていた。

「……あの、ジルさん」

運ばれてきたお茶を飲みながら、コレットは声をかけた。

ジルと二人になることは珍《めずら》しい。王子がいない今、聞いてみたいことがあった。

「何でしょう？」

「王子が学生時代に仲の良かったっていう平民の女の子の話なんですけど……。ジルさんもご存じの方なんですか？」

「おや、気になりますか？」

「それはまあ……あんな風に話を聞いたら気になります」

「もちろん知っていますよ。養成学校には二年通っていたので、学校でも一緒《いっしょ》でしたし」

「え、ジルさん、落ちこぼれたんですか⁉」と、コレットは驚《おどろ》きに目を剥《む》いた。

「人聞きの悪いことを言わないでくださいね。次の年に王子が入学してくるので、もう一年在籍《ざいせき》するために一級は受けなかっただけです」

「あ、なるほど……」

「そんなわけで、王子のお友達、ミラベルさんとも面識があるわけです」

「その……もしもミラベルさんを殺した犯人がリアーヌ様だったとしたら、お二人がお付き合いしているように見えたってことなんでしょうか。お出かけもしていたみたいですし、デートしているような感じだったんじゃないかと……」

「お二人の気持ちがどうであれ、周囲からそう見えてもおかしくなかったと思いますよ」

「ジルさんの目から見ても？」

「特にミラベルさんの方は、王子に対する憧《あこが》れが見えましたからね。ただ、平民ということで、王子とお付き合いをしたいなどと、大それたことは考えていないようでしたが」

「王子の方は？」

「こう言っては何ですが、王子は恋愛《れんあい》とか女性の気持ちというものに、かなり鈍《にぶ》いところがありましてねぇ。あの頃《ころ》はまだまだ同性も異性もありませんでした」

ジルはやれやれといったようにため息をつく。

「じゃあ、亡《な》くなったメイドさんとも、特に関係はなかったってことですか？」

「もちろんです。あれが事故死でなかったら、正直、私もどうして彼女が狙《ねら》われたのかわかりません。若くて美人さんだったのは間違《まちが》いないですけど」

「でも、王子はリアーヌ様を疑っているんですよね？」

「可能性の一つとして考えた、という方が正しいですよ。彼女の死には不審《ふしん》な点がいくつもありましたから。事故死とも自殺とも断定できない以上、他殺を疑わざるをえません」

「それなら、リアーヌ様の仕業《しわざ》じゃないといいですね……」

王子は、もしかしたら自分の責任ではないかもしれない死まで背負っている。語るのもつらそうだった王子の顔を思い出すと、コレットはそう思わずにはいられなかった。

犯人がわかれば、王子も少しは楽になれるのかな……。

「ほっとしましたか？」

ジルに聞かれて、コレットははっと顔を上げた。

「ほ、ほっとって、何がですか!?」

「亡くなった二人と王子の関係が気になっていたのでしょう？　何もないとわかって、安心したのではないかと思ったのですが」

「そ、そういう意味で気になっていたわけじゃありませんから！」

「おや、違いましたか？　過去の女性関係が気になるのは、恋《こい》の第一歩かと思ったのですがねぇ」

とぼけたようにジルに言われ、コレットの顔は勝手に火照《ほて》ってしまった。

こ、これは恋とかそういう問題じゃないのよ！

慌《あわ》てて否定しようと思ったが、ジルはすっと真顔になって、遮《さえぎ》るように右手を上げた。

「ちょっとお待ちください。王子からの『声』です」

しばらくして告げられた言葉に、コレットは心臓が止まるかと思った。

バシュラール伯爵《はくしゃく》領レオンスに、魔族《まぞく》の大群が襲来《しゅうらい》――。

コレットの故郷の港町だった。

♥ ♥ ♥ ☠

「ねえ、クロエ。殿下はどうなさるかしら。あの娘《むすめ》を連れて行くと思う？　それとも王都に置いていくかしら」

一つ年上の美しい姉は、玄関《げんかん》ロビーに向かいながら気品あふれる微笑《ほほえ》みをクロエに向けてくる。しかし、クロエの答えなど期待していないことはよくわかっていた。

「わたくしにはわかりません」

「きっと連れて行くわね。でも、万が一ということもあるから、その時はわたくしの言う通りにするのよ」

クロエは「わかりました」以外に答える言葉を知らない。

「では、行ってまいりますわ」

そう言って、救護隊の白い制服をまとった姉——リアーヌは玄関で家族に見送られ、馬車で出かけて行った。

深夜過ぎに出かけていく娘に対して、父親も母親も笑顔《えがお》で「いってらっしゃい」、「気をつけて」としか言わない。公爵家の令嬢《れいじょう》が護衛も侍女《じじょ》も伴《ともな》っていないことに、誰《だれ》もおかしいとは思わない。

今やこれがサリニャック公爵家の常識だ。

クロエは自分の部屋に戻《もど》り、姉からの『連絡《れんらく》』が入るのを待った。

アルベール王子がコレットという平民の娘を置いて王都を離《はな》れたら、鳥形の魔獣《まじゅう》フーオワを召喚《しょうかん》して娘を焼き殺す。それがクロエに課されたこと。

しかし、相手は落第生とはいえ、回復魔法士《まほうし》。正直なところ、彼女の自己治癒《ちゆ》の力が勝《まさ》っていたら、フーオワの炎《ほのお》でも殺しきれない。

また失敗したら、今度こそわたくしも殺されるのかしら。

クロエはその可能性に震撼《しんかん》した。

一年前、リアーヌに命じられたのは、レオナール王太子の暗殺だった。

「そのような大それたこと、わたくしにはできません……!!」

クロエは断ろうとした。しかし、王太子を手にかけることより、リアーヌに逆らう方がもっと恐《おそ》ろしかった。クロエは姉の命令通り、魔獣アベポワを召喚して、魔族討伐《とうばつ》に出かけた王太子を襲《おそ》わせた。

ところが、そのためらいが使役獣《しえきじゅう》にも伝わってしまったのか、王太子に致死《ちし》量の毒を与《あた》えることはできなかった。王太子は一命を取り留めて帰還《きかん》となり、怒《おこ》ったリアーヌからクロエはひどい折檻《せっかん》を受けた。

そのまま殺さずに治癒してくれたのは、クロエが殺さないでと懇願《こんがん》したからなのか。以降、クロエの口から姉に逆らう言葉は一切《いっさい》出てこなくなった。


同じ親から生まれた姉妹なのに、こうも違うのかと思うほど、リアーヌは幼い頃からとびきり愛らしかった。何をやらせても優秀《ゆうしゅう》で、気高く美しい姉にクロエは憧れていた。

そのリアーヌが夢中になっていたのは、アルベール王子ただ一人。

誰よりも彼に恋をしていた。誰よりも自分が彼にふさわしいと考えていた。

「アルベール殿下《でんか》は将来、王国軍に入るんですって。わたくしもマルティーヌ様のように救護隊に入って、殿下をお守りするのよ」

リアーヌはそんな風に将来の夢を語っていた。

その夢が叶《かな》わないとわかったのは、リアーヌが魔法士養成学校に入学した時。魔力量測定検査で、入隊条件の五百エムを超《こ》えていなかったのだ。

それでも気の強い姉は、簡単にあきらめたりはしなかった。

いろいろ調べ回り、ある日、中級魔族のヒャルネを召喚してほしいとクロエに頼《たの》んできた。その魔族の持つ強化魔法で、魔力量を増やすことができるという。

憧れのお姉様にお願いされては、クロエも断れない。ところが、入学を翌年に控《ひか》えていたクロエは、召喚属性魔法について細かいことまでは知らなかった。

クロエの魔力量で使役可能なのは魔獣まで。中級魔族など呼び出したら、自分たちが殺されて終わるところだった。今思えば、恐ろしいことをしようとしていた。

しかし、幸か不幸か、その時に現れたのは、呼び出したはずのヒャルネではなかった。

少し長めの銀髪《ぎんぱつ》に赤い瞳《ひとみ》の麗《うるわ》しい男。ひと目で上級魔族だとわかった。魔族は力のある者ほど人間の姿に近いというのは、この国では誰でも知っている。

クロエはリアーヌに抱《だ》きついて恐怖《きょうふ》に震《ふる》えたが、姉は魔族に対峙《たいじ》しても毅然《きぜん》とした態度を崩《くず》さなかった。

男はそんなリアーヌに興味を持ったのか、殺すこともなく、ただ聞いてきた。

「何を望む？　金か、権力か、魔力か」と。

リアーヌの求めるものは決まっていた。ためらうことなく、姉は魔力を望んだ。

男は望みを叶えた。叶え続けた。そして、望みが叶うたびに、リアーヌは壊《こわ》れていった。

美しい外見はそのままに——。

クロエがいくらあの男の危険性を説いても、姉は聞く耳を持たなかった。それどころか、逆らえば自分の命の危険を感じた。

結局、今日までクロエは何もできなかった。すでに何かしようとも思えない。

ねえ、お姉様、この悪夢はいつになったら終わるの……？

その時、ノックの音が聞こえ、クロエは「どうぞ」と応《こた》えながら、重い頭を部屋の入口に向けた。

「クロエ様」と、姿を現したのはリアーヌの侍女だった。

「リアーヌ様からの『お声』をお伝えします。『あの娘も出発した』とのことです」

「そう」と、つぶやきながら、クロエは深い安堵《あんど》の息を漏《も》らした。

少なくともクロエが手を下す必要はなくなったのだ。

お姉様なら失敗することはないでしょうね。


まだ明けきれない夜闇《よやみ》の中、コレットはアルベール王子の腰《こし》に抱きつきながら、全速力で走る馬の背中に揺《ゆ》られていた。

魔族の襲撃《しゅうげき》により町が半壊《はんかい》、住人に避難《ひなん》命令、逃《に》げ遅《おく》れた者多数――。

コレットの頭の中はそんな言葉がぐるぐると回っている。

レオンスにはお母さんや弟たちがいるのよ。もしも逃げ遅れた人の中にいたら……!!

救援要請《きゅうえんようせい》を受けて、王国軍の第一・第三大隊から救護隊を含《ふく》め、魔法士の大半が魔族の

討伐に向けて派遣《はけん》されることになった。

コレットも招集命令とともに基地に集合して、演習通りの準備を行い、真夜中の三時に王都を出発した。

正直、準備の間、自分が何をやっていたのかも覚えていない。軍事演習で何度も繰《く》り返した作業だったので、単に無意識でも身体《からだ》が動いていたのかもしれない。

レオンスまでは強化した馬で、急いでも一日半の道のり。途中《とちゅう》で一泊《いっぱく》しなければならない。その間にどれだけの被害《ひがい》が広がっていることか。

今はバシュラール伯爵領軍や近隣《きんりん》から冒険《ぼうけん》者が集まって、魔族に対峙しているという。

援軍《えんぐん》が到着《とうちゃく》した時には、すでに遅《おそ》かったら――

目の前に広がる光景はただ一つ、アンテスの前線で最初に見た救護所だった。

血と汗《あせ》とホコリの臭《にお》いで充満《じゅうまん》した天幕の内部。満足な手当ても受けられず、うめき声をあげている負傷者たち。天幕の外にも横たわったり座り込んだりしながら、治癒を待つ人であふれていた。

コレットが向かう先の救護所に、母親や弟妹たちが苦しみながら待っているのかと思うと、一日半という時間が恨《うら》めしいほど長く思える。

みんな、お願いだから無事でいて。ケガをしたとしても、我慢《がまん》して待っていて。ほんの少しの息吹《いぶき》さえあれば、治せる回復魔法士が到着するから。そうしたら、全部元通りになるから。どうか、命だけは取り留めていて。

そう願いながらも、最悪の事態を考えてしまうのは止められなかった。

遅かった。先手を打たれた。

緊急《きんきゅう》会議でバシュラール伯爵《はくしゃく》領からもたらされた報告を聞いた時、アルベールは真っ先にそう思った。

このタイミングでコレットの故郷が魔族に襲われた。魔族を自由に動かせる召喚《しょうかん》魔法士がリアーヌの裏にいるのであれば、これを偶然《ぐうぜん》だと思う理由はなかった。

兄レオナールが負傷した一年前の魔族の襲撃もまた、偶然ではなかったとこれではっきりした。レオナールとの結婚《けっこん》を阻止《そし》するために、リアーヌが仕組んだことだったのだ。

軍の集合時間、救護隊三班の隊員の中にリアーヌがいた。

遠征《えんせい》に参加する目的は、コレット以外に考えられない。

リアーヌが何を仕掛《しか》けてこようが、自分がそばにいれば大丈夫《だいじょうぶ》だと確信していた。仕掛けてきた時こそ、逆にリアーヌの犯行を暴《あば》くチャンスだと思っていた。しかし、アルベールがいつもコレットと一緒《いっしょ》にいるからこそ、リアーヌは別の手を打ってきた。

狙《ねら》いがコレットであるのなら、彼女をリアーヌのいる戦地に連れて行くべきではない。

戦地に行けば、アルベールは総司令官として軍を統率《とうそつ》しなければならなくなる。コレットだけを守ってはいられない。必ず隙《すき》が出る。

その隙をついて、リアーヌが何か仕掛けてくるに違《ちが》いない。

だからといって、リアーヌの企《たくら》みが何かわからない今、コレットを王都に置いていっても心配だ。一人になったところを狙う算段が用意されているかもしれない。遠く離《はな》れた地で、アルベールにできることは何もない。

だから、コレットに選ばせた。一緒に行くのか、それとも王都に残るのか。

「王子らしくないことを聞かないでください。あたしは王子のお毒見役ですから、一緒に行くのは当然じゃないですか」

コレットは笑顔《えがお》で答えたが、その表情は明らかに強張《こわば》っていた。

移動中もどこかぼんやりとしていて覇気《はき》がない。宿に到着して食事の時間になっても、毒見をするだけで、自分の食事には手を付けない。

だいたいアルベールと同じ部屋で寝泊《ねと》まりするというのに、何の反応も見せないのだ。いつものコレットなら『結婚前の男女が一緒の部屋で寝るわけにはいきません！』と、真っ赤な顔で怒鳴《どな》りつけてきてもおかしくないところだ。

家族の窮地《きゅうち》に、コレットはアルベールが見たことがないほど参っている。

「先に風呂《ふろ》に入ってこい」

夕食の後、部屋に戻《もど》ってアルベールはコレットに言った。

「王子より先にいただくわけには……」

「いいから、早く行け。これは命令だ」

「かしこまりました」

コレットはコクンと頷《うなず》くと、着替《きが》えを持って浴室に入っていった。

「ジル、お前、まさか出かけるつもりか？」

気づけば、ジルが軍服を脱《ぬ》いで着替え始めていた。

「この部屋、ベッドが二つしかありませんしねぇ」と、ジルは飄々《ひょうひょう》と答える。

「追加のベッドを用意しないあたり、確信犯にしか思えないが？」

「いつも通り魔法障壁《しょうへき》をかけていきますから。何かあったら、すぐに飛んで戻ります」

ニコッと笑うジルのこの余裕《よゆう》さに腹が立つ。

「お前はコレットが心配じゃねえのか？」

「心配していますとも。しかし、このチャンスは涙《なみだ》をのんで、王子にお譲《ゆず》りしましょう」

ジルはわざとらしく目元を拭《ぬぐ》うフリをする。

「は？　チャンス？」

「家族の安否がわからず、不安でたまらない夜、やさしく慰《なぐさ》めて差し上げれば、コレットはイチコロですよ」

「お前はこの状況《じょうきょう》で何を考えている!?　女を口説き落とす方法なんて聞いてねえ！」

「おや、違うのですか？」

「違う！」

その時、コレットが浴室から戻ってきたので、ジルにここにいるように言い置いて、アルベールも風呂に入った。

——が、部屋に戻ってみると、ジルの姿はそこになかった。コレットが一人、ポツンとベッドの上で膝《ひざ》を抱《かか》えている。

「……ジルは？」

「出かけました。このベッドの周りに魔法障壁《まほう》を張ったので、ここから動かないようにって言われています」

あの野郎《やろう》、逃げたな！

いつもならアルベールのそばを離れる時は必ず魔法障壁を張っていくのに、今夜に限ってはそれがない。だから、てっきりまだ部屋にいると思っていたのだ。

俺に何をさせようとしているんだ⁉

コレットは一緒のベッドで寝ろと言われていることに気づいていないのか、それとも深く考えていないのか。少なくともそんなことを考える余裕がないくらいには、心ここに有らずなのは確かだ。

口説くのはともかく、慰めるくらいは——

「コレット」と声をかけながら、アルベールはベッドに腰を下ろした。

「そういえば、お前の家族の話は聞いたことがなかったな。レオンスにいるんだろ？」

「はい……。母と弟妹が二人ずついます」

「父親は？」

「あたしが八歳の時に行方《ゆくえ》不明になったまま、それきりです」

「行方不明？」

「父は漁師だったんです。仲間と漁に出たきり、帰ってきませんでした。しばらくして帰ってきた人が何人かいて、沖《おき》で魔族に襲《おそ》われたって言っていました。お父さん、泳ぎが上手だから、魔族からも逃《に》げて、いつか戻って来るって信じていたんですけど……」

「海での事件は調査が難しいからな」

「魔族って、どうしているんですかね？　どうして人間を襲うんでしょう……」

「諸説あるが、一番もっともらしいのは、魔族が人間の上位種族で、人間は家畜《かちく》のようなエサとして存在しているってことかな」

「エサ……。お父さん、やっぱり食べられちゃったんですかね……」

どちらとも答えられない問いに、アルベールは黙《だま》ったままコレットが続けるのを聞いていた。

「でも、どうしても考えちゃうんです。どうして隣《となり》の家のおじさんは無事に帰ってきたのに、あたしのお父さんは違うんだろうって。今度の襲撃《しゅうげき》だって、他《ほか》にいっぱい町があるのに、どうしてあたしの故郷が襲われるんだろうって。ズルいですけど、どうしても理不尽《りふじん》だって思っちゃうんです」

リアーヌが狙って、コレットの故郷を襲撃させたのであれば、それは理不尽ではない。

しかし、そんなことを口にしたら、コレットを余計に苦しめるだけだろう。レオンスは小さな町だ。おそらく家族の他にも知り合いがたくさんいるに違いない。そんな身近な人間を危険にさらしたと、コレットに責任を負わせるわけにはいかない。

全部、俺のせいなんだから……。

リアーヌが自分に近づく女たちを殺していたとしても、見て見ぬフリをして彼女の愛を受け入れてしまえばよかったのか。そうしていれば、一年前の惨劇《さんげき》も、今回の襲撃も起こることはなかったのかもしれない。多くの被害者《ひがいしゃ》を出さずに済んだ。

今からでも抗《あらが》うことをやめてリアーヌを受け入れたら、まだ間に合うのかもしれない。

そう思っても割り切れない。

リアーヌは陰謀《いんぼう》あふれる王宮に置くには危険すぎる。この先、死体がいくつ転がってもおかしくない。人の命を簡単に奪《うば》えるような女は、そばには置けない。

……なんて、今となっては建前《たてまえ》か。

本音では、そばに置くのなら自分が心から愛せる相手がいいと思っている。今、死ぬまでそばにいてほしいと思うのはコレットだけだ。

「そうだ、これは理不尽なことだ。お前はそう思っていい」

「でも、あたしは本当にズルいんです。こうして遠征についてきたのは、家族の安否が知りたかっただけで……王子のお毒見役だから、救護隊員だからって、自分の立場を利用しているんです。救護隊員として他の人も救うのが当たり前なのに、家族のことしか考えていないんです。もしもって思うと、怖《こわ》くて怖くて他のことが考えられなくて……」

コレットは言葉に詰《つ》まったかと思うと、瞬《しばたた》いた目からポロポロと涙を落とし始めた。

まったく、こいつはバカだな……。

家族が危機に瀕《ひん》している時に、コレットは他の人間のことまで考えようとしている。こんな状況なら、家族のことだけを考えていても、誰《だれ》も咎《とが》めたりしない。後ろめたく思う必要もない。それでもコレットは、多くの人間の命を救うことが使命だと思っているのだろう。家族よりも優先すべきだと。

こいつは根っからの回復魔法士なんだな。

アルベールは手を伸《の》ばしてコレットの頭をそっと撫《な》でた。

「お前が家族のことを考えて、不安になるのは普通《ふつう》のことだ。他の人間のことは考えなくていい」

「でも……」

「その代わり、しっかりメシを食って、寝て、体力と魔力を蓄《たくわ》えておけ。到着《とうちゃく》した後に一人でも多く救えるように。それが今のお前にできるすべてだ」

「わかってはいるんですけど……」

「だから、今は横になれ。眠《ねむ》れなくても目を閉じて、身体《からだ》は休めた方がいい」

コレットをベッドに寝かして、その額に手を置いた。その手に癒《い》やしの力はないが、母親がしてくれた時のように、人の温《ぬく》もりで気持ちが落ち着くことはあるかもしれない。

素直《すなお》に目を閉じるコレットの目元は、まだ涙で光っていた。

こんな風にこいつを泣かせたのも、俺のせいか……。

「悪かったな。必ず守るって約束したのに――」

ふと気づけば、コレットはすうすうと寝息《ねいき》を立てていた。

眠れるのなら大丈夫《だいじょうぶ》か。

アルベールはほっと息をついて、コレットの隣に身を横たえた。


ここしばらく、コレットはアルベール王子と共に行動することが当たり前で、彼の馬に乗せてもらうことにもすっかり慣れていた。しかし、この二日目の移動中は、その腰《こし》に抱《だ》きつきながら非常に居心地《いごこち》悪い思いをしていた。

だって、だって、だって、朝起きたら、おんなじベッドで王子が寝てたのよ！

王子の腕《うで》の中で目を覚まして、間近にその顔を見た瞬間《しゅんかん》、一気に頭に血が上って意識を飛ばすかと思った。

「何もしませんでしたよね!?」と叫《さけ》びながら、ズサササッとベッドから飛び降りていた。

「何もって、例えば？」

先に目を覚ましていたと思われる王子は、肘枕《ひじまくら》をついて、ニヤリと笑いかけてくる。

「そ、それはベッドの中で男女がするあれやこれや……」

コレットは真っ赤になって、しどろもどろの言葉は尻《しり》すぼみに消えていった。

「けど、お前の場合、何かあっても身体に変化がないんだろ？　何もなかったのと同じじゃないか」

「そういう問題じゃありません！」

コレットが真面目《まじめ》に怒鳴《どな》ると、王子はくっくとお腹《なか》を抱《かか》えて笑っていた。

「やっといつものお前らしくなったな」

「あ、あたしらしいって⁉」

「ほら、支度《したく》して行くぞ。夜明けと同時に出発だ」

そんなタイミングを計っていたのか偶然《ぐうぜん》なのか、ジルが部屋に入ってきたので、コレットも膨《ふく》れっ面《つら》のまま支度を始めたのだった。

こうして馬の上で抱きついていると、王子の温もりがじかに感じられ、ベッドで今朝抱きしめられていた感触《かんしょく》を思い出す。胸がドキドキするのを止められなかった。

今までそんなこと気にしないで、馬に乗ってたのに……。

王子がいつもと変わりない態度でいるのも、なんだか腹立たしい。

それってやっぱり、王子のことが好きだからってことになるの……？

家族のことを考え、不安で不安でどうしようもなかった昨日、ベッドに入っても眠れる気がしなかった。しかし、額に置かれる王子の大きくて温かい手を感じて、ふっと頭が軽くなったような気がした。

いつも怒鳴ってばっかなのに、心が弱ってる時に、いきなりああいうやさしさはズルくない!?

あっという間に『いい人』から『好きな人』に転じてしまう。

相手は王族。平民のコレットが恋《こい》をしたところで、未来はない。ミラベルのように良くて『仲のいい友達』、もしくは婚姻《こんいん》関係のない『愛人』。普通の恋人同士になれないのなら、恋をするだけムダだ。

……ちょっと、ムダって何!? あたし、王子にも自分を好きになってほしいって思ってるってこと!?

こんなことを口に出したら、思いっきりバカにして面白《おもしろ》がってくれること間違《まちが》いなしだ。

絶対に悟《さと》られないようにするのよ!

そんなことを考えていられたのも、その日の昼前、目的地のレオンスに到着するまでだった。


三年前に王都に向けて出発した時、コレットが馬車の中から最後に見た港町の平和な景色は、見るも無残な姿になっていた。

中心にある尖塔《せんとう》のついた町役場、コレットの通っていたレンガ造りの初等学校、いつも買い物に出かけていた海岸沿いの市場——どれも壊《こわ》されて、瓦礫《がれき》と化していた。

そんな町の中をエサになる人間を探しているのか、魔族《まぞく》が瓦礫の山をかき分けながら闊《かっ》歩《ぽ》している。人間のように二足歩行するもの、獣《けもの》のように四本足で駆《か》け回るものもいれば、鳥か虫のように飛んでいるものもいる。どれも人間より遥《はる》かに大きい。

コレットは魔族というものを初めて目《ま》の当たりにして、人間とも獣とも違う異形の気持ち悪さに怖気《おぞけ》立《だ》った。

それぞれの魔族には剣士《けんし》や魔法士が数人ずつ囲んで戦闘《せんとう》状態に入っていた。おそらくバシュラール伯爵《はくしやく》領軍や冒険《ぼうけん》者たちだろう。すでに倒《たお》された魔族の死骸《しがい》がいくつも道に転がっている。

「市街地の外には出すな！」

駆けつけた王国軍はアルベール王子の号令で、街の外に出ようとしていた魔獣《まじゆう》の群れに向かって馬を走らせていく。その先には町民たちの避《ひ》難所《なんじよ》があるのだ。

その手前で食い止めるためにも、ここで魔獣を全部倒さなければならない。

「あたしも救護所に行かないと……!!」

このまま王子の馬に乗っていても役には立たない。それどころか、戦う王子の邪魔《じやま》にしかならない。

王子はコレットを振《ふ》り返って、一瞬何かを言いかけてやめたように見えた。

「ジル、俺はいいから、コレットに魔法障壁《しようへき》を」

王子は並走していたジルに言った。

「しかし、さすがに魔族相手の戦闘となると……!!」

「そうです！　あたしなんかより王子の方が危険です！」

「お前のことは俺の命に代えても守るって約束しただろ」

「そんな約束なんて――」

「俺にはジルがいるから問題ない。ジル、急げ」

ジルはしぶしぶといったようにコレットの方に右手をかざした。

このところジルの魔法障壁は何度もかけられているので、魔力に包まれる感覚は、コレットにも慣れ親しんだものだ。

「コレット、ここで馬から下ろすから、そのまま避難所まで突《つ》っ走れ。他《ほか》の救護隊員と合流して、そこから離《はな》れるな。それから、リアーヌには絶対近づくな」

「かしこまりました。王子も気をつけてください」

コレットは馬から抱き下ろされ、高台にある避難所に向かって一気に駆け出した。

普段《ふだん》は津波《つなみ》や高波用に使っているレオンスの避難所は、人でごった返していた。

そこには負傷者の姿はほとんど見られず、避難してきた町民たちが名前を呼びながらはぐれた家族を捜《さが》し歩いている。

お母さんたちはきっとこのどこかにいる。

コレットはそう信じて、今はケガ人の治癒《ちゆ》にあたろうと決めた。

救護所に行くと、人間相手の戦争とは違い、魔族の毒に冒《おか》されている兵士が多かった。

コレットでは全く役に立たない。衛生兵を呼んで解毒《げどく》薬を飲ませるだけだ。

そんな中、治癒を施《ほどこ》すリアーヌは、ひと際《きわ》目を引いていた。美しい女神《めがみ》様の姿をひと目見ようと、町民たちが詰《つ》めかけている。誰《だれ》かが回復するたびに、「すごい」という感嘆《かんたん》の声と、崇《あが》めるような吐息《といき》が響《ひび》き渡《わた》っていた。

あたしはあたしで、できることをしよう。

コレットは町民たちのケガの治癒を始めた。すぐに回復させて戦いに送り出さなければならない兵士が優先されるので、民間人の治癒は後回しにされているのだ。

軽傷でもすり傷や切り傷、骨のひびくらいはいい。しかし、捻挫《ねんざ》や打撲《だぼく》はコレットの手に余った。痛みに耐《た》えている人を見ながら何もできない。救護隊の制服を着ていることが恥《は》ずかしくなる。

「あなたには無理でしょう。わたくしが代わりに治癒して差し上げるわ」

コレットが振り返ると、そこに立っていたのはリアーヌだった。超然《ちょうぜん》とした笑《え》みを口元に浮《う》かべて患者《かんじゃ》の前に座る。

確かにコレットでは治せない捻挫だったので、「お願いします」と場所を譲《ゆず》った。

王子からはリアーヌ様に近づくなって言われてるけど……。

どうしても気になってしまう。リアーヌが本当に未知の魔力《まりょく》を持っているのか。それがレオナール王太子の持っていたものと同じものなのか。

ここまでリアーヌに近づけるチャンスは逃《のが》したくない。

細かい魔力組成まで見るとなると、くすぐったさに大騒《おおさわ》ぎになる可能性があるが、大まかな組成を見るくらいなら問題ないはずだ。

コレットは隣《となり》の患者の前に座りながら、よろけたフリをしてリアーヌの肩《かた》にぶつかった。

その一瞬で探知魔法を発動する。

「失礼しました！」と、謝っておいたが、リアーヌはキッと睨《にら》んできた。

「使えない上にぼんやりしているとは、救護隊員失格ですわ。上に報告させていただきますからね」

「す、すみません！」

コレットは謝りながら目の前の患者の腕の切り傷だけ素早《すばや》く治し、リアーヌから逃《に》げるように離れた。

——が、それはほとんど無意識の行動だった。

興奮に胸が高鳴って、頭がのぼせたようになっている。救護隊員として他の負傷者をすぐに治癒しなければいけないことも、ここが救護所であることも忘れてしまっていた。

間違いない。リアーヌ様は確かに魔族から魔力をもらってる！

たった今、探知魔法で見たリアーヌの組成には、レオナール王太子が微量《びりょう》に持っていた未知の魔力と同じものが入っていた。しかも、リアーヌの本来の属性であるはずの『回復』よりも遥かに多い。それどころか、ほとんどを占《し》めていると言っていい。この状態で回復属性魔法を使えることが不思議なくらいだ。

これなら属性検査機が使える……!!

リアーヌの属性が『未知の魔力』と判明した時点で、動かしがたい証拠《しょうこ》になる。落ちこぼれのコレットしか知らない魔力組成の話より、信憑性《しんぴょうせい》は高い。その証拠を提示すれば、法務庁が調査してくれるはずだ。

何の魔力か。どの召喚魔法士《しょうかんまほうし》が関《かか》わっているのか。どういう経緯《けいい》で手に入れたのか。リアーヌは事情聴取《ちょうしゅ》を受けることになる。もしもそれが禁術魔法の一つとなれば、そのまま逮捕《たいほ》だ。

王子、これでリアーヌ様を糾弾《きゅうだん》できるよ!

「コレット！　捜したぞ！」

突然《とつぜん》肩をつかまれて、コレットは我に返った。

目の前にはセザールが息を切らしながら立っている。

「セザール！　どうしたの⁉　どこかケガしたの⁉」

「俺は大丈夫《だいじょうぶ》だ。すぐに一緒《いっしょ》に来てくれ。アルベール殿下《でんか》が負傷された」

王子が負傷……？

一瞬、コレットは目の前が真っ暗になった気がした。

……あたしのせいだ！　王子の代わりに魔法障壁をかけてもらったから……!!

「ケガの具合は⁉　こっちに来られないほどひどいの⁉」

「殿下は軍の指揮がある。その場を離れるわけにはいかないんだ」

「そ、それなら、他の救護隊員を……!!　あたしに治せるかどうかもわからないから」

「ダメだ。お前じゃないと、治さないとおっしゃってる。専属なんだろ？」

あのバカ王子……!!　こんな時くらい、誰だっていいじゃないの！

「わかった。応急処置でも何でも、あたしにできることがあるかもしれない。案内して」

「馬で来てる。あっちだ」

セザールに導かれて、避難民《ひなんみん》たちの間を通り抜《ぬ》け、彼の馬に乗った。

「お願い、急いで！」

王子に何かあったら……!!

そう思うと、不安で心臓が締《し》め付けられたように苦しくなる。今は王子のことしか考えられなかった。

どうか無事でいて！

アルベール王子はいつの間にか家族よりも大切な人になっていた。そんな人を失うわけにはいかなかった。

魔法士を中心とした王国軍の編成部隊が王都を出発して、二日目の昼前にはレオンスに到着《とうちゃく》。それから半日近く、数えきれないほどの魔族を倒《たお》してきたというのに、一向に数が減らない。町の中は魔族の死骸《しがい》が増えていくばかりだ。

魔族は転移魔法でどこからともなくこの大陸にやってくる。この国にもいくつか魔族が出没《しゅつぼつ》しやすい場所というのが存在するが、そういう場所に現れるのは多くても数体。そのほとんどが魔獣《まじゅう》なので、冒険《ぼうけん》者でも充分《じゅうぶん》討伐《とうばつ》できる。

下級以上の人形《ひとがた》に近い魔族となると、神出鬼没《しんしゅつきぼつ》で、しかも魔獣を大量に引き連れてやって来るので、各地で軍の派遣《はけん》が要請《ようせい》される。

このレオンスの襲撃《しゅうげき》も数体の下級魔族が他の魔獣を従えている状態だ。その様子はさながら羊飼いが羊を連れて餌場《えさば》にやって来たかのよう。

市街地はすでに封鎖《ふうさ》し、逃げ遅《おく》れた住民もバシュラール伯爵《はくしゃく》領軍が先頭に立って避難所に連れて行った。ここには魔族のエサとなる人間はほとんど残っていない。にもかかわらず、倒しても倒しても新たな魔獣が召喚されてくる。

これでは消耗《しょうもう》戦にしかならない……!!

アルベールはぎゅっと唇《くちびる》を噛《か》みしめながら馬を走らせ、襲《おそ》いかかってくるオオカミ形《がた》の魔獣ループグリに剣《けん》を振《ふ》り下ろした。

その頭が血しぶきとともに宙を飛んでいく。と同時に、自分に飛んでくる血を風魔法で吹《ふ》き飛ばした。触《ふ》れれば肌《はだ》が焼ける猛毒《もうどく》だ。

「魔力は使うな！　温存しておけ！　武器で戦え！」

いくら王国軍の魔法士でも、この数を相手に戦い続けていたら、魔力が尽《つ》きてしまう。

夕日は赤く染まり、空は茜色《あかねいろ》に変わりつつある。そろそろ魔力回復のために部下たちを休ませたいところだが、魔族の攻撃《こうげき》の手は緩《ゆる》むことがない。

視界の悪くなる夜は、どうしても魔族の方が有利になる。ここで食い止めなければ、魔獣の大群は高台の避難所を襲うだろう。そこにたくさんの人間がいることを知っているからこそ、現れ続けるのか。

だったら、避難所に直接現れた方が、効率がいいだろうが！

それをしないということは、人間がいなくなった街の方にわざわざ召喚しているということになる。

もともと魔族の目的は、人間を狩《か》ること以外にない。その魔族を動かしている者こそ、本当の目的を持っている。

そもそもこの町が狙《ねら》われたのは、コレットの故郷だったからで――

「ジル、コレットは無事か!?」

振り返ると、ジルも剣を片手に別のループグリの相手をしていた。

「魔法障壁《まほうしょうへき》に問題はないので、無事なのは確かですが……て、セザール⁉」

ジルの顔色が変わって動きが止まる。目の前の敵も忘れて、『声』に集中しているらしい。アルベールは間髪《かんはつ》を容《い》れずにジルの前に飛び出し、襲いかかるループグリの首をはねた。

「セザールがどうした⁉」

アルベールの問いに答えたのはジルではなく、部下の魔法士だった。

「セザールなら目に毒が飛んだので、救護所に行かせましたが」

「王子、セザールがコレットを連れ去ったようです」と、ジルが答えたのも同時だった。

狙いはやはりコレットだった。セザールはリアーヌの仲間なのか、それとも操《あやつ》られているのか。いずれにせよ、リアーヌが何か仕掛けようとしたら、まずコレットをアルベールから引き離《はな》さなければならない。

あの時、一瞬《いっしゅん》迷ったのだ。コレットを救護所に一人で行かせるべきか。自分から離すべきか。リアーヌが待っていたのはその時だった。

今もまだリアーヌの企《たくら》みは続いている。魔獣が現れ続けるのは、アルベールたちをここに足止めするためだ。

「コレットの居場所はわかるか？」

「もちろんです」と、ジルが頷《うなず》くのを確認《かくにん》してから、アルベールは部下たちを集めた。

「第一大隊は第三大隊に合流、モンターニュ大隊長の指揮下に入れ！　全員、直ちに戦闘《せんとう》を中止し、街の外に退避《たいひ》。日没前に街の外に防衛線を引くと伝えろ！」

部下たちが返事をして去っていくのを見送ってから、アルベールはジルを振り返った。

「コレットのところへ案内しろ」

今は軍の指揮よりコレットを無事に取り返す方が先だ。


「セザール！　そこにいるんでしょ!?　ここから出してよ！」

コレットは木製のドアを拳《こぶし》でドンドン叩《たた》きながら、外にいるはずのセザールに向かって怒鳴《どな》っていた。

セザールの馬で市街地までやって来た後、コレットは港沿いにあるこの小さな物置小屋に案内された。

「殿下はここにいらっしゃる」と言われたのだが、そこにアルベール王子の姿はなかった。

あるのは漁に使う網《あみ》や道具ばかりだ。

「王子は？　どこ？」

振り返ったコレットの目の前でドアは閉まり、そのまま閉じ込められてしまった。

何度呼んでもセザールは返事をしない。このドアの向こうにいるのかどうかも確認しようがなかった。

あたしを閉じ込めてどうするつもりなの……？

どこか外に出られる場所がないか探してみたが、一つだけある小さな窓は閉まっていて、中からは開けられない。最初から閉じ込めるために用意された場所のように思えた。

やっぱりリアーヌ様があたしを狙ってるってことなの？

王子の身の回りで若い女性が二人亡《な》くなっている。コレットが三人目の被害者《ひがいしゃ》になってもおかしくはない。

で、でも、あたしはそう簡単には死なないし、だから囮《おとり》になったのよ。とにかく、急所だけ外してもらえば、何とかなるって。

自分で自分を励《はげ》まし、あきらめずにドアを叩き続けた。誰《だれ》かが通りがかって、異変に気づいてくれるかもしれない。

「あたしは王国軍の救護隊員です！　ここに閉じ込められています！　誰か外に出してください！」

そんなことを繰《く》り返し叫《さけ》んでいると、しばらくしてドアの向こうに人の気配がした。

カチャカチャと鍵《かぎ》を開ける音が聞こえる。

あ、誰か来てくれた！

ほっとしたのもつかの間、勢いよく開いたドアにぶち当たって、コレットは後ろに吹っ飛ばされた。お尻《しり》をしたたかに打ち付けて、じんわりと涙《なみだ》が浮《う》かぶ。

かすむ目を見開くと、入口には夕焼けの光を背にセザールが立っていた。続いてその背後から、輝《かがや》く金髪《きんぱつ》をなびかせながらリアーヌが姿を現す。

ひっくり返っているコレットを見ても、眉《まゆ》一つ動かさないセザールは、操《あやつ》られていると しか思えない。セザールが無表情のまま外に出て行くと、再び鍵が閉まる音が狭《せま》い室内に 響《ひび》き渡《わた》った。

「あたしを殺しに来たんですか……？」

コレットはゆっくりと立ち上がって、リアーヌを警戒《けいかい》しながら数歩後ろに下がった。

「ええ、そう。殿下《でんか》が片時も離れないから、こんな面倒《めんどう》なことをしなければならなくなったのよ」

このきれいな顔の裏に殺意があるようには見えない。リアーヌは女神《めがみ》さながらの清楚《せいそ》さと高貴さのあふれる微笑《ほほえ》みを浮かべている。

「つまり、王子からあたしを引き離すために、魔族にこの町を襲撃させたんですか？」

「その通りよ。うまくいったでしょう？」

満足そうに言うリアーヌを見て、コレットの身体《からだ》はカッと熱くなった。

それだけのために、レオンスの町の人たちは家を失い、命の危険にさらされた。

湧《わ》き上がってくる怒《いか》りは、未《いま》だかつて自分では感じたことのないものだった。

こんなこと、許されるわけがない……!!

この感情をそのままぶつけたいところだったが、コレットはぐっと自分を抑《おさ》えた。

今は時間稼《かせ》ぎが優先だ。コレットの周りにはジルの魔法障壁がある。彼が耳を澄《す》ましてくれれば、『声』が聞こえて助けに来てくれるかもしれない。

「リアーヌ様、王子はすでにあなたをお疑いです。ここであたしを殺したら、間違《まち》いなく殺人罪で逮捕《たいほ》されますよ」

「問題ないわ。あなたは殺しても生き返るもの」

『あたしだって、死んだら生き返りません！』

普段《ふだん》から化け物扱《あつか》いする王子やジルが相手だったらそう返すところだが、リアーヌの言っている意味は違うと直感的にわかる。

リアーヌ様、まさか蘇生魔法《そせいまほう》が使えるの……？

回復属性魔法の限界だと、その存在は否定してきたが、『癒《い》やしの女神』ともなると別なのか。

「けど、それなら殺す意味がありませんよね？」

「もちろんあるわ。わたくしの思い通りに動いてもらうためには必要なことよ」

コレットはゴクリと生唾《なまつば》を飲みこんだ。

操るには一度殺す必要がある。リアーヌはそう言っているのだ。

それは死体を人形のように動かす『死霊魔法《しりょう》』と呼ばれるもの。魔族特有の魔法について調べていた時、死霊魔法も確かにその中にあった。

しかし、コレットがレオナール王太子を診察《しんさつ》した時、人間としてきちんと身体は機能していた。だから、その可能性はないと判断したのだ。

あの未知の魔力、やっぱり精神系魔法じゃなかったんだ……!!

確かに死霊魔法なら、魔力組成に干渉《かんしょう》することにも矛盾《むじゅん》がない。死んだ肉体を動かすために、特殊《とくしゅ》な魔力が埋《う》め込まれていてもおかしくはなかった。

それじゃあ、王太子殿下は……? もしかして、セザールも?

最悪の事態が明らかになり、コレットは自分一人でこの事実をどう受け止めていいのかわからなくなった。

「……リアーヌ様はあたしを操って、何をさせたいんですか?」

「殿下のもとを去ってもらうわ」

「でしたら、わざわざ操らなくても、あたしが王都を出て行けばいいだけの話じゃないですか」

「けれど、殿下はあなたを手放さないとおっしゃる。あの方に求められて、あなたは拒否《きょひ》できるのかしら?」

「そ、それは……」

アルベール王子がコレットに恋《こい》しているようにリアーヌに言ったのは、囮にするための単なる嘘《うそ》。だから、コレット自身が王子のもとを去るというのなら、引き止められることはないだろう。

でも、もしも王子がそばにいてほしいって言ってくれたら……?

王子は自分ばかりでなく、他《ほか》の人の命を守るために、兵舎の食事を続けていた。服役中の毒見役の命さえ、大切に思う人だ。

『こんな風に外で気軽に食事ができるようになるとは思っていなかった。お前を雇《やと》って正解だった』

小料理店でそう言ってくれた王子の笑顔《えがお》が忘れられない。

王子があたしを必要だって言ってくれたら、たとえそれが恋じゃなくても、断れるわけがないじゃない。少なくともあたしは王子が好きなんだから……。

「できないでしょう?」

リアーヌに畳《たた》みかけられたが、コレットはどちらとも返事ができなかった。

「だから一度殺す必要があるのよ」

リアーヌが笑みを消して右手を掲《かか》げる。不意に殺気を感じて、コレットは慌《あわ》てた。

「ちょーっとお待ちください!　まだ聞きたいことがあるんです!」

ボケッとしてる場合じゃない!　今は時間稼ぎよ!

「あなたに話をすることなどないわ」

「あたし、好奇心旺盛《こうきしんおうせい》なんですよ。いろいろ聞きたいことが出てきちゃうんです。例えば、その死霊魔法、人間が持てるものではないはずなんですけど、どうやって手に入れたんですか?」

「あなたごとき平民に説明する必要があるのかしら」

話をつなげるためには、嘘でもハッタリでもかますしかない。

「妹のクロエ様が召喚した魔族からもらったんですよね？　死霊魔法を持つ魔族というと……なんて名前でしたっけ？」

どの魔族か確定していない今、召喚魔法士の方までは調べが行き届いていない。死霊魔法の可能性は全く考えていなかったので、魔族の名前も調べていない。

そんなことはすぐにわかってしまったのか、リアーヌはバカにしたようにくっくと喉《のど》を鳴らした。

「いい加減なことを言わないでくれるかしら？　あの子の魔力で契約《けいやく》できるのは、せいぜい魔獣《まじゅう》がいいところよ」

リアーヌの口ぶりから、死霊魔法を与《あた》えたのは下級、中級、もしくは上級魔族だということはわかった。

「じゃあ、もっと強い召喚魔法士に頼《たの》んだんですか？」

リアーヌは「いいえ」と否定しただけで、その先を話そうとしない。

どういうこと？　召喚魔法士が介入《かいにゅう》してないの!?

それが禁術魔法を手に入れる唯一《ゆいいつ》の方法ではなかったのか。

リアーヌが口を閉《と》ざしている以上、質問を変えるしかない。

「まあ、方法は想像もつきませんけど、手に入れた死霊魔法でミラベルさんのお母さんを操って、娘《むすめ》さんを殺させたんですか？」

「ミラベル？　……ああ、あの平民の娘ね」

リアーヌは思い出したように言って、懐《なつ》かしげに目をほんのりと細めた。

「あのような娘が殿下のおそばにいたら、殿下の品位を下げるばかりでしょう。身分の違いをわきまえるように何度も注意したのに、あの娘、聞く耳を持たないんですもの。そのような身の程《ほど》知らずは、目障《めざわ》りだから消えてもらったのよ」

それは王子が望んだことだったのに！　ミラベルさんには何の罪もなかったのに！

コレットは言い返したいところを、ぐっとこらえた。

「なら、王子の家で働いていたメイドさんは？　同じような理由で殺したんですか？」

これはできれば、リアーヌの仕業《しわざ》であってほしくなかったのだが――。

「あのふしだらな女のことかしら」

リアーヌは思い出したくもないといったように、かすかに顔をしかめた。

「ふしだらな女……？」

「使用人の分際で、あわよくば殿下の愛人になろうなどと、おこがましいことを考えていたのよ。そのような害虫は早めに駆除《くじょ》しておくのがよいでしょう」

真実、そのメイドと王子に関係があったのならまだしも、愛人になることを考えていいただけで、命を奪《うば》うに値《あたい》するものなのか。あまりに身勝手なリアーヌの言い分に、コレットは自分を抑えきれなくなりそうだった。

「リアーヌ様、あなたに何の権限があって、人の命を奪えるんですか？　そのせいで王子がどれだけ苦しい思いをしてきたか……!!」

「わたくしは貴族だもの。平民の命くらい自由にできる権利があるのよ」

そんな前時代的な考え方が、まだ貴族の間でまかり通っていたとは――

コレットは啞然《あぜん》として、言葉もすぐに見つからなかった。

「……あなたのお考えはともかく、そうやって王子に近づく女性がいなくなれば、王子があなたを愛するようになるとでも思っているんですか？」

「おかげで殿下《でんか》は気づいてくださったわ。それ以降、他の女性に近づくことはなくなったもの。なのに、あの方ときたら、三級回復魔法士などをそばに置いて、あまつさえ専属にまでする。殿下の身の安全を考えたら、あなたなど早々に排除《はいじょ》しておくべきだったわ」

「それで……今日ってことですか？　リアーヌ様、魔族の襲撃《しゅうげき》すら可能な力をお持ちのようですけど」

「あの者はわたくしの望みなら何でも叶《かな》えてくれる。人間の町を眷属《けんぞく》に襲《おそ》わせることくらい、たやすいことなのよ」

「それはリアーヌ様が従えている魔族のことですか？」

「あなたにどうしてこのわたくしがいちいち説明しなければならないのかしら？」

これはどういうこと……？

召喚魔法士以外で魔族を使役《しえき》できる話など聞いたことがなかった。

「じゃ、じゃあ、一年前の王太子殿下が負傷された魔族の襲撃も？　リアーヌ様が望んだことだったんですか？」

「ええ、そうよ」と、リアーヌはあっさり認めた。

「だって、邪魔《じゃま》だったんですもの。わたくしはアルベール殿下一筋だと何度も申し上げたのに、あの方が結婚《けっこん》を強行しようとなさるから」

「邪魔ってことは、その時に殺すつもりだったんですか？」

「ええ。王国軍の救護隊は平民ばかりなのに優秀《ゆうしゅう》ね。まさかレオナール殿下が生きて戻《もど》れるとは思ってもみなかったわ」

リアーヌはそう言って皮肉げな笑みを浮《う》かべた。

「それなら、どうして帰還《きかん》した時に改めて殺さなかったんです？　治癒《ちゆ》したあなたなら、そのチャンスはあったと思いますけど」

「三級の落第生にはわからないのかしら？　あの場でレオナール殿下が亡《な》くなったとなれば、わたくしの治癒に問題があったと疑われてしまうもの」

「帰還した直後はともかく、その後は？　死霊《しりょう》魔法をかけて操《あやつ》れるのなら、ミラベルさんのお母さんのように自殺させることもできますよね。一年以上も生きていると見せかける理由があるんですか？」

「自害するのなら、理由が必要でしょう。わたくしはその時を待っていただけよ」

「その理由って……気鬱《きうつ》のフリをさせて、折を見て自殺させる予定だったと？」

返事がないところを見ると、それが真実なのだろう。コレットが一度だけ会った王太子は、王位継承権《けいしょうけん》の放棄《ほうき》を求め、すべてに嫌気《いやけ》がさしているようにも見えた。このままその申し出が聞き入れられないとなれば、未来に絶望して自ら命を絶ってもおかしくはない。

「そんなのダメです……!!」

コレットの叫《さけ》びに、リアーヌは呆《あき》れたようにクスクスと笑った。

「レオナール殿下はすでにお亡くなりになっているのよ。それを殺すなとでも言いたいのかしら?」

「言います！ だって、それだと王子がお兄様の回復を願ったせいで、亡くなることになるんですよ。どれだけ王子に悲しい思いをさせるんですか!?」

「それを慰《なぐさ》めて差し上げるのが、わたくしの役目よ」

うっとりと微笑《ほほえ》んでいるリアーヌが、コレットには全く理解できなかった。まるで王子を慰めるために、大切な人を奪うと言われているようだ。

これじゃ、あたしの頭の方が変になりそうよ。

コレットは一つ息をついて、リアーヌをまっすぐに見つめた。

「リアーヌ様、これまで聞いた話だけでも、いくつも殺人を犯《おか》していますよね。そこに王太子殿下まで入るとなると、すでに斬首《ざんしゅ》は確定ですよ」

「だから?」

そう聞いてくるリアーヌは気づいていなかったらしい。だからこそ、コレットの質問にもあらかた答えたのだろう。

「あたしにはジルさんの魔法障壁《しょうへき》があります。ここであたしを殺そうが、死霊魔法にかけようが、あなたが自白した内容は王子にも伝わります。あなたは王子を手に入れられるどころか、人生が終わりということです」

リアーヌの顔から初めて余裕《よゆう》が消えるのを見て、コレットはふふふっとほくそ笑《え》んだ。

さあ、形勢逆転よ。

――と、コレットが優位に立っていられたのは一瞬《いっしゅん》だった。

「そんなこと、嘘《うそ》に決まっているわ！」

怒《いか》りに頬《ほお》を染めたリアーヌが、コレットに向かって手をかざしてくる。

「え、ちょ、待っ……!!」

そこから放出される大量の魔力を感じて、コレットは自分の死を覚悟《かくご》した。

あたしを殺しても意味がないって、言いたかっただけなのに……!!

まさか、『死なばもろとも作戦』に出られるとは思ってもみなかった。

◆

アルベールを先導していたジルが、突然《とつぜん》手綱《たづな》を引いて馬を止めた。

「どうした!?」と、声をかけながらアルベールもその隣《となり》に急停止する。

「魔法障壁が破られました……!!」

ジルが悲痛な顔でアルベールを振《ふ》り返った。

「コレットをさらったのはリアーヌ様です。死霊魔法《まほう》をかけるつもりだったようで──」

「何があった⁉　『声』は聴《き》いていたんだろ⁉」

「死霊魔法？　死者を操る魔法か？」

「はい。精神系魔法ではありませんでした」

「それはつまり──」

アルベールは渇《かわ》ききった喉《のど》をゴクリと鳴らした。

言葉にしなくとも、ジルの青ざめた顔を見る限り、同じことを考えているのだろう。

「魔法障壁が破られたということは、コレットもすでに……？」

「もう近くまで来ているはずなのですが……。魔法障壁のない今、生死も、正確な位置すらも把握《はあく》できなくなってしまいました」

「それでも捜《さが》すぞ。まだ間に合うかもしれない」

アルベールは馬の腹を蹴《け》って走り始めた。

あきらめたくなかった。コレットを失いたくなかった。

あいつがそう簡単に死ぬわけがない。たとえ相手がリアーヌであってもだ。


コレットはパリンというガラスが砕《くだ》けたような音を聞いた。

同時に軽い衝撃《しょうげき》が走って、ぎゅっと閉じていた目を恐る恐《おそ》る開いた。

つい今の今まで自分の周りにあったジルの魔法障壁が、消えてなくなっている。

リアーヌの魔力をはじいてくれたのだ。

た、助かったぁ……!!

コレットは腰《こし》が抜《ぬ》けるほど安堵《あんど》していたが、リアーヌの方は驚《おどろ》いたように目を丸くしていた。

「まさか、本当にジルが……？」

リアーヌはコレットの言葉を確かめたかっただけで、殺す意思はなかったらしい。

「あたし、嘘ついたりしませんけど――」

「あなたなんかを守るために魔法障壁をかけていたというの……!?　それでは殿下は!?　今頃《いまごろ》、魔族と戦っておられるのよ。誰《だれ》がお守りしているの!?」

リアーヌは唇《くちびる》を震《ふる》わせて、怯《おび》えているようにも見えた。

「自分は大丈夫《だいじょうぶ》だからって、王子が……」

コレットも同じ気持ちだ。

魔族に対峙《たいじ》するアルベール王子の方がよほど危険な目に遭《あ》うというのに、コレットの方を優先した。おかげで彼がケガをしたと聞いた時、どれだけ胸が苦しくなったことか。

あたしのこと、死なない化け物みたいに言うくせに、過保護すぎるくらいに守ってくれようとするんだから……。

「そう。そういうことなら、まだ間に合うということね」

そう言ったリアーヌの口元には、ニンマリとイヤな笑みが浮かんでいた。

「え、間に合うって……？」

「今は戦闘中《せんとう》ということでしょう？　ならば、ジルが知っていても殿下にまで伝わっていない可能性が高いもの。ジルさえいなくなれば、わたくしが罪に問われることはないということよ」

「いなくなればって……⁉」

「セザール、命令よ！　すぐにジルを見つけて殺しなさい！」

「ダメぇぇぇ！」

コレットは思わず叫んだが、魔法障壁のない今、伝えるすべはなかった。

「あら、他人の心配をしている場合ではないでしょう？」

リアーヌはふっと笑ったかと思うと、再びコレットに向かって魔力を放ってきた。

今度はもう遮《さえぎ》るものはない。

コレットは突如《とつじょ》やってきた突《つ》き刺《さ》すような心臓の痛みに、胸を押さえて膝《ひざ》をついた。

リアーヌの放つ魔力は回復魔法士のそれ。コレットもよく知っている消失魔法だ。

コレットの心臓を消そうとしているのがわかる。身体《からだ》が反射的に心臓の失われた細胞《さいぼう》を再生し始めた。

激しく脈打つ心臓の音が、コレットの耳に痛いほど響《ひび》いてくる。全身に冷や汗《あせ》が噴《ふ》き出してくる。息が苦しい。再生しても再生してもリアーヌの魔法が、コレットの心臓に穴を開けようとする。その攻防《こうぼう》が果てしないほど長く続いた。

「ラーシュ＝エーリク、もっとよ！　もっと魔力をちょうだい！」

リアーヌの甲高《かんだか》い叫び声が遠くに聞こえる。

ラーシュ＝エーリク……？　さっき言ってた魔族の名前？

「もっと！　まだ足りないわ！　こんな平民のくせに……!!」

いったいどれだけの魔力がコレットに向けて放出されているのか。気が遠くなって、意識を保つのも難しくなってくる。

もうダメ……。あたし、死んじゃうの……？

殺されて死霊《しりょう》魔法をかけられれば、コレットの身体《からだ》はリアーヌのもの。たとえコレットがアルベール王子のもとを去ったとしても、家族と普通《ふつう》の生活ができるなどと、甘い展望は描《えが》けない。ミラベルの母親やメイドのように、コレットも操《あやつ》られたまま、遅《おそ》かれ早かれこの世から消されるだろう。

こんなことなら、笑われてもいいから、王子に『好き』って一回くらい言っておけばよかったかなぁ。初めて好きになった人だったんだから……。

コレットが半ばあきらめの境地で意識を手放そうとした時、バンッと耳をつんざくような衝撃音がリアーヌの背後から聞こえた。

と同時に、コレットに流れ込んでくる魔力の奔流《ほんりゅう》も止まる。

魔力さえ止まれば、瞬《またた》く間に心臓は完全に修復される。それでも息苦しさや胸の動悸《どうき》はすぐには収まらず、コレットはその場に転がったまま何度も深呼吸を繰《く》り返した。

魔力をかなり消耗《しょうもう》したのがわかる。全身が鉛《なまり》のように重く、気を緩《ゆる》めれば意識を失ってしまいそうだ。今までこんなことは一度もなかった。

もう一回リアーヌの攻撃《こうげき》が来たら、防ぎきれる自信はない。待つのは死ばかりだ。

コレットがかすむ目でゆっくりと入口の方を見やると、そこには人影があった。最後の陽《ひ》をうっすらと残す薄紫色《うすむらさきいろ》の空を背に、アルベール王子が肩《かた》で息をしながら立っている。

「コレット！」

嘘《うそ》みたい……。王子、助けに来てくれたの？


アルベールはジルとともに馬を駆《か》って、人を閉じ込められそうな建物を回って見ていた。幸いと言うべきか、魔族の襲撃《しゅうげき》で大半の建物は全壊《ぜんかい》している。形として残っているものは数えるほどだった。

「王子！」

ジルの声に振り返ると、彼は右手を掲《かか》げて魔法を発動しているところだった。

水色に光る防御壁《ぼうぎょへき》がアルベールとジルを囲むのと同時に、真っ赤な火炎《かえん》がこちらに向かって噴きつけてくる。

「魔族の襲撃か⁉」

火炎が収まると、辺りに焦《こ》げた臭《にお》いが漂《ただよ》った。

地面から立ち上る煙《けむり》の向こうから、軍服姿の男が一人、剣《けん》を掲げて駆けてくる。

戦闘を抜け出して、コレットをさらいに行ったセザール・バルテだった。

彼は迷いなくジルを目掛《めが》けて剣を振るう。一緒《いっしょ》にいるアルベールの方には、見向きもしない。

ジルは素早《すばや》く馬を下がらせて、その剣をかわした。

「こいつ、もしかして操られているのか⁉」

「そのようです！　セザールがここにいるということは、コレットも近くにいるはずです。ここは私が引き受けますから、王子はコレットを！」

ジルはひらりと馬から飛び下りながら、自分の剣を抜き、セザールの剣を受け止めた。

「一人で大丈夫か⁉」

殺すより手加減する方が難しい。しかも、相手の方は完全に殺す気で斬《き》りかかっている。

二人で同時に攻撃して捕縛《ほばく》した方が早いのは確かだ。

それでも、今はコレットの救出を優先したいと、葛藤《かっとう》に苛《さいな》まれる。

「部下の一人くらいいなせなくては、副官は務まりません」

ジルは無理やりのように笑《え》みを浮《う》かべて、セザールの剣の相手をしながら、アルベールに魔法障壁をかけた。

「わかった。ここはお前に任せる」

激しい剣戟《けんげき》が始まるのを尻目《しりめ》に、アルベールは馬の腹を蹴った。

コレットが近くにいるのなら——

視線を巡《めぐ》らせると、数メートル先に木造の小屋が一軒《いっけん》だけ無傷で残っていた。馬から飛び下りて駆け寄ってみると、そのドアにはしっかり鍵《かぎ》もかかっている。

ここに間違《まちが》いない！

アルベールは真空の刃《やいば》を飛ばして錠前《じょうまえ》を切り落とすと同時に、ドアを蹴破った。

魚臭《くさ》い小屋の中、その中心に立っていたリアーヌがはっとしたように振《ふ》り返った。その向こうの壁際《かべぎわ》にコレットが転がっている。

「コレット！」

アルベールの声が聞こえたのか、コレットがかすかに動く気配があった。

生きている……‼

アルベールはリアーヌの脇《わき》をすり抜《ぬ》け、コレットに駆け寄ると、その身体を抱《だ》きしめた。

身体の温《ぬく》もりが確かにある。顔を覗《のぞ》き込めば、両の瞳《ひとみ》には生気が宿っていた。

「王子、本物……？」

コレットが驚《おどろ》いたように目を見開いて頬《ほお》に手を伸《の》ばしてくる。

アルベールは口元に笑みを浮かべて頷《うなず》いた。

「ああ、助けにきた。よかった、間に合って」

コレットの瞳が涙《なみだ》に潤《うる》むのが見えて、「よく頑張《がんば》った」と頭を撫《な》でてやった。

「どうして殿下《でんか》がここに？　魔族《まぞく》は……？」

リアーヌの声が聞こえ、アルベールはコレットをそっと離《はな》して立ち上がった。

リアーヌは青ざめた顔で唇を震わせていた。

「軍の指揮は他《ほか》の者に任せてある」

「部下たちよりも、民《たみ》よりも、その娘《むすめ》が大事だとおっしゃいますの……!?」

「俺は今回の魔族討伐《とうばつ》の総責任者として、この襲撃そのものを画策した大罪人を捕縛する義務がある」

アルベールが睨《にら》むように見つめると、リアーヌはふうっと息を吐《は》きながら、きれいな微笑《ほほえ》みを浮かべた。

「それがわたくしだと、殿下はおっしゃりたいのかしら？」

「言い逃《のが》れをするつもりか？　そうでなくても、今頃《いまごろ》救護所にいなければならないお前が、命令もなしにここにいるのは、すでに軍法違反《いはん》。加えて、コレットの拉致《らち》監禁《かんきん》と殺人未遂《みすい》。禁術魔法にあたる死霊魔法の所持、および使用した嫌疑《けんぎ》もかかっている。捕縛するに足る証言も充分《じゅうぶん》にある。ムダな抵抗《ていこう》はせずに、あきらめるんだな」

リアーヌは顔色一つ変えず、微笑みを絶やさない。それがかえって気味悪く思えた。

「殿下はどうやってわたくしを捕《つか》まえるとおっしゃいますの？　捕《と》らえようとするのなら、

何人でも殺して、死霊魔法をかけて差し上げましょう。殿下の指揮する軍も、わたくしの言うことしか聞かなくなりますから、捕縛したところでムダだと思いますけれど」

「なんだと……?」

「わたくしが欲しいのは殿下だけです。他の者がどうなろうと、構いませんの。それくらいお慕《した》いしているということを、そろそろご理解いただきたいですわ」

アルベールは拳《こぶし》を握《にぎ》って、ぎりっと歯を食いしばった。

「殿下、わたくしを選ぶとおっしゃってくださいませ。わたくしを妻にと。そうしたら、誰《だれ》も傷つけたりいたしません。わたくしが殿下を誰よりも幸せにして差し上げますわ」

リアーヌは本気だ。応援《おうえん》を呼んだとしても、端《はし》から彼女に殺されてしまう。

厄介《やっかい》なことに、リアーヌは史上最強と言われるだけあって、魔法士が束になってかかっても、その力を抑《おさ》えつけるのは難しい。

そうなるくらいなら、嘘でも『選ぶ』と答えてこの場をやり過ごし、捕縛するチャンスを狙《ねら》った方がいい。しかし、たとえここを嘘で乗り切ったとしても、リアーヌはアルベールを手に入れるまで、何人でも殺し続けるだろう。

俺さえ我慢《がまん》すれば万事《ばんじ》片が付くって、最初からわかっていたんだ……。

「王子……」

しゃがみこんでいたコレットが、不安そうな顔でアルベールのマントの裾《すそ》をつかんだ。

『ダメです』といったように、かぶりを振っている。

チクショウ……!!　俺だって、『断る』って言いたいに決まっているだろ！

「殿下、お返事は？　わたくしを選ぶとおっしゃってくださいませ。さもないと、その娘から失うことになりましてよ」

リアーヌは目を吊《つ》り上げて右手を掲げる。

アルベールはそこに魔力の気配を感じて、とっさにコレットを抱き込んだ。

背中を殴《なぐ》られたような衝撃《しょうげき》とともに、ジルの魔法障壁がパリンと砕《くだ》ける音が聞こえた。

「お、お、王子……!!」

腕《うで》の中から見上げてくるコレットの顔は、完全に血の気を失っていた。その身体《からだ》はガタガタと震《ふる》えている。

「それが殿下のお答えと――」

振り返ると、リアーヌは美しい顔を歪《ゆが》め、苦しそうに息を吐きながら笑っていた。

「あくまでその娘が大事だということなのですね……!?」

再びリアーヌの右手が上がった瞬間《しゅんかん》、突《つ》き飛ばされたのはアルベールだった。

尻《しり》もちをつくアルベールの前で、すくりと立ち上がったコレットが、胸を押さえて荒《あら》い呼吸を繰《く》り返している。

「……王子、これは消失魔法です。この攻撃《こうげき》を受けたら、王子は即死《そくし》です……!!」

ジルの魔法障壁を失った今、アルベールにかばわせるわけにはいかないと言うのだ。

「だからって……!!」

目の前で好きな女が苦しんでいるのを、ただ見ているわけにはいかないだろうが！

冷や汗《あせ》を浮かべるアルベールに、コレットはニコリと口元だけで笑ってみせた。

「王子……助けに来ていただいて……うれしかったです。でも、あたしは王子のお毒見役ですから……王子のお命を守ることが仕事です！」

コレットは笑顔で言い切ると、毅然《きぜん》とリアーヌに向き直った。

「リアーヌ様、殺したいのはあたしですよね⁉」

「わかっているのなら、抵抗せずにさっさと死になさい！」

「だからって、簡単に殺されてやるわけにはいかないんですよ！」

コレットは胸を押さえてかがみこみながらも、リアーヌから目をそらさない。

「ラーシュ＝エーリク！　魔力を！　もっと魔力を寄越《よこ》しなさい！」

リアーヌは右手から魔力を放ちながら、どこへともなく声を荒らげる。

これ以上、こいつに魔力を持たせてたまるか……‼

アルベールは立ち上がりながら、リアーヌの頭上の天井《てんじょう》を目掛けて、真空の刃をクロスするように二回放った。

直後、飛びつくようにコレットを抱きしめ、その頭をかばいながら地面に押し倒《たお》す。

リアーヌが「きゃっ」と悲鳴を上げて、入口の方に下がるのが視界の隅《すみ》に映った。

バリバリ、ガラガラと、折れた屋根板や梁《はり》が音を立てて降ってくる。

木造のもろい物置小屋は、土ぼこりを上げて崩《くず》れ落ちた。

何が起こった……？

コレットはゴホゴホと咳《せ》き込みながらゆっくりと目を開いた。

物置小屋の中にいたはずなのに、頭上には星がちりばめられた紺色《こんいろ》の空にふっくらとした月が輝《かがや》いている。周りには板切れや木くずがいくつも転がっていた。

ただでさえ視界が悪くなる時間だというのに、砂煙のせいで余計によく見えない。

どうも身体が重い。気づけばアルベール王子がコレットの上に覆《おお》いかぶさっていた。

そういえば、リアーヌの攻撃を受けている最中、王子に飛びつかれたことを思い出す。

「王子！　大丈夫《だいじょうぶ》ですか⁉」

コレットが声を上げると、王子は「うーん」と唸《うな》りながら身体を起こした。

「お前は？　大丈夫か？」

「丈夫《じょうぶ》なのが取り柄《え》の回復魔法士ですから」

コレットは答えながら探知魔法を発動して、王子の身体のケガをチェックする。

腕や足にかすり傷程度を負っているくらいで、コレットに治せないものはなかった。

「リアーヌは⁉」

王子がはっとしたように立ち上がって、辺りを見回した。

コレットも慌《あわ》てて立ち上がったが、リアーヌの姿は見当たらない。

「逃《に》げちゃったんでしょうか……？」

木片《もくへん》を踏《ふ》みながらそろそろと入口の方に歩いていくと、そこにリアーヌが倒れていた。

コレットはびくりとして、王子とともに一歩後ろに下がった。

がしかし、リアーヌが動く気配はない。

「気を失っているのか？」

王子が近づこうとするのを止めて、コレットはリアーヌに向かって探知魔法を放った。

え？　ウソでしょ……？

コレットは自分の診断《しんだん》が信じられず、リアーヌに駆《か》け寄ってその傍《かたわ》らに座った。

静かな表情で目を閉じているリアーヌは、その美しすぎる顔立ちのせいか、まるで人形のように見える。首筋に手を当ててみても、脈が感じられなかった。

「リアーヌ様、亡《な》くなっています……!!」

王子を振《ふ》り返ると、青ざめた顔でコレットの隣《となり》にやってきた。

同じように首筋に手を当て、それからその手をぎゅっと握りしめた。

「俺がやっちまったのか……？」

「それはどういう……？」

「リアーヌを止めようとして、屋根を落としたんだ。打ち所が悪かったのかもしれない」

「ご安心ください。死因は打撲《だぼく》によるものではありません」

「え、マジで？　なら、なんで死んでいるんだ？」

「それが、あたしにもよくわからなくて……。脳にも内臓にも損傷がありませんし。突然《とつぜん》心臓が止まった、としか言いようがない状態かと」

「そんな死に方があるのか……？」

王子が顔を強張《こわば》らせているのを見て、彼が何を考えているのかコレットも察した。

これって、王子のお母様と同じ死因じゃない？

コレットは黙《だま》って王子を見守っていたが、不意に人の気配を感じて顔を上げた。

そこには黒いローブを着た長身の男が立っていた。

薄闇《うすやみ》の中でも月光のように輝く銀髪《ぎんぱつ》、それが縁取《ふちど》る顔は陶磁器《とうじき》人形のように白い。触《ふ》れたら壊《こわ》れそうな繊細《せんさい》さを感じる美しい顔立ちだ。唇《くちびる》が赤くなかったら、血が通っていると は思えなかっただろう。

ただ、すぐに人間ではないとわかったのは、切れ長の両眼が赤い瞳《ひとみ》で埋《う》められているからだ。

「魔族か……!!」

アルベール王子も同じく気づいたのか、男に向かって真空の刃《やいば》を飛ばした。

王子の放った刃は、男が遮《さえぎ》るように上げた手で軽く弾《はじ》かれ、霧散《むさん》してしまう。

王子は間髪《かんはつ》を容《い》れずに剣《けん》を抜《ぬ》いて斬《き》りかかったが、それもふわりと飛んでかわされた。

「我は人間と争う気はない」

男は物憂《ものう》げな表情を崩すことなく、静かな低い声で言った。

王子もこれ以上攻撃するのはムダだと思ったのか、剣を構えたまま動かない。

「あなた、もしかしてリアーヌ様に死霊魔法《しりようまほう》を与《あた》えた魔族？　リアーヌ様はラーシュ＝エーリクって呼んでたみたいだけど」

コレットが恐《おそ》る恐る声をかけてみると、魔族の男は「うむ」と頷《うなず》いた。

おお……普通《ふつう》に返事したわ。

「リアーヌ様、亡くなってるんだけど、あなたが殺したの？」

「失敬な。我は人間を殺す趣味《しゆみ》はない」

涼《すず》しい顔で答える男が、嘘《うそ》をついているようには見えなかった。

「なら、どうして？」

「どうやら貴様を殺すために必要な魔力が、この娘《むすめ》の持てる限界を超《こ》えていたらしい。もともと大した魔力を持てる肉体ではなかったからな。それにもかかわらず、余剰《よじよう》な魔力を欲《ほっ》するからこうなった」

「つまり、あなたが殺したことにはなるけど、リアーヌ様の自業自得《じごうじとく》……になるのでしょうか？」

同意を求めて王子を見たが、彼は男を睨《にら》んだまま微動《びどう》だにしなかった。

「それにしても、あの魔力量でも殺せないとは。貴様、本当に人間か？」

男は赤い瞳を面白《おもしろ》そうにきらめかせて、コレットを見つめてくる。

ぎ上げた。

「はあ!? 明らかに人間じゃない人に、化け物呼ばわりされたくないんですけど!?」

コレットの話を聞いているのかいないのか、男は動いたかと思うと、リアーヌを肩《かた》に担《かつ》
「ちょ、ちょっと、リアーヌ様をどうするつもり!?」

「せっかくの魔力持ちの人間だ。このまま腐《くさ》らせてはもったいない。我が眷属《けんぞく》への土産《みやげ》にする」

男が言いながら背を向けた時には、姿を消していた。

同時にアルベール王子が崩れ落ちるようにその場に座り込んだ。

「王子、大丈夫ですか!?」

「お、お前はなに、当たり前のように魔族と会話しているんだ!? 命の危機というものを感じねえのか!?」

王子が鬼《おに》のような形相で睨んでくる。

さっきの魔族よりよっぽど怖《こわ》くない?

「あの人、人間を殺す趣味はないって言っていたじゃないですか」

「それで、魔族の言うことを信じるのか？」

「普通に受け答えができていたので、問題ないかと」

王子は何かを言おうとして、そしてあきらめたらしく、瞑目《めいもく》してかぶりを振った。

——とその時、馬の蹄《ひづめ》の音とともに「王子!」と呼ぶジルの声が飛んできた。

崩壊《ほうかい》した小屋の外に、ジルが馬で駆けつけたところだった。

「ご無事で何よりです。魔法障壁《しょうへき》が破られた時は、生きた心地《ここち》がしませんでしたよ」

馬を下りて入ってきたジルは、全身傷だらけで、あちこち火傷《やけど》も負っていた。軍服もボロボロで、見るも無残な姿だ。

「かなりやられたな。セザールはどうした？」

王子の問いに、ジルはかすかに顔を引きつらせた。

「そういえば、セザールも操《あやつ》られていたんです！　ジルさんを殺すように命令されていました！」

ジルは『わかっている』というように頷くと、気遣《きづか》うような視線をコレットに向けた。

「殺さないように相手をしていたのですが、先ほど突然動かなくなりまして……。確かめたところ、亡くなっていました」

「そんな……」と、コレットは言葉を失った。

「術者が死んで、操られていた人間も死んだってことか」

王子の容赦《ようしゃ》ない言葉が、コレットに現実を突《つ》きつけた。

セザールが死霊魔法にかけられていたことを知った時点で、覚悟《かくご》はしていたことだった。それでも、ついさっきまで普通に動いていたのだ。こんな風に突然『死』を宣告されても、頭の方が追いつかない。

セザールが死んじゃったなんて……。

「術者が死んだということは……リアーヌ様が亡くなったということですか？」

「ああ。だが、詳《くわ》しい説明は後だ。まずは軍と合流するぞ」

「……あ、その前に、ジルさんのケガを――」

右手を掲《かか》げて再生魔法を発動した瞬間《しゅんかん》、コレットの目の前は黒いカーテンを引かれたように真っ暗になっていた。

……え？　もしかしてこれが魔力枯渇《こかつ》っていうもの……？


日が沈《しず》んで街灯に光がともり始める時間、自室にいたクロエの耳に女性の悲鳴が届いた。

時を置かずして、メイドが一人飛び込んでくる。今年から勤め出したばかりの少女だ。

「よ、よかった。クロエ様はご無事でいらっしゃった……!!　大変でございます！　奥様が……ブノワ様が……マリーさん、エレンさん……ああ、他《ほか》にも……!!」

彼女は完全に混乱して、自分で何を言っているのかもよくわからない様子だった。

しかし、羅列《られつ》された名から、クロエは何があったのかすぐに悟《さと》った。

ああ、この子はまだだったのね。

「皆《みな》、死んでしまったの？」

少女は目に涙《なみだ》を浮かべ、コクコクと激しく何度も頷いた。

まさかお姉様が失敗するなんて……。


一年前のある夕食の席――。

いつもは表情を崩《くず》さないクロエたちの父、サリニャック公爵《こうしゃく》が満面の笑《え》みで話を始めた。レオナール王太子がリアーヌとの結婚《けっこん》の許可を求めてきたという。公爵家としてこれ以上喜ばしいことはない。

しかし、アルベール王子しか目に入っていないリアーヌは、断固として拒否《きょひ》した。そのまま激しい口論となり、気づけば父親は胸を押さえてイスから転げ落ちていた。

「リアーヌ、何をしたの⁉」

血相を変える母親に対し、リアーヌは嫣然《えんぜん》と微笑《ほほえ》んだ。

「心配することはありませんわ。ほら――」

リアーヌが右手をかざすと、床《ゆか》に倒《たお》れていた父親が起き上がり、何事もなかったように食卓《しょくたく》に戻《もど》った。

「お父様、レオナール殿下《でんか》との結婚はお断りしてくださるでしょう？　わたくしはアルベール殿下としか結婚しませんわ」

「うむ、わかった」と、父親は先ほどまでの激昂《げっこう》ぶりが嘘のように素直《すなお》に頷く。

クロエには何が起こったのかわかっていた。リアーヌが魔族の男――ラーシュ＝エーリクから手に入れた死霊魔法を父親にも使ったのだ。

以前にもアルベール王子の同級生の母親と、彼の家に住み込みで雇《やと》われたメイドに使ったことを知っている。

まさか家族にまで使うとは信じられず、クロエは震《ふる》えて目の前の光景を見つめていた。

お父様を殺すなんて……!!

「リアーヌ、それは禁術魔法ではないの⁉　そんなものをどうやって手に入れたの⁉　まさかクロエが……⁉」

母親の厳しい目がクロエに向けられたが、返事をする前にリアーヌに遮られた。

「お母様が知る必要のないことですわ」

「いいえ。このことは法務庁に報告しなければなりません」

母親が執事《しつじ》のブノワを呼ぼうと立ち上がった時、リアーヌの手が再びかざされた。

「やめて、お姉様！」

クロエの制止もむなしく、母親は床に崩れ落ちた。

「お母様の潔癖症《けっぺきしょう》には困ったものだわ。クロエ、あなたはどうする？　わたくしの言うことを聞く？　それともお父様やお母様のようになりたい？」

死ぬのは怖かった。クロエは声も出せず、ただ必死にかぶりを振《ふ》った。

「そう、いい子ね。それなら一つ、お願いがあるの――」

そうしてクロエはレオナール王太子の暗殺を命じられた。

ラーシュ＝エーリクはどれだけ頼《たの》んでも、自分の手では人間を殺さないからだった。

屋敷《やしき》の中は不気味なほど静まり返っている。当たり前だ。この広大な屋敷の中で息吹《いぶき》があるのは、クロエとたった一人のメイドだけなのだから。

お父様はこの時間、まだ王宮の方かしらね。

クロエはそんなことを考えながら、母親がいるという一階の居間に下りていった。

ソファの上に横たわっている母親は、眠《ねむ》っていると言われてもおかしくないほど、穏《おだ》やかな顔をしている。クロエはその傍《かたわ》らにひざまずき、まだかすかに温《ぬく》もりの残る母親の頬《ほお》をそっと撫《な》でた。

「お母様、悪い夢はもう終わりです。ゆっくりお休みください」

涙は出てこなかった。一年前、クロエの目の前で殺されたあの日、涙が涸《か》れるほど泣いたから。

この一年、母親は以前と何も変わったところはなかった。ただ、リアーヌに対して従順になっていただけだ。しかし、どれだけやさしくされても、クロエはこの人が母親だとは思えなかった。よく作られた人形でしかなかった。

そんな人形たちに囲まれたまがい物の生活が、今ようやく終わったのだ。

みんな、いなくなってしまったわ。わたくしも人形にしてもらった方がよかったのかしら……。

そんなことを今更《いまさら》思った。

♥♥♥☠

「ねえ、お母さん。お姉ちゃん、まだ寝《ね》てるよ」

「二日も寝っぱなしで大丈夫《だいじょうぶ》なのかしら」

「姉ちゃん、腹減らないのか？」

コレットはなんだか懐《なつ》かしい家族の声を聞いたような気がした。このまま目を開くのがもったいないと思ってしまう。

家族……て、魔族《まぞく》の襲撃《しゅうげき》は⁉

コレットははっと目を開いて、勢いよく身体《からだ》を起こした。

「あ、お姉ちゃんが起きたぁ」

ぐるりと見回すと、一人の女性と四人の少年少女がベッドを囲んでいた。

「よかった。やっと目を覚ましたわ」

そう言って泣きそうな笑顔で頬を撫でてくれる赤毛の女性は、間違《まちが》いなくコレットの母親だ。三年ぶりに会う弟妹たちは、成長してすっかり大きくなっているが、見間違えようがない。

「みんな、無事だったの⁉」

「王子様が何回も様子を見に訪ねて来られたんだよ」

「お姉ちゃん、あんな素敵な王子様の専属回復魔法士なの？」

「すごいねー。王子様だよ、王子様。あたし、初めて見たよ！」

相変わらず賑《にぎ》やかな弟妹たちにコレットは呆《あき》れながらも、その元気な様子に顔をほころばせていた。

「避難《ひなん》命令が出てすぐに高台に避難したから、わたしたちは大丈夫だったのよ。みんなケガも大したことなかったし。救護隊の方たちが治してくれたわ」

母親が続けて説明してくれたことによると、魔族の大群はおとといの日が落ちた頃《ころ》に、忽然《こつぜん》と消えたらしい。その翌朝には避難命令が解除されて、町民たちはそれぞれの家に帰っていった。

家を失った人たちも大勢いて、しばらくこの避難所の天幕で生活を続けなければならないという。コレットの家も多少壊《こわ》されたが、住めないほどではないらしい。

「よかった」と、コレットはほっと胸をなでおろした。

「それはこっちのセリフよ。寝ているだけだって聞いたけど、二日も目を覚まさないから。さすがに心配したわ」

母親に言われて、コレットの顔は引きつった。

うう……あたしの方が心配されてた？

「ねえ、お姉ちゃん、いつまでこっちにいられるの？」と、下の妹ルネが聞いてくる。

「軍の一員として町の復興の手伝いとかあるから、しばらくは滞在《たいざい》することになるかも」

「コレット、立派になったわねぇ」

母親に褒《ほ》められて、コレットは照れ臭《くさ》くなって笑った。が、一つ年下のアンリの言葉に、その笑顔は凍《こお》りついていた。

「姉ちゃん、寝てただけで、何にもしてなくない？」

今回は大した治癒《ちゆ》もできないまま拉致《らち》され、魔力が枯渇《こかつ》。救護隊員として、全く役に立てていない。

「こ、これは寝る前に魔力を使いすぎちゃったのが原因で、それくらいになるまでちゃんと仕事をしてたのよ！」

落ちこぼれの回復魔法士だということは、依然《いぜん》として家族には明かせなかった。

「仕事は昼間だけでしょう？　夜はうちにいらっしゃいな。おいしいもの、いっぱい用意するわ。あなたに送ってもらったお金で、だいぶ余裕《よゆう》があるのよ」

「ほんと？　それならよかったぁ。家を買うまでは、もうちょっと待ってもらわないといけないいんだけど」

「気にしなくていいのよ。いつかの話で」と、母親は朗《ほが》らかに笑った。

こんな風に家族と楽しい時間を過ごせたのは、その時だけだった。

楽しみにしていたおいしい夕食は、いつかの休暇《きゅうか》の時までお預け。

王都で死者多数発生――その中にはレオナール王太子も含《ふく》まれていた。王国軍の中でもセザールの他《ほか》に、モンターニュ第三大隊長が突然死《とつぜんし》した。

コレットは今回の事件の当事者であり、目撃者《もくげきしゃ》でもある。よって、事情説明のため、すぐに王都に戻《もど》らなければならなかった。

魔族が掃討《そうとう》されて、アルベール王子はすぐにでも王都に帰還《きかん》するつもりだったという。コレットが目を覚ますのを待っていたのは、家族の無事な姿をひと目見せてやりたいという配慮《はいりょ》からだった。

「あれで、あともう一日寝ていたら、さすがに置いていったけどな」と、憎《にく》まれ口も付け加えられたが――やっぱりこの人が好きだなぁ、と思ってしまう瞬間《しゅんかん》でもあった。

レオンスを出発して夜通し駆《か》け、途中《とちゅう》の小さな町で一泊《いっぱく》することになった。

出陣《しゅつじん》の時は家族の安否が気になって食事が喉《のど》を通らなかったが、今もまた別の意味でコレットの気分は沈《しず》んでいた。

レオンスを出る前、救護所で見たセザールの遺体が目に焼き付いていて、その光景が頭から離《はな》れない。

セザールは『起きて』と身体を揺《ゆ》らしたら目を開きそうなほど、寝ているようにしか見えなかった。冷たい身体に触《ふ》れて、ようやく彼の死を現実のものとして受け入れられた。

学生時代も王国軍に入ってからも、人生の中ではあまりに短い時間を一緒《いっしょ》に過ごしただけだった。それでも、ふざけ合ったこと、飲み会で楽しく話したこと、たくさんの思い出があふれてきて、涙《なみだ》が止まらなかった。

大事な友達だった。

そんなコレットを気遣《きづか》ってくれているのか、アルベール王子の視線を時々感じる。

「セザールはいつから死霊魔法《しりょうまほう》をかけられていたんですかね……？」

なかなか減らない食事をつつきながら誰《だれ》ともなしに聞くと、王子が答えてくれた。

「遅《おそ》くとも、レオンス到着《とうちゃく》前にはかけられていたはずだ」

「もしかして、気づいていたんですか？」

「まさか。レオンスに着いてすぐに戦闘《せんとう》態勢に入ったが、後で調べたら、セザールは救護所に行くと早々に離脱《りだつ》していた。お前を閉じ込める場所を用意したりしていたんだろう。リアーヌはその時間ずっと救護所にいて、接触《せっしょく》の機会はなかったはずだからな」

「どちらかというと、かなり前だったかもしれませんね。コレットと親しい友人ですから、間諜《かんちょう》として使っていた可能性があります」と、ジルが続けた。

「全然気づけませんでした……。セザール、いつもと変わらなかったし。救護所にあたしを呼びに来た時だって、何の違和感《いわかん》もなかった」

コレットの言葉に、ジルは険しい顔で頷《うなず》いた。

「それが死霊魔法の怖《こわ》いところでしょうか。親しい者でも変化に気づきづらい。変化があったとしても、魔法に関係なく起こりうる程度のものですし」

「今となっては、魔法にかけられているか調べられるのも、コレットくらいだしな」

王子はため息をついた。

「魔法にかかっているとわかったら、解除する方法もあったんでしょうか？」

「理論的に考えて、それは難しいだろう。身体は動いているとはいえ、一度死んだ人間だ。たとえ解除の方法があったとしても、改めて死ぬだけのことだろう」

「そういうことになってしまいますけど……。でも、リアーヌ様が死ななかったら、王太子殿下《でんか》もセザールも他の人たちも、今まで通り普通《ふつう》に生きていられたんですよね……」

「俺はこれでよかったと思う。生きていたっていっても、そう見えていただけのことだ。普通だったら、リアーヌに殺された時点で、死んでなけりゃならなかったんだから。ようやく、あるべき姿に戻ったんだ」

「あたしもそういう風に割り切れたらいいんですけど……」

コレットはワインを一口飲んで、小さく息をついた。

「それにしても、リアーヌ様と契約《けいやく》していた魔族の男は、何が目的だったのでしょうね」

ジルが空気を変えるように言った。

「さっぱりわからん」と、王子は肩《かた》をすくめる。

「リアーヌの望むままに魔力をくれてやって、結局殺しちまったんだからな」

「ほんと、謎《なぞ》ですよね」と、コレットも相槌《あいづち》を打つ。

「俺も初めて見たが、あれが上級魔族っていうのは確かだろうな。ヤバい魔力の気配がプンプンしていやがった」

「そうですか？　まあ、人間ではありえない美しさだとは思いましたけど。神秘的な雰囲《ふんい》気《き》が満載《まんさい》って感じで」

「そういやお前、うっとり見とれていたよな？」

王子がどこかムッとしたように眉《まゆ》を上げた。

「どこがですか？　なかなか目にする機会のない魔族《まぞく》なので、がっつり観察はしていましたけど」

「それを見とれていたって言うんだ！」

「なんて、おかわいそうな王子。命がけで助けに行ったコレットに、まさか余所見《よそみ》をされていたとは」

「うるさい。黙《だま》れ」と、王子の殺気立った視線がジルに向けられる。

「私はどうせ会うのなら、女性の上級魔族がいいですね。神秘的な雰囲気満載の美女、ぜひお目にかかりたいものです」

どんな美女を想像しているのか、ジルがむふふっと笑うと――

「お前は一回殺されておけ！」と、王子の怒鳴《どな》り声が飛んでいた。

あーあ、また始まったし……。

おかげで先ほどまでの重い空気は消えて、コレットも少し気持ちが楽になっていた。

# 終章　恋の行方、落ちこぼれ回復魔法士の望みとは

アルベールが王都に戻った時には、リアーヌの妹クロエはすでに法務庁に出頭して、事情聴取《ちょうしゅ》を受けていた。事件が王族殺しにまで及《およ》んでいるため、事態を重く見た王国議会は彼女を召喚《しょうかん》し、公開審問《しんもん》会を開くことにした。

その日はアルベールも第三王子として出席。証人としてジルとコレットも呼ばれた。国王と王妃《おうひ》を中心に五十人ほどの王国議員が囲む中、クロエは魔力封《まりょくふう》じの手かせを付けられ、証言台に立たされていた。

リアーヌとは全く似ていない地味な少女だ。もともとリアーヌの陰《かげ》に隠《かく》れているような引っ込み思案な性格ではあったが、この一年ほどは公《おおやけ》の場でも見ることはなかった。褐色《かっしょく》の髪《かみ》には艶《つや》がなく、顔色も悪い。憔悴《しょうすい》しきった様子なのは、家族を失って一人きり生き残ってしまったからなのか――。

審問会はクロエが素直《すなお》に質問に答えるので、坦々《たんたん》と進んでいった。実際、彼女はこの五年にわたって、リアーヌのやってきたことをそばで見て来たのだ。

ミラベルとメイド、レオナール殺害の件は、アルベールたちの仮説通り、コレットがリアーヌから直接聞いた話とも一致《いっち》していた。

リアーヌは他にも、セザールのように都合のいい人間を死霊魔法にかけて、『駒《こま》』として使っていた。サリニャック公爵《こうしゃく》夫妻や屋敷《やしき》の使用人たち、そして、上官であるモンターニュ第三大隊長。彼がリアーヌの職務怠慢《たいまん》に苦言を呈《てい》すことなく、『三班の増員』を言い続けてきたのは、操《あやつ》られていたからだった。

こうして列挙されていくリアーヌの犯行に、アルベールが今更驚《いまさらおどろ》くような内容はない。ただ、後悔《こうかい》がまた一つ増えただけだ。

レオナールが魔族討伐《とうばつ》から帰還した時、アルベールはリアーヌの犯行を疑いながらも、彼女が呼ばれるのを止められなかった。癒《い》やしの女神《めがみ》で名高い彼女を拒否《きょひ》するだけの根拠《こんきょ》を示せなかった。四肢《しし》を失った兄を前に、早く治してやりたいという想《おも》いも強かった。

そのせいで大好きだった兄を失ってしまったのだ。

去年も今年も、誕生日に『おめでとう』って言ってくれた兄上は、兄上じゃなかったんだな……。

おととしまでレオナールがアルベールの誕生日を忘れることはなかった。毎年贈《おく》り物を用意してくれて、朝一番におめでとうを言いに来てくれた。

あんな風に『そういえば』と思い出すような人ではなかった。あれは別人だったのだ。

兄上、すまない。俺は何も返せないまま逝《い》かせちまったな……。

ふと気づくと、証言台の後ろに座っていたコレットが、泣きそうな顔でアルベールを見つめていた。

アホ。お前がそんな顔をするんじゃねえ。

ミラベルと母親、兄と、アルベールは大切な人を次々と奪《うば》われてきた。自分が選択《せんたく》を誤らなければ、失わずに済んだ命もあった。これからもきっと、後悔ばかりが増えていく人生になるだろう。それでも、コレットがそばにいてくれれば、前にだけは進めると思う。

だから、せめてお前には笑顔《えがお》でいてほしいんだよ。

その後も質疑は続いたが、首謀者《しゅぼうしゃ》であるリアーヌがすでに死んでいる以上、罪に問うことはできない。それでも一介《いっかい》の貴族令嬢《れいじょう》が王太子を殺して操っていたことは、前代未聞《みもん》の大逆罪だった。もしも遺体があったら、首を落として王宮前広場にさらすくらいの刑罰《けいばつ》を、誰もが求めていた。

国一番の癒やしの女神が、世紀の大量虐殺犯《ぎゃくさつはん》にまで落ちた。しばらくは国中を賑《にぎ》わせ続けることだろう。

「クロエ・サリニャック、そなたにはレオナール殿下暗殺未遂《みすい》の罪が問われる。裁判で判決が下されるまで、その身柄《みがら》は法務庁の預かりとする」

議長の言葉で長い審問会は閉じた。

アルベールがジルとコレットを連れて会議室を出ると、国王に呼び止められた。

「此度《こたび》の遠征《えんせい》ご苦労だった。無事の帰還《きかん》何よりだ」

「いえ、このような結果となってしまい、まことに遺憾《いかん》に思っております」

自分の跡継《あとつ》ぎにと育ててきた息子《むすこ》を失って、胸中はいかばかりかと心配していたが、国王に気落ちした様子は見られなかった。

兄上が良き後継者《こうけいしゃ》だったのは、最後の討伐に行く前までだったからな……。

それ以降は公務もせず、王位継承権《けいしょうけん》の放棄《ほうき》を申し出るレオナールのことを、国王はほとんど見限っていた。実は一年前に亡《な》くなっていたと知って、アルベール同様、逆に納得《なっとく》ができたのかもしれない。

「レオナールが亡き今、お前も早く有力貴族から妃《きさき》を迎《むか》えて、地盤《じばん》を固めておけ」

「そういったことは、兄上の葬送《そうそう》の儀《ぎ》が終わった後、落ち着いて考えたいと思っておりますが」

「なるべく早い対応を心掛《こころが》けよ」

「御意《ぎょい》」

国王が王妃を伴《ともな》って去っていくのを見送り、それから王宮を後にした。

これでまた避《さ》けられない問題が出てきたな……。


当座の危険は去ったということで、コレットはアルベール王子と共に行動する必要はなくなった。レオンスからの帰還後は、再び毒見役とメイド仕事に戻《もど》っている。

今日の午後は王宮で審問会があってコレットも出席したが、先に帰るように言われ、夕方からはメイド仕事だ。

うっかりするとぼんやりしてしまうのは、審問会の後の国王とアルベール王子のやり取りが原因だった。

レオナール殿下が亡くなった今、アルベール王子が王太子になるってことよね……。

そのためには貴族の令嬢と結婚《けっこん》しなくてはならないと、国王は言っていたのだ。

なに今更ショック受けてるの？　恋したところで、相手は王族。王子がいつか他《ほか》の人と結婚することくらい、最初からわかってたはずでしょ？

いつもそばにいて、いつの間にか主従関係もあいまいになっていた。そろそろ王子とは一線を引いて、使用人に徹《てっ》しなければならない時が来たように思う。そうでないと、胸に芽生えた恋心《こいごころ》がどんどん膨《ふく》らんでいってしまう。

だって、近づけば近づくほど、好きにならずにはいられない人なんだもん……。

さりとて、ここを出て行けば大した職には就《つ》けない。借金苦が待っているだけだ。

コレットの仕送りのおかげで生活に余裕《よゆう》ができたと、喜んでいた家族の顔が忘れられない。ただでさえ三級の落ちこぼれということを内緒《ないしょ》にしているので、これ以上ガッカリさせるようなことはしたくなかった。

コレットがなんとか夜のメイド仕事を終えて自分の部屋に行くと、ありえない人物がベッドに座っていた。

「あ、あなた、なんでこんなところにいるの⁉」

そこにいたのは今回の事件の元凶《げんきょう》、ラーシュ＝エーリクだった。レオンスで会った時と同じ、黒いローブを身にまとっている。

「貴様の望みを叶《かな》えにきた」

「は？」と、コレットはポカンと口を開けた。

「貴様は何を望む？　金か、権力か、魔力か？」

「……もしかして、そうやってリアーヌ様の望みを叶えたってこと？」

「うむ」と、男は涼《すず》しい顔で頷《うなず》く。

「何のために？」

それだけが、コレットたちにはどうしても理解できなかったのだ。

「退屈《たいくつ》しのぎだ」

「ヒマなの？」

「うむ。だから、面白《おもしろ》そうな人間の望みなら叶えてやっている」

「リアーヌ様が望んだのは……？」

「あの王子を手に入れることだ」

「代償《だいしょう》は？　タダで望みを叶えてあげるとは思えないけど」

「一つだけ条件を出した。愛《いと》しい男にだけは死霊《しりょう》魔法を使わないこと」

「それを破ったら？」

「我が眷属《けんぞく》の糧《かて》にする」

聞いたところ、大したことのない条件に思える。普《ふ》通《つう》なら好きな相手を殺して操ることなどしない。しかし、アルベール王子が意図せず命を落とすことはある。ただでさえ、王子は回復魔法士の治癒《ちゆ》を受け入れない人だ。何が起こるのかわからない危《あや》うさがある。

だから、リアーヌ様はあれほど王子の身を案じてたの？

王子が亡くなっても死霊魔法は使えない。使えば自分も死んでしまう。

愛する王子がいなくなった世界で生き続けるか、それとも一緒《いっしょ》に死ぬか。

これほど意地悪な条件もないと思った。

「リアーヌ様はそれでも王子を望んだのね……」

「それだけ強い望みだったということだろう」

「それで、どうして死霊魔法なの？　それもリアーヌ様が望んだことだったの？　人を操るだけなら、精神系魔法だっていいのに。あなたには与《あた》えられないものだったの？」

「いや。ただその方が面白いかと思っただけだ」

他人事《ひとごと》のような男の言い草に、コレットは怒《いか》りを爆発《ばくはつ》させていた。

「それでたくさんの人が亡くなったのよ！　王子を追い詰《つ》める結果にもなった。それのどこが面白いの⁉　全部あなたが余計なことをしたからじゃないの！」

「本当にそうか？　与えても使わなければそれまでのこと。使うと選択したのは、あの娘《むすめ》だろう」

男の言っていることは正しい。だからといって、納得できるものではなかった。

「そうかもしれない……けど、そんな力がなかったら、リアーヌ様だって考えもしなかったことかもしれないじゃない」

「それが我には面白い。人間が何を選択するのか。その結果がどうなるのか。見ているのはいい退屈しのぎになる」

「つまり、あなたにとって人間はオモチャだって言いたいの？　人の生き死にや、悩《なや》んで右往左往しているのを高みの見物して楽しんでるってわけ？　趣味《しゅみ》悪《わる》いわ！」

コレットが声を荒《あら》らげても、男は眉《まゆ》一つ動かさない。

「我は魔族《まぞく》だ。人間の価値観を押し付けられても理解しようがない」

そう言われてしまえば、コレットはぐうの音も出なかった。

「それで、貴様は何を望む？」

とぼけているのか、男に改めて聞かれて、コレットは「はあ⁉」と目を剝《む》いた。

「あなたの思考回路、いったいどうなってるの？　ここまで話を聞いて、あなたに何かを望むと思う？　あなたのオモチャになるなんて、まっぴらご免《めん》よ」

「我は貴様に決めた。貴様が望みを言うまで、ここを動かない」

「あなたに望むことなんて、何もない！　二度と目の前に現れないで。望みを叶えてくれるって言うなら、それがあたしの望みよ！」

「残念だ。我はつまらない望みは叶えない」

「はあ!?　なに都合のいいこと言ってるのかな!?」

「貴様もあの娘のように、あの王子を望んでいるのではないのか？」

「だったら、何？　あなたになんか、頼《たの》んだりしないからね」

「なぜ？」

「なぜも何も、リアーヌ様は望んだところで、叶えることなく死んじゃったじゃない。リアーヌ様の二の舞《まい》になるのが目に見えてるもの」

「そうか？　貴様が欲しいのは魔力ではなく、いずれ国王となる男の相手としてふさわしい地位だろう。結果はまた別になると思うが」

「あなたが面白いと思う結果になるなら、あたしにとっては不幸でしかないってことよ。だから、何にも望まないの」

「貴様、賢《かしこ》いな」

感心したように頷いている男に、コレットはもはやかける言葉も失い、どっと疲《つか》れが押し寄せて来たような気がした。

「あなたみたいなの、人間の世界では『疫病神《やくびょうがみ》』って言うのよ」

「うむ。なかなか気に入った」

「そこ、気に入らないでくれる!?」と、怒鳴《どな》りつけたものの、プッと吹《ふ》き出して笑ってしまった。

ほんと、変な人。

おかげで全身から変な力が抜《ぬ》け、コレットは緊張《きんちょう》を解きながら、男の隣《となり》に腰《こし》かけた。

「ねえ、ラーシュ＝エーリク……長ったらしいから、『ラーシュ』でいい？」

「構わぬ」

「例えば、あたしが王子にふさわしい地位がほしいって望んだら、どうやってその望みを叶えてくれるつもり？　いい、これはあくまでたとえ話で、本当に望んでることじゃないからね。参考までに聞いてるのよ」

「ふむ、簡単だ。この国を滅《ほろ》ぼして、貴様が新しい国を築けばいい。貴様が王になれば、愛しい男は手に入るだろう」

「そんなことだろうと思った……」

コレットは白い目でラーシュを見つめながら、深いため息をついた。

「気に入らないのか？」

「当たり前でしょ！　だいたい、あなた、人間の恋愛《れんあい》がわかってないじゃない」

「どこがわかっていないと言うのだ？」

「あなたのやり方であたしが王になれば、確かに身分差はなくなるよ。けど、王子があたしを好きにならなくちゃ意味がないの。リアーヌ様は王子を手に入れることを目的として、気持ちを自分に向けさせることをしなかった。そういうアドバイスをできない時点で、あなたに恋愛の成就《じょうじゅ》を望むのは間違《まち》ってるってことよ」

「ほう」と、ラーシュは意外にも感心している。

真面目《まじめ》に聞くんだ……。

「では、貴様ならどうするというのだ？」

「何もしない。何もできないから、これ以上好きにならないように、気持ちを抑《おさ》えるの。そうしたら、分不相応なことは望まなくて済む」

「では、貴様のその気持ちとやらを消してやろう」

「冗談《じょうだん》やめてよ！」と、コレットは慌《あわ》てて身を引いた。

「この気持ちは消したいものじゃないの！　大事に取っておきたいものなの！」

「苦しくてもか？」

「そうよ。誰《だれ》かを好きになったのは初めてなの。この先、恋人《こいびと》同士になれなくても、他《ほか》の人と結婚《けっこん》しても、この気持ちは忘れたくない」

「難しいな」

「うん、人間の価値観のわからないあなたには、難しいことでしょ？」

「だから面白い」

「あ、そう……。どうやったら、あなたがあきらめて帰ってくれるのかを知りたいところだわ」

「退屈すれば、貴様のことなどどうでもよくなる」

「なら、どうやったら退屈してくれるか、考えさせていただきます。明日《あした》も早いから、真面目に寝《ね》ていい？　そこにいてもらってもいいけど、それこそ話し相手にもならないから退屈よ」

表情を崩《くず》さないラーシュが、初めて困ったように眉根を寄せた。

「……ふむ。それは確かに退屈だ。では、次に来る時までに望みを考えておけ」

「いやいやいや、二度と来なくていいから――」

コレットが言い終わる前に、ラーシュはふっと煙《けむり》のようにその場から消えていた。

まったくもう……。

コレットは脱力《だつりょく》しながらパタリとベッドに転がった。

「叶《かな》えたい望み、かぁ……」

ラーシュに恋愛成就は絶対に望んだりしない。ただ、この王子への気持ちは大事にして生きていく。でも、抑える。

近い未来、王子が他の女性と結婚することになっても、そんなことできるのかな……。

そばにいて『おめでとう』と、笑顔《えがお》で祝福する自分の姿は想像できなかった。

どうしてもそばにいるのがつらくなったら、ラーシュに大金持ちにしてもらって、ここを出ていくっていうのもアリ？

そんなことをチラッと思いながら、コレットは目を閉じた。

レオナールの葬送《そうそう》の儀《ぎ》が終わり、ようやくいつもの日常に戻《もど》った今、アルベールを悩ませていることは一つだった。

「どうするか……」

アルベールはお茶を一口飲んでから、ソファにもたれかかった。

午後も半ばになると、執務室《しつむ》での書類仕事にうんざりしてくる。そのタイミングでジルがお茶を淹《い》れてくれたところだ。

「立太子の件ですか？」

「まあな」と、アルベールは小さく頷《うなず》いた。

「それはレオナール様がお亡《な》くなりになった時点で、ほとんど確定事項《じこう》ではありませんか。十日後の王国議会もシャンシャンで終わりですよ」

ジルの言う通り、前王妃《おうひ》マルティーヌを母に持つアルベールは、レオナールがいなくなった今、王位継承権《けいしょうけん》第一位。血筋的な問題もなく、立太子に誰も異を唱えることはない。

アルベールさえ頷けばいいだけの話なのだが——

「正直、気が進まない……」

「その一番の理由は、コレットですか？　レオンスから戻って以降、彼女の態度が冷たいですからねぇ。王子からしたら、胸をえぐられるようにおつらい毎日ではないかと、陰《かげ》ながら拝察しておりましたが」

「お前はどうしていちいち大げさなんだ⁉」

アルベールはジルを睨《にら》みつけたが、彼はとぼけたような顔で首を傾《かし》げた。

「おや、見当はずれでしたか？」

「違うとは言っていないが……」

コレットが態度を変えたのは、明らかにアルベールに立太子の話が上がってからだ。以前のようにポンポン遠慮《えんりょ》なく物を言わなくなったどころか、何か言っても「かしこまりました」とだけ。一度は「毒見の後、食事は他の使用人と一緒《いっしょ》にいただきたいのですが」と言ってきた。ダメだと却下《きゃっか》したが、食事中も話をしなくなった。

同じ家で暮らしているというのに、完全に壁《かべ》を作られている。

「王子はコレットのことをどうしたいのですか？」

「どうしたいとは？」

「とりあえず今だけ楽しい恋愛をしたい。他の女性と結婚してからも愛人にしたい。真面目に妃《きさき》にしたい。いろいろ選択肢《せんたくし》はございますが」

「どれを選んでも問題があるから、選べなくて悩《なや》むんだろうが」

「コレットは恋愛に関してだけは、融通《ゆうずう》が利《き》かないですからねぇ。とにかく純愛一直線。将来がない相手とはお付き合いすらしないでしょうし、愛人的存在ともなれば拒否《きよひ》反応を起こすのが目に見えていますし」

「だろ？　まだ誰とも結婚していない時点で、あれだけ壁を作られるんだからな」

「とはいえ、真面目に結婚となると、王太子の妃としては認められませんしね」

「だから、せめて一王子のまま、結婚くらい自由にさせてほしくなるんじゃないか」

「しかし、王子も結婚相手が平民となると、良い待遇《たいぐう》は望めませんよ。待っている未来はどこかの田舎《いなか》領地をもらって、細々《ほそぼそ》と生活するくらいです。その場合、命を狙《ねら》われることもありませんので、毒見役は不要になります。それでもコレットがよろしいのですか？」

「この先どうなろうと、あいつがそばにいない人生だけは考えたくない。お前はイヤならついてこなくていいぞ」

「私は王子の行くところなら、どこでもついていきますよ。私にとって王子は一人だけですから。国王だろうが田舎の領主だろうが、それは私が死ぬまで変わりません」

「バーカ」と言いながらも、アルベールはうれしさについ頬を緩ませていた。

「だからといって立太子の話を断れば、王位争いで死人が出そうですしねぇ」

ジルは困り顔でため息をつく。

「だから、悩むんだろ」

王位継承権を持つ王子は、アルベールの他に三人いる。

第二王子テオドールの生母は男爵家《だんしやく》出身の側室で、現状王位継承権は一番低い。アルベールが立太子を辞退したところで、彼を王太子に、という話は出てこないはずだ。

残るは現王妃ジネットの産んだ五歳年下の弟、第四王子ジュール。それから、公爵家出身の側室ソランジュを母親に持つ第五王子エミール。

アルベールが立太子の話を断るのなら、自分に懐《なつ》いているエミールを新王太子として推《お》したいところだ。まだ七歳と幼いが、真面目で素直《すなお》で明るい彼ならば、これから先の教育次第《しだい》で良い国王になることだろう。その際、アルベールを補佐《ほさ》役として認めてもらえれば、このまま軍に残れる可能性が出てくる。

ただ、懸念《けねん》すべきは、アルベールやレオナールに毒が盛られるようになったのが、エミールが生まれた頃《ころ》からだったこと。前王妃の死には、ジネットかソランジュ、もしくは両方が絡《から》んでいるのではないかと、アルベールは疑ってきた。

加えて、今回のリアーヌの件で、母親の死にも魔族《まぞく》が関係している可能性が出てきた。もしそれが事実ならば、誰が魔族とつながっているのか――。

いずれにせよ、すべてが解決していない今、どちらの王子が王太子になっても、命を狙われる恐《おそ》れがある。いまだ成人にも満たない弟たちを危険にさらすくらいなら、アルベールがこのまま王太子になった方がいい。

コレットさえいてくれれば、かなりの確率で命の危険は回避《かいひ》できるはずだ。

とはいえ、そのコレットにこの先も冷たい態度を取られ続けると、それこそ『胸をえぐられるようにおつらい毎日』になってしまう。

となれば、やはり王位継承権は放棄《ほうき》して、田舎の領主にでもなった方が良くなる。単に規模が小さくなるだけで、アルベールの望む形で民《たみ》の安全と生活を守ることはできる。

しかしそれは、弟たちを見捨てて逃《に》げるのと変わらない。

レオンスから戻ってからというもの、アルベールはこの堂々巡《どうどうめぐ》りに悩まされていた。

「国のためにその恋《こい》はあきらめる、という選択肢もありますよ。毒見役として雇《やと》っておくだけにとどめると」

ジルの言葉に、アルベールは陰鬱《いんうつ》な気分でため息をついた。

「結局、それが妥当《だとう》な話になるんだよな……」

関《かか》わる女が殺されたことで、恋愛《れんあい》などする余裕《よゆう》がなくなった。ミラベルが毒殺されたことで、気軽に食事をすることができなくなった。コレットという最高の毒見役を得て、リアーヌがいなくなった今、そんな危機感からようやく解放されたところだった。

なのに、今度は心から愛《いと》しいと思う相手をあきらめなくてはならない。この気持ちを封《ふう》印《いん》して、コレットが毒見役として仕えてくれることに満足しなければならない。

国のために犠牲《ぎせい》になりたくない。レオナールでなくても、言いたくなってしまう。

「ところで王子、いろいろお悩みのようですが、コレットの気持ちを確かめたことはあるのですか？」

ジルに聞かれて、アルベールははたと首を傾げた。

「そういえば……ないな。好意はあると思っていたが、まさか俺の勘違《かんちが》いなのか⁉」

「そうは言っていませんよー」と、ジルはヘラヘラと笑う。

「王子もコレットにまだはっきり気持ちを伝えたことがありませんよね？」

「あいつが鈍《にぶ》いから気づかないだけだ」

「というわけで、お互《たが》いに『自分のことを好きかも』的に認識《にんしき》している程度なので、そもそも恋愛関係は発展しないかと思います。ここは王子からでも告白しないことには、このままずるずると悩んでいるだけで一歩も進みません。王子もコレットにスパッとフラれれば、すっきりした気分で立太子の話を受けられるでしょう」

「フラれるのが前提の話なんだな」と、アルベールはふてくされた。

「この週末は春来祭《しゅんらいさい》。お二人で出かけて、ゆっくりお話しされてはいかがですか？　コレットも家にいる時は完全仕事モードなので、外の方がまだ話しやすいでしょう」

「それはまあ、確かに……」

「王都の春来祭名物、ハートの花火の下でチュウでもできれば、何か違う未来が開けるかもしれませんよ」

「アホらしい」と言いながらも、コレットを誘《さそ》って祭りに行くのはいいかもしれないと思っていた。


また、なんでこんなことに……。

コレットはため息をつきながら、アルベール王子の少し後ろを歩いていた。

この週末は全国各地で春の到来《とうらい》を祝う祭りが開催《かいさい》されている。

王都でも街のいたるところに花が飾《かざ》られ、目抜《めぬ》き通りにはいろいろな屋台が並ぶ。広場では伝統音楽の演奏や大道芸、子どもが好きな人形劇や紙芝居《かみしばい》など、催《もよお》し物が盛りだくさん。夜はたくさんの花火が上がる華《はな》やかな祭りだ。

誰《だれ》もが冬の厚い防寒着を脱《ぬ》いで、春の軽《かろ》やかな装《よそお》いでこの週末を楽しむ。

コレットも王都に来て最初の年に、学校の友達とこの祭りを見に来たことがあった。お金はあまりなかったので、無料で楽しめる広場の出し物を満喫《まんきつ》したことを覚えている。

それが今年は王子のお供《とも》。理由は祭りでいろいろ食べてみたいからということで、毒見役のコレットが同行するのは必須《ひっす》。使用人らしくメイド服で出かけたかったのだが、「買ってやった服を着てこい」と先手を打たれてしまった。

明るいクリーム色のドレスは、春の祭りにはふさわしい装いに違いない。ただ、あまりにおしゃれすぎて、デートのように見えてしまうのが気に入らなかった。

ただでさえ、街には賑《にぎ》やかな音楽が流れ、ウキウキとはしゃぎたくなる要素が満載《まんさい》なのだ。それを我慢《がまん》して使用人として王子の隣《となり》を歩くのは、逆に苦痛でしかない。カップルや家族連れが楽しそうに過ごしているのがうらやましくなってしまう。

これが本当にデートだったらよかったのに……。

せっかく心にフタをしているというのに、こんな風に一緒にいると、気持ちが揺《ゆ》らいでしまう。

「なんだ、ムスッとした顔をしているな。ほら、あーん」

屋台のテーブルで、王子がクリームのたっぷりかかったイチゴをコレットの口元に寄せてきた。

毒見として一口かじると、酸《す》っぱいくらいのイチゴが甘いクリームと一緒に口の中に広がった。思わず顔がほころんでしまうおいしさだ。

「うわぁ、おいしい……じゃなかった、毒は入っておりません」

コレットは姿勢を正して表情を引き締《し》めた。

「見りゃわかる。別においしいなら、おいしいでいいだろ」

王子はかじりかけのイチゴを口に入れて、「お、美味《うま》い」とつぶやく。

「お仕事で来ているわけですから、楽しむのはどうかと思いますし」

「お前も一緒《いっしょ》に楽しまないと、つまらないだろうが」

「そういうことでしたら、どなたか別の女性をお連れになるのがよろしいかと思います。毒見でしたら、必要な時にあたしがコソッと出て行きますので」

「それは本心から言っているのか？」

「当然です。王子にはいくつも縁談《えんだん》が来ていると聞いていますし、そろそろお見合いをして、ご結婚《けっこん》相手を選ばなくてはいけない時期でしょう」

「そうだな。ほら、食え」と差し出されるイチゴをかじろうとすると、一粒丸ごと口に突っ込まれた。

「毒見は――⁉」という言葉は、モゴモゴと口を動かしながらになってしまった。

「半分ずつにするつもりで買ったんだから、お前も食わないと減らない」

「そ、そういうことでしたら、いただきますけど……」

なんで恋人《こいびと》同士みたいなこと、このタイミングでしなくちゃいけないの⁉

周りを見れば、他《ほか》のカップルも一つのデザートを分け合って食べている。せっかくのおいしいイチゴの味がわからなくなってしまいそうだ。

「俺は毒見役としてお前を連れてきたわけじゃない。一緒に祭りに行ったら楽しいだろうと思ったから誘った」

「それはどういう意味で……？」

王子の顔が無表情なので、何を考えているのか、コレットには理解不能だった。

「どういうも何も、言葉通りの意味しかないが」

「だってそれですと、デ、デートに誘ったみたいな……いや、そうじゃなくって、友達同士でという感覚の方でしょうか……」

「デートでいいだろ」

「……からかっていません？」

「名称《めいしょう》なんてどうでもいいんだよ」と、そっけなく返された。

「そうですか……」

コレットはどう反応していいのかわからず、首をひねった。

「コレット、今日一日でいいから、仕事は忘れて、今まで通りに戻《もど》ってくれないか？」

「今まで通りとは？」

「言いたいことを言って、したいことをして、要はお前らしくいろってこと」

「……あたしだって、そうしたいですよ。でも、そんなことしたら――」

「したら？」

「いえ、何でもないです」と、コレットは顔を上げてニッコリ笑った。

「かしこまりました。王子がそうおっしゃるのであれば、せっかくのお祭りですから、楽しませていただきます」

今日一日だけ。これを最後にする。思いっきり楽しんで、そして、またただの使用人に戻る。『また今度』は望まない。

王子が結婚する時、もっと胸が痛くなるかもしれない。でも、今日の楽しい時間と差し引きゼロになるのならそれでいい。

「さあ、そうと決まったら、人形劇を見に行きましょう。二時からなので、もうすぐ始まってしまいます。前に見に行ったんですけど、けっこう本格的で見ごたえあるんですよ」

まだ残っているイチゴのカップを持って、コレットは王子の腕《うで》を引っ張った。

人形劇の後は、見よう見まねで音楽に合わせて伝統舞踊《ぶよう》を楽しみ、夕方は屋台で飲みながらの食事。暖かくなってきたこの季節、外で過ごすのは気持ちがよかった。

楽しいのにこれが最後だと思うと、コレットは時折淋《さび》しさが胸をよぎるのを感じた。それでも、アルベール王子と一緒に笑って過ごせる時間は何よりも愛《いと》しかった。

「帰る前にちょっと付き合え」

そう言われて王子に連れられてきたのは、祭りの中心からずいぶん離《はな》れた場所で、市街地からも外れた丘《おか》の上の公園だった。街より少しだけ高いそこからは、日が暮れた今、点々と明かりが灯《とも》る王都の街並みを見下ろせる。

「うわぁ」と、コレットは感嘆《かんたん》の声を上げた。

「こんなにきれいな夜景が見える場所が近くにあったんですね」

「ここからだと、花火がよく見えるらしいぞ」

「もしかして、ジルさんに教えてもらったんですか？」

「よくわかったな」

「だって、いかにもジルさんが女の子を連れてきそうな場所じゃないですか」

薄暗《うすぐら》い公園の中は、ちらほらとカップルの姿が見える。手をつないだり、顔を寄せ合って話をしたりと、花火見物スポットというより、恋人たちのたまり場にしか見えない。

「確かに」と、王子も辺りを見回して、納得《なつとく》したように頷《うなず》く。

とはいえ、ジルさんがこんな場所を王子に薦《すす》める意図は、あんまりよくわからないんだけど……。でもまあ、最初で最後のデートの締めくくりには悪くない場所よね。

コレットはクスッと笑って、そろそろ花火の打ち上がる王宮の方を見やった。

「コレット」

「はい？」

「俺はお前が好きだ」

唐突《とうとつ》な王子の言葉にコレットは面食《めんく》らった。

「……ええと？　それは人としてという意味でしょうか？」

「アホ。女としてに決まっているだろうが。いい加減気づけ、この鈍感《どんかん》女」

「……愛の告白とは思えない罵《ののし》りが入り混じっている気がするんですけど。それで気づけって難しくないですか？」

「お前は……!!」

王子に睨《にら》まれて、コレットは改めて言葉の意味を反芻《はんすう》した。

『好き』って……まさか、ほんとに愛の告白なの!?

カアッと顔が真っ赤になるのを感じたが、いつものパターンだと、そろそろ『バーカ。本気にしやがって』と笑われる。

「いやいやいや、もうその手には乗りません！　どうせあたしがアタフタするのを見て、笑う気なんですよね!?」

「俺の真面目《まじめ》な告白を、どうしてお前は普通《ふつう》に受け取れないんだ!?」

「今まで何度騙《だま》したと思っているんですか⁉　……て、『真面目な告白』？」

コレットがまじまじと王子の顔を覗《のぞ》き込むと、プイッと顔をそむけられてしまった。

こ、これはいつものパターンと違うよ！　真面目な話なの⁉

「お前はどうなんだよ？」

そう聞かれても、コレットはすぐに返事が見つからなかった。

あたしも好きだって言ったらどうなるの？　もうじき王子は他《ほか》の人と結婚するのに。愛人になりたいって言うのと同じじゃない。

恋《こい》する気持ちを知る前は、お金のためであっても愛人にはなりたくないと思ってきた。複数の女性を同時に愛するような男性に、誠実さを感じられない。興味も持てなかった。

そして、恋という感情を知った今も、違う意味でやはりイヤだと思う。好きな人は独り占《じ》めしたくなる。誰《だれ》かと分かち合うような寛容《かんよう》さは持てない。

「あたしは恋愛《れんあい》するなら、自分だけを大事にしてくれる人がいいです。愛人とかは無理なので、王族や貴族の方とはお付き合いできません」

これが正直な気持ち。そこに嘘《うそ》はないはずなのに、王子の目をまっすぐに見て答えることはできなかった。

「そんなことはわかっている。俺はお前の気持ちを聞いているんだ。俺のことを好きなのか、嫌《きら》いなのか」

「そんなの……好きに決まっているじゃないですか！　大好きですよ！　でも、どんなに好きになっても、王子はあたしだけのものにはならないから、これ以上好きにならないように我慢《がまん》しているんじゃないですか！」

コレットはそれ以上の言葉を続けられず、代わりに目に涙《なみだ》があふれるのを感じた。

「そんなの我慢する必要はない。俺はお前だけのものだ」

王子の声が思ったより近くに聞こえたかと思うと、その腕の中に抱《だ》きしめられていた。

「でも、王子は王太子になるから、貴族の女性と結婚しなくちゃいけないって……!!　あたしじゃダメじゃないですか！」

「勝手に決めつけるな。立太子の話を辞退する覚悟《かくご》はある」

「だ、ダメです！」と、コレットははっと顔を上げた。

王子の顔は真剣《しんけん》で、冗談《じょうだん》を口にしたようには見えなかった。

「そんなのダメに決まっています！　何をおっしゃっているんですか!?」

「もともと国王になるつもりなんかなく生きてきたからな。王宮に閉じこもって政《まつりごと》をやっているより、こうやって自由に外に出られて、守る人間たちの顔が見える方がいい」

「でも……そうやって平民にも寄り添《そ》える王子だからこそ、あたしは国王になってほしいです。人のために自分を犠牲《ぎせい》にできる。人の命を大切にできる。そういうやさしい人に国を導いてもらいたいです」

「そのために俺はたった一つ欲しいと思ったものさえ、あきらめなくちゃならないのか？

この先、何一つ欲しいものを手に入れられない人生を歩かなくちゃならないのか？　そんなのはご免《めん》だ」

「王子の欲しいものって……？」

「お前が欲しい。他には何も望まない」

王子の腕の力が緩《ゆる》んだかと思うと、唇《くちびる》がふさがれていた。

想《おも》いをぶつけられるような熱い口付けに、コレットは身動きができなかった。抗《あらが》いたくなかった。この時間が少しでも長く続いてほしいと思った。

そっか……あたしが我がままを言わなければいいだけの話なんだ。

いつの間にか欲張《よくば》りになっていた自分に驚《おどろ》く。王子が必要だと言ってくれるなら、それが恋でなくてもそばにいたいと思っていたはずなのに――。

王子は王太子になれば、自由に結婚《けっこん》することはできない。いずれ国王となれば、今のように街に出かけて、平民たちと気軽に話をすることもできなくなる。

それがたとえ王子の望んだ将来でなくても、彼が優先すべきものはこの国に住むすべての人。そのために我慢することやあきらめることは、これからもたくさん出てくるだろう。

国を背負う責務は、それだけに重い。

あたしだって、我慢するところは我慢しないと。あたしの我がままで、この国の人たちの大事な国王を奪《うば》うわけにはいかないよ。

王子が他の誰と結婚しても、そばで支えてあげればいい。こんな風に抱きしめてもらえる時間があるのなら、恋する気持ちを抑《おさ》えるよりずっといい。

好きな人に必要とされる、それだけで充分《じゅうぶん》幸せなことだ。

やっぱり、あたしが望むのもこの人だけだから。

コレットは覚悟を決めて、王子の顔を見上げた。


「王子――」

「お、ハートの花火」

王子が顔をそらすので、コレットもその視線を追った。明かりに輝《かがや》く王宮の上に、ハート形の赤い花火が開いているところだった。

「ほんとだ。かわいい！」

声を上げたと同時にコレットの顎《あご》がクイッとつかまれ、もう一度軽く口付けられた。

「知っているか？ハートの花火が上がっている間にキスしたカップルは――」

「幸せになるっていうジンクスですよね？　王都に来て初めての春来祭で聞きました」

「なんだ、知っていたのか」と、王子は意外そうな顔をする。

「あのう、これでも女の子ですよ？」と、コレットはむうっと口を尖《とが》らせた。

「王子はそういうの、どうせ信じないと思いますけど」

「眉唾物《まゆつばもの》でも迷信《めいしん》でも信じたい時くらいあるんだよ……て、そういや、出がけにジルから手紙を渡《わた》されていたんだった」

「ジルさんから手紙？」

王子はコレットの身体《からだ》を離《はな》して、上着の内ポケットから封筒《ふうとう》を取り出している。

「ハートの花火の下でチュウできたら読めって。あいつのことだから、お薦めの連れ込み宿までの地図か何かだと思うが」

「つ、連れ込み宿!?　そ、そういうことは結婚してからで――」

……て、あれ？　愛人関係って、そもそも結婚自体がないわけで……気持ちが通じ合ったら、即《そく》そういう関係になるものなの!?

完全にパニックに陥《おちい》っているコレットをよそに、王子は開いた手紙を見て、それから破顔した。

ちょうど開いた花火の光で、その笑顔《えがお》は一点の曇《くも》りなく幸せそうに輝いて見えた。

「コレット、結婚しよう」

「はい!?　け、けけ、結婚!?　べ、別にあたしは結婚しないとダメって言ったつもりはなくて――」

「ほら、お前も読め」と、王子は手にしていた手紙を差し出してくる。

無理やりのように渡されるので、その文面に目を落とした。

短い手紙なのですぐに読み終わったのだが、その内容にコレットは目を剝《む》いていた。

「こんなの明らかにズルじゃないですか！」

「この程度のズルは、王宮では許容範囲《はんい》だ」

王子はそう言って笑うと、おもむろにコレットの前にひざまずき、その左手を取った。

「コレット嬢《じょう》、私と結婚していただけますか？」

この上なく優雅《ゆうが》な王子様らしい仕草でまっすぐに見つめられ、コレットはドキドキのあまり目を泳がせてしまった。

――が、やがて満面の笑みで頷《うなず》いた。

「はい、喜んで。王子のお妃《きさき》兼《けん》お毒見役として、生涯《しょうがい》そのお命をお守りします」

『親愛なるアルベール王子

先日、レオンスの町役場でコレットの家系図を調べたところ、彼女の高祖母がバシュラール伯爵《はくしゃく》家の令嬢であることが判明しました（瓦礫《がれき》の中から探すのは大変でしたよ！）。

現バシュラール伯爵は、魔族討伐《まぞくとうばつ》における王子のご尽力《じんりょく》に大変感謝しており、コレットを快く養女に迎《むか》え入れてくださるそうです。

これで伯爵令嬢のコレットを妃として迎えるのに、支障が出ることはございません。

ただ、王子のお気持ちが伝わらないことには、無意味な情報ですが。一応報告まで。

あなたの忠実なる側近　ジルより』

# あとがき

皆様《みなさま》、はじめまして。糀野《こうじや》アオと申します。

本作は第二十二回角川ビーンズ小説大賞〈一般《いっぱん》部門〉審査員《しんさいん》特別賞（三川《みかわ》みり先生選）をいただいた作品『落ちこぼれ回復魔法士《まほうし》のタマノコシ狂騒曲《きょうそうきょく》』を、改稿《かいこう》したものになります。

回復魔法士の仕事に就《つ》けず、毒見役として雇《やと》われた平民コレットと、回復魔法士を信用しない王子アルベール。そんな二人のコメディあり、シリアスありのお仕事&身分差ラブストーリーです。ハラハラ、ワクワク、キュン——何でも構いません。読んでくださった方々の心が動く作品になっていたら、この上なく光栄です。


自分の書いた作品が一冊の本になる。

小説は唯一《ゆいいつ》の趣味《しゅみ》として、今まで楽しく書いてきました。芸術の世界は、努力したところで必ずしも結果が出るものではありません。あまりに手の届かない世界では、夢や目標にもなりませんでした。まさかこんな日が来るとは——と、それこそ夢ではないかと思う日々が続いています。

そんな素敵《すてき》な『現実』を私に授《さず》けてくださった皆様に、改めて謝辞を。

賞に選んでくださった三川みり先生、選考に携《たずさ》わってくださった伊藤《いとう》たつき先生、編集部の皆様。拙《つたな》い原稿《げんこう》ながら可能性を見出《みいだ》してくださった方々に、心から御礼《おんれい》申し上げます。

右も左もわからない私をここまで導いてくださった担当様。書いた私以上に作品を読み深めていただき、おかげでキャラたちの魅力《みりょく》を最大限に引き出すことができました。もう、感謝しかありません。

イラストを担当してくださった加糖《かとう》様。初めてキャラデザを見せていただいた時、「コレット、キター!!」と飛び跳《は》ねました。完璧《かんぺき》イメージ通りの主人公とヒーローを描《か》いていただき、ありがとうございました。

日頃《ひごろ》お世話になっているＷＥＢ小説界隈《かいわい》の皆様、私の執筆《しっぴつ》活動を支えてくれる家族にも、この場を借りて感謝させてください。

そして何より、この本をお手に取ってくださったすべての方に、最大級の「ありがとう！」を叫《さけ》びます。

願わくは、次の作品で再び皆様にお会いできますように――。

糀野アオ

BEANS BUNKO

「落ちこぼれ回復魔法士ですが、訳アリ王子の毒見役になりました。」の感想をお寄せください。
おたよりのあて先
〒102-8177　東京都千代田区富士見2-13-3
株式会社KADOKAWA　角川ビーンズ文庫編集部気付
「糀野アオ」先生・「加糖」先生
また、編集部へのご意見ご希望は、同じ住所で「ビーンズ文庫編集部」
までお寄せください。

# 落《お》ちこぼれ回復魔法士《かいふくまほうし》ですが、訳《わけ》アリ王子《おうじ》の毒見役《どくみやく》になりました。

**糀野《こうじや》アオ**

角川ビーンズ文庫　24393

令和６年11月１日　初版発行

発行者――――山下直久
発　行――――株式会社KADOKAWA
〒102-8177　東京都千代田区富士見2-13-3
電話 0570-002-301（ナビダイヤル）
印刷所――――株式会社暁印刷
製本所――――本間製本株式会社
装幀者――――micro fish



ISBN978-4-04-115544-8C0193 定価はカバーに表示してあります。

◇◇◇